Suza Summer
Sommertrüffelträume mit dir

Sommertrüffelträume mit dir

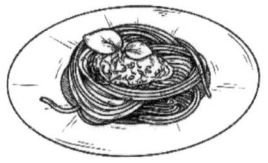

© 2023 Suza Summer
Lektorat: Lektorat Plus
Korrektorat: Lektorat Plus
Coverdesign: Coverboutique®

Herstellung und Verlag: BoD - Books on
Demand, Norderstedt
ISBN 978-3-75781-864-7

tanja.eickholt69@web.de

Ti amo!

„Das eiskalte Wasser des Tanaro Flusses betäubte ihre Füße. Von unbändiger Freude erfüllt, blickte sie sich um. Italien. Endlich wieder hier!"

Kira ist Anästhesistin mit Herz. Doch während sie ihre Patienten mit Empathie behandelt, steckt sie selbst in einer Lebenskrise. Sie hat den frühen Tod ihres Bruders nicht verwunden und glaubt nicht an die große Liebe. Ihre Beziehung zu ihrem Kollegen und Bettgefährten Simon läuft dementsprechend miserabel. Der einzige Mann, für den sich Kira wirklich interessiert, ist ihr Patient Nicola; doch der kann sie nicht leiden. Nicolas Herz ist für immer gebrochen. Der schöne Italiener glaubt, dass er niemals mehr in seinem Leben eine Frau lieben kann. Leider ist die Sache kompliziert, denn Simon und Kira sind nicht ganz unschuldig daran, dass er bei ihnen in der Klinik liegt. Und das möchte Kira unbedingt wiedergutmachen. Als ihre Kündigung im Raum steht, musss sie sich ihren Problemen stellen. Sie reist zu ihrem Nonno Giulio in das bekannte Trüffeldorf Alba im Piemont, wo sie schöne Stunden ihrer Kindheit verbrachte. Hier, zwischen dichten Eichenwäldern, Kindheitsgerüchen nach Spaghetti mit weißen Trüffeln und der Liebe ihrer italienischen Verwandten, kommt Kira zu sich und trifft eine weitreichende Entscheidung.

Prolog

Wenn ich auf die letzten Jahre zurückschaue, frage ich mich oft, wieso ich Entscheidungen ausgerechnet so und nicht anders entschieden habe. Wie wäre mein Leben verlaufen? Hätte ich auf meiner Suche nach Glück intelligenter, mutiger und vor allem egoistischer agieren können? Warum wählen Menschen diesen einen Weg, obwohl es doch Duzende gibt, die zum selben Ziel führen? Ich glaube ehrlich gesagt, dass wir das Produkt unserer Prägung sind. Ich stelle mir gerne vor, dass in mir drin dieses kleine, sehnsuchtsvolle Mädchen lebt, das ich früher einmal war. Und dass es aus seinen Bedürfnissen heraus heimlich mitentscheidet, was ich tun und lassen soll.

„Simon ist nichts für dich", flüstert es mir zu, während es in meinem Herzen schaukelt. „Er könnte dich verletzen wie Papa es mit Mama tut. Willst du das?", warnt es mich und sieht mich mit ernsten Kulleraugen an. Dann springt es mit Schwung aus der Schaukel und beginnt eine Kuschelhöhle zu bauen. Dafür wirft es eine riesige Patchworkdecke über mein Herz und spielt darin Verstecken, sodass Simon nicht hineinsehen kann. Und ich spiele mit. Ganz schlimm wird es, wenn der Name Matteo fällt. Matteo mit den dunklen Locken, den schwarzen Augen, die so frech und süß zugleich gucken können. Ich vernehme seine kindlich hohe Stimme immer noch, weil er unter der

Dusche so gerne die Charts mitgesungen hat. Dann höre ich mein armes Mädchen weinen und ich halte mir schnell die Ohren zu, da Matteo nämlich mein großer Bruder war. War deshalb, weil er genau einen Tag vor seinem zwölften Geburtstag an Leukämie starb. Ich hatte ihn angefleht mit dem Abschied zu warten, bis ich Ärztin war und ihn rettete. Ich glaube, er hat es ehrlich probiert, aber seine Krankheit war stärker und ich zu jung, als dass sich unser Traum hätte erfüllen können. Die Wände meiner Herzkammern sind tapeziert mit Bildern von ihm. Mein kleines Mädchen malt jeden Tag neue Szenen, die gewesen wären, wenn das Unvorstellbare nicht passiert wäre. Aber da mein Herz meistens verhüllt ist, weiß niemand davon.

Und dann tauchte dieser schöne Fremde auf. Nicola Serra, den mein kleines Ich auf der Stelle vergötterte. Es riss die Decke vom Herz und öffnete meine Seele. Das Chaos war vorprogrammiert. Erst jetzt begreife ich, dass ich mein inneres Kind wie eine liebevolle Mutter an die Hand nehmen kann. Erst heute verstehe ich, dass ich die Möglichkeit und die Verantwortung habe, ihm Grenzen zu setzen und ihm die Ängste und Sorgen zu nehmen. Und vor allem begreife ich, dass ich alleine entscheiden darf, wer Zutritt zu meinem Herzen bekommt. Und wer nicht.

Klinikalltag

Ich zwinkerte. Dieses Kratzen auf der Pupille war kaum auszuhalten. Das permanente Kunstlicht im Operationstrakt strapazierte meine Augen. Einer der wenigen Bereiche meines Körpers, der nicht von grünem Stoff bedeckt war. Ich betrat die sogenannte Einleitung, wo mein Kollege Dr. Simon Wacker bereits mit einem Patienten redete. Wie immer erweckte er den Eindruck, als nähme er mit seiner ausladenden Statur den ganzen Raum ein. Der Rest des Teams versank aufgrund seiner körperlichen Präsenz mehr oder weniger im Hintergrund. Er galt als Kapazität und Meister seines Faches, was sich in seiner von sich selbst überzeugten Persönlichkeit widerspiegelte.

„Kira?" Simon warf mir einen auffordernden Blick zu, den ich bereits kannte und der so viel bedeutete wie: *Angstpatient, klarer Fall für dein mütterliches, empathisches Wesen. Bitteschön.*

Ich seufzte innerlich und nickte zur Antwort.

Unsere Klinik besaß im UG drei Operationssäle mit den dazugehörigen Vorbereitungsräumen. Der Großteil unserer Kranken arbeitete gut mit, aber da wir uns momentan auf Spur drei der Unfallchirurgie befanden, verstand ich die Angst des Patienten. Spur eins und zwei durchliefen Personen mit eingeplanten Operationen. Spur drei war für Notfälle wie diesen reserviert.

„Mountainbiker auf Trail gestürzt. HWS-Fraktur dritter und vierter Halswirbel. Halofixateur." Simon sprach es ruhig und nüchtern aus, als ob es nichts Besonderes wäre, sich den Hals zu brechen, was mich auf eine Art faszinierte. Privat besaß er nämlich eine beachtenswert große Klappe. Während ich heimlich in mich hinein lächelte, erkannte ich den armen Kerl auf der Liege. Wir waren uns vor zwei Stunden im Schockraum begegnet, als ich ihm das Sportshirt aufgeschnitten, ihn von den Klickschuhen befreit und zur Radiologie geschoben hatte. Das MRT hatte demnach eine unschöne Diagnose ans Licht gebracht.

Nun lag er auf dem fahrbaren OP-Tisch, die Arme über Kreuz auf seinem Bauch, als wolle er sich schützen. Er hatte Angst vor dem, was ihn erwarten würde. Eben war er durch den Wald geradelt und hatte die Natur genossen. Und jetzt das – Vollnarkose und Eingriff statt Vogelgezwitscher und Wurzelhüpfen. Ich versuchte ihn, um ihn von seiner Angst abzulenken, in ein Gespräch zu verwickeln, indem ich Fragen zu seinem Privatleben stellte.

„Haben Sie Familie?", fragte ich sanft. „Die werden zuhause alle Daumen drücken. Ich passe auf Sie auf, während die grünen Herren Ihnen einen wunderschönen Fixateur verpassen. Mein Kollege hat Ihnen den Eingriff sicher ausführlich erklärt, stimmt's?" Ich zeigte auf Simon, dessen Blick leicht amüsiert auf mir ruhte und auf Tim, dem Assistenzarzt, der gerade zur Tür hereingekommen war. „Und in wenigen Stunden können Sie ihre Lieben wiedersehen." Ich streichelte einfühlsam seine Wange. Auch das gehörte zu meinen Aufgaben. „Sie brauchen sich keine Sorgen machen. Das wird wieder."

Der vom Pech verfolgte Sportler nickte verhalten. Sein Blick erinnerte mich an ein in die Enge getriebenes Tier, das nicht wusste, was als Nächstes geschieht. Er tat mir leid. Sein Schicksal hatte ihn aus dem Flow heraus ohne Umwege direkt in den schmerzhaften Kontrollverlust katapultiert und unter die kunstreichen Hände von Simon, den er noch nie zuvor in seinem Leben gesehen hatte. Das Schicksal konnte schon gemein sein.

„Sie brauchen wirklich keine Angst zu haben, Frank. Frank? So heißen Sie doch, oder?"

Ein Blinzeln. Fast schluchzend beantwortete er meine Fragen zu seiner Familie. Er hatte zwei Töchter, Emily und Jenny, und einen Hund. Ein schokoladenbrauner

Labrador namens Buddy. Sein von einem grünen OP-Tuch bedeckter Körper wurde immer wieder von einem Zittern ergriffen.

„Sehen Sie es positiv. Sie hatten Glück im Unglück. Eine glatte Fraktur. Alles wird gut!"

„Kira?" Simon gab mir das Startzeichen.

„Nicht erschrecken, jetzt geht es los. Sie werden gleich müde und fühlen sich schummrig. Das ist völlig normal", erklärte ich geduldig. Da der venöse Zugang bereits gelegt war, ging es nun schnell. Ich spritzte den Cocktail, den die Chirurgen für die OP und Frank für den schmerzfreien Schlaf benötigten: ein hochdosiertes Schmerzmittel, ein Hypnotikum sowie ein Medikament, das die Muskeln lahmlegte. Seine Lider wurden schwer. Nur Sekunden später sah ich, wie sich seine Muskulatur entspannte.

Meine Muskulatur hingegen verkrampfte sich zusehends. Ich spürte, wie austretende Schweißperlen meine Haube durchtränkten. Einen Menschen mit HWS-Fraktur zu beatmen, gehörte zu den kniffligeren Aufgaben. Ich durfte seinen Kopf keinesfalls zu weit verdrehen und konnte den Spatel, der mir half, die Luftröhre zu finden, nur mit äußerster Sorgfalt verwenden. Plötzlich spürte ich meine eigenen Knochen, die sich nach der vorangegangenen Nachtschicht steif und ungelenk anfühlten. Mein Körper schrie förmlich nach einer Pause, was sich leider mit einem leichten Zittern der Hände bemerkbar machte. Doch mehr als eine zwanzigminütige Kaffeepause zwischen Nachtschicht und Frühdienst existierte nicht. Der Stuhl während der frühmorgendlichen Übergabe war mir wie eine Oase des Glücks vorgekommen. Ich spannte kurz die Beinmuskeln an. Die anstehende OP würde mindestens drei Stunden dauern.

„Endotracheale Intubation!" Mein Herz klopfte schneller als sonst, während ich die Assistentin um das beleuchtete Laryngoskop bat.

„Tubus!" Meine knappen Anweisungen durchschnitten die Stille. Einleitung und Aufwachphase waren am sensibelsten. Alles konnte passieren. Der Kreislauf machte schlapp. Der Patient begann zu würgen, das Herz geriet aus dem Takt. Meine mehrjährige Erfahrung hatte mich gelehrt, mit jeder Gefahr zu rechnen.

„Cuff setzen. Kleber! Sitzt! Ist er nüchtern?", fragte ich in die Runde. Simon zuckte mit den Schultern.

„Hoffen wir mal, dass er sich vor dem Trail keinen Müsliriegel reingezogen hat."

Das Narkosemittel setzte die Schutzmechanismen des Körpers außer Gefecht, die dafür sorgten, dass kein Mageninhalt zurück in die Speiseröhre rutschte. Das hieß, der Patient konnte, wenn es dumm lief, an seinem eigenen Magenbrei ersticken.

„Geht es dir wirklich gut, Kira?"

Ich erschrak. Simons prüfender Tonfall wirkte wie drei Shots eines hochdosierten Koffeingetränks und versetzte mich in absolute Reaktionsbereitschaft. Ich spürte die fragenden Blicke der anderen. Niemals und unter keinen Umständen durfte ich meiner Müdigkeit während einer OP nachgeben. Und noch weniger gestattete ich mir vor den Kollegen Schwäche zu zeigen. Am wenigsten vor Simon. Deswegen riss ich meine Augen auf und verlieh meiner Stimme einen aufgeweckten Klang.

„Kennst mich doch! Adrenalin ist mein zweiter Vorname", log ich. Ich fühlte mich mies und versuchte aus Simons inspizierendem Blickfeld zu gelangen, indem ich mich tief über den Patienten beugte, um den Sitz des Schlauches zu kontrollieren. Wieder einmal bereute ich meine Inkonsequenz, Berufliches mit Privatem vermischt zu haben. Ich hegte zwar keine Schmetterlinge für Dr. Wacker, nicht mal farblose Nachtfalter oder Motten, nichtsdestotrotz kannte er das Muttermal auf der Innenseite meines Oberschenkels, was nichts anderes bedeutete, als dass wir uns sporadisch das Bett teilten. Zwei beziehungslose Arbeitstiere, die hin und wieder ihren Trieb befriedigten. So sah ich es jedenfalls und hoffte inständig, dass keiner von uns beiden ein Mehr an Gefühlen entwickelte. Mein Leben war nämlich schon kompliziert genug.

„Fertig für den OP-Saal. Go!"

Nachdem der verunglückte Mountainbiker intubiert und an Monitore verkabelt im Operationssaal lag, übernahmen Simon und Tim das Feld. Ich stellte mich an den Kopf des Patienten und behielt die Bildschirme im Blick. Durch einen Spalt in der Schleuse erklang eine Stimme.

„Spur eins und zwei bereit für die Einleitung, Kira."

„Verdammt, wo ist denn Sandra?"

Dr. Sandra König war meine Kollegin, ebenfalls Anästhesistin und hatte eigentlich Frühschicht.

„Krankgemeldet. Corona-positiv."

Ich stöhnte lautlos. Seit der verflixten Pandemie herrschte akuter Ärztemangel und die anwesenden Kollegen durften das ausbaden. Ich hatte die vorangegangene Woche mehr als 70 Stunden gearbeitet. Ich kannte meine körperlichen Grenzen ganz gut und in letzter Zeit hatte ich sie eindeutig überschritten. Doch niemals wäre ich auf die Idee gekommen, unsere Patienten hängen zu lassen. Ich hatte keine Wahl. Nicht in meiner Welt. Der Eid, den ich geschworen hatte, war mir heilig.

„In Ordnung. Bin gleich da." Ich nickte in die Richtung, aus welcher der Satz gekommen war.

„Übernimmst du bitte? Check seine Werte alle zehn Minuten ausführlich!" Nachdem ich mir das Okay der Anästhesieassistenz geholt hatte, ging ich eilig in die Einleitung auf Spur eins, um die Person, die dort lag, auf den Eingriff vorzubereiten. Endoprothese, las ich.

Danach würde ich auf Spur zwei weitermachen. Patella Luxation. Ausgerenkte Kniescheibe. Falls Simon mich bräuchte, würde sein Pieper einen Ruf schicken, denn ich war seine *genie in a bottle*, jedoch zum Einleiten der Aufwachphase des Bikers würde ich ohnehin zurücksein. Wie automatisiert, verrichtete ich meine Arbeit.

„Guten Tag! Dr. Gmeiner, ich bin Ihre Narkoseärztin. Sie sind hier in den besten Händen. Ihre Familie denkt gerade an Sie. Das ist für uns Routine. Ihr Mann wird Sie gleich besuchen kommen."

Ich funktionierte wie immer, doch dann passierte etwas, das ich während meiner bisherigen Laufbahn als Ärztin noch nie erlebt hatte. Ich sehnte mich plötzlich für einen kurzen Moment danach, eine von ihnen zu sein. Ich erschrak, denn was war das für ein unmöglicher und obendrein dummer Gedanke? Und doch... einfach das Licht ausgeschaltet zu bekommen. Nur dazuliegen, betäubt und mit geschlossenen Augen, frei von jeglicher Verantwortlichkeit. Aber meine Verantwortung abzugeben, nicht gleichzeitig auf die Kontrolle über sein eigenes Leben zu verzichten? Wie kam ich dazu, mir so etwas zu wünschen?

„Frau Doktor?"

Erschrocken zuckte ich zusammen. Mein Arm registrierte eine zaghafte Berührung. Die betagte Dame, deren Hüftgelenk gleich erneuert werden sollte, schaute mich fragend an. Meine Kopfhaut prickelte unter dem Stoff und ich bekam schlecht Luft. Ich ignorierte den Drang, mir die Maske vom Gesicht zu reißen und starrte eine Sekunde orientierungslos auf den schwarzen Hautmarker, den ich in meiner linken Hand hielt.

„Ja? Geht schon weiter!" Hatte mich etwa unbemerkt ein Sekundenschlaf übermannt? Verflixt, Kira! Reiß dich am Riemen", hörte ich mich und suchte auf dem Formular nach dem Namen der Patientin: Heidemarie Kirchner.

„Ich fühle einmal kurz Ihre Hüfte und dann in Ihrer Leiste, Frau Kirchner, und zeichne ein, wo die Chirurgen hinmüssen. Ich mache gar nichts außer malen." Einfühlsam erklärte ich der Patientin jeden Schritt, damit sie immer im Bilde war, was vonstattenging. Ich kennzeichnete auch die Stelle, in die ich gleich stechen und die Kanüle schieben würde, um die Betäubung zu sichern.

„Ich mache Ihre Haut gefühllos, dann pikt es nur ganz kurz. Dort sitzen nämlich die meisten Nerven. Achtung! Jetzt müssen Sie einen Moment tapfer sein. Sie dürfen gerne eine Faust machen oder die Zähne zusammenbeißen. Schon geschafft! Fertig! Der Rest ist ein Kinderspiel. Sie sind wirklich eine mutige Patientin, Frau Kirchner."

Die Stunden zogen sich wie Kaugummi, doch irgendwann durchschritt ich endlich die kleine

Grünfläche vor dem Klinikgebäude und lief zum Personalparkhaus, wo mein Wagen stand. Die Wärme des späten Vormittags streichelte angenehm meine Wangen und kurz durchzuckte mich der Gedanke, am nahegelegenen Ufer des Inn einen Spaziergang zu unternehmen, um mich von dem Kunstlicht zu erholen, doch ich war viel zu müde. Einfach nur schlafen, dachte ich und drückte den Starthebel meines haifischfarbenen E-Autos nach unten, als ich im Rückspiegel einen Schatten bemerkte. Keine drei Sekunden später klopfte Simon an das Fenster.

„Lust auf Mittagessen?"

„Sorry, ich hatte Nachtschicht. Ich hau mich hin."

„Hört sich gut an. Brauchst du zufällig eine XXL-Wärmflasche?" Seine Pupillen strahlten erwartungsfroh. Er beugte sich zu mir herunter und stützte die Hände lässig auf dem Fensterrahmen ab, sodass seine langgliedrigen Finger ins Innere ragten. Fast berührten sie meine Schulter. Diese Geste erschien mir so typisch für ihn. Irgendwie besitzergreifend. Als ob er entschied, wann ich loszufahren hatte und wann nicht.

„Heute nicht. Wir sehen uns."

„Du versäumst was."

„Vielleicht morgen." Ich rang mir ein Lächeln ab und fuhr, nachdem er sich widerwillig aufgerichtet hatte, los.

Meine Zwei-Zimmer-Dachgeschosswohnung befand sich im Herzen von Rosenheim und war ein Traum in Weiß mit einer geschmackvollen, offenen Markenküche, extra Ankleide mit Zugang zum Tageslichtbad mit ebenerdiger Dschungeldusche und stilvollem Schlafzimmer. Alles war minimalistisch eingerichtet und erschien modern und clean. Durch die bodentiefen Fenster wirkten die Räume noch heller. Ich öffnete die Glastür zum großen, teilüberdachten Balkon, der mit seinen riesigen Pflanzkübeln und der kleinen Lounge aus echtem Korbgeflecht tagsüber wie abends ein urgemütliches Plätzchen darstellte. Ich hatte mir von einer Gärtnerei einige Oleanderbüsche mitsamt den terracottafarbenen Tontöpfen liefern lassen, welche der Terrasse ein herrlich mediterranes Flair verliehen. Sie blühten noch nicht, bildeten aber bereits Knospen. Ich griff mir die Gießkanne und schütte den mageren Rest auf die trockene Erde.

„Später mehr", murmelte ich. Mein Blick schweifte über die Dächer von Rosenheim bis zum Inn. Die bunten Punkte erkannte ich als Kajakfahrer, die sich mit den an dieser Stelle eher mäßigen Stromschnellen maßen.

Ich konnte mich nicht beschweren. Diese kleine Stadt hatte ihre Vorzüge. Die Worte meines Vaters tönten in meinem Kopf.

„Ich habe mit einem Kollegen aus Rosenheim gesprochen, Kiki. Du kannst morgen anfangen.

Renommierte Klinik. Ist nicht gut, wenn wir im selben Spital arbeiten. Vater und Tochter. Das gibt nur Gerede. Und falsche Unterstellungen."

Mit *im gleichen Spital* meinte er das Klinikum für Unfallchirurgie in München, wo er als autoritärer Klinikleiter Dr. Antonio Gmeiner seine Untergebenen drillte. Insgeheim war ich über die Distanz zu meinem Vater heilfroh, denn er war wirklich kein einfacher Mensch. Es gab aber auch noch einen anderen Grund. Egal, welche Titel ich erreichte – seine Tochter würde immer die niedliche, blonde Kiki bleiben. Seine Kikimaus, die ihn so anhimmelte, dass sie ihm sogar beruflich nacheiferte. Und so war ich nach meinem sechsjährigen Studium fast fluchtartig in Richtung Rosenheim gezogen und hatte dort im Anschluss an das praktische Jahr mit dem zweiten Staatsexamen abgeschlossen. Anknüpfend war die Facharztausbildung zur Anästhesistin gefolgt, die noch weitere fünf Jahre gedauert hatte. Inzwischen hatte sich mein 33-jähriges Ich erfolgreich von seinem Dad abgenabelt und in Rosenheim eingelebt und ich konnte mir durchaus vorstellen, auch in Zukunft hier zu leben. Der WhatsApp-Ton meines Handys unterbrach meine Gedanken. Simon.

Schläfst du schon? Sehne mich nach deinem Luxuskörper:)

Ich stöhnte innerlich. Wo nahm der Kerl seine Energie her? Soviel ich wusste, hatte auch er ziemlich viele Überstunden geschoben.

No Chance!!

tippte ich und hoffte, er würde es damit belassen. Zur Sicherheit schickte ich noch ein schlafendes Emoji hinterher. Die Antwort kam prompt:

Denk an deinen Bodycount!

Du bist bereits in meinem Bodycount enthalten. Höher wird er mit dir nicht mehr

schrieb ich zurück, legte das Handy auf die Küchentheke und trank ein Glas Leitungswasser. Bodycount meint die Anzahl der Personen, mit denen man in seinem Leben bereits Sex gehabt hatte. Nicht zu verwechseln mit der zweiten Definition laut Wiktionary: The number of persons, you killed (die Anzahl der Menschen, die man schon getötet hatte), was in meinem Job sehr fragwürdig rüberkäme.

„Bodycount", murmelte ich verächtlich. Wie konnte man sich nur wünschen, eine Zahl zu sein? Wo blieb das Zwischenmenschliche? In unserem Fall war es das Beste. Nicht noch mehr Verantwortung.

Höher wird deine Zahl nicht, aber qualitativ hochwertiger ;)

las ich seine schlagfertige Antwort, ehe ich das Smartphone mit einem Griff endgültig abstellte, ins Schlafzimmer ging und in die herrlich weichen Kissen meines Bettes sank.

Als ich aufwachte, war es immer noch hell. Ich hatte den morgigen Tag komplett frei und würde übermorgen früh ab sieben Uhr in Bereitschaft übergehen. Gute Aussichten also, mich zu erholen und neue Kraft zu tanken. Ich überlegte, wie ich die Zeit nutzen konnte. Ich könnte nach München fahren, um meine Mutter und meine Schwester Sarah zu besuchen. Aber genau genommen hatte ich weder Lust, mir den Klagegesang über Dads ständige Abwesenheit anzuhören, noch musste ich unbedingt mit Sarahs lärmigen Kindern, meinen Nichten Kaja und Bonita, die ich wirklich über alles liebte, auf dem Parkettboden robben, um rosa Playmobil-Männchen aufzustellen. Ich brauchte Deeskalation. Ruhe. ENTSPANNUNG. Und zwar akut.

Das laute Grummeln kam aus meinem Magen. Meine Hand griff sehnsuchtsvoll in das Küchenregal und strich über eines der apart aussehenden Cover, der Kochbücher für vegetarische Gerichte. Keines der raffinierten Rezepte hatte ich je ausprobiert. Aber tief im Herzen wusste ich, dass eines Tages die Stunde gekommen war, wo es in meiner sonst so sterilen Küche nach Gebratenem duften würde. Ich würde Berge von Karotten schnippeln und Kräuter hacken und natürlich nebenher ein oder zwei Gläser Rotwein genießen. Eine Flasche Dolcetto D'Alba DOC 2020 wartete extra für diesen Moment in meinem Wohnzimmerschrank auf mich. Das musste sein! Und ich würde kochen wie eine Göttin, oder zumindest wie Oma. Ganz in Ruhe. Mit unendlich viel Zeit.

Ich sammelte die Kochbücher aus Leidenschaft für Slowfood und weil ich es mit meiner Kindheit verband. Zwischen den bunten Buchdeckeln schlummerten Erinnerungen an Dünste nach angeschmortem Knoblauch am Sonntag, Wintergerüche nach Zimt und Vanille, der unwiderstehliche Duft nach warmem Baguette-Teig, was mir das Gefühl von Geborgensein vermittelte. Wenn meine Augen sich in den Seiten der Kochbücher verloren, stand ich wie früher neben meiner Großmutter und putzte Grünzeug, während in ihren Töpfen und gusseisernen Pfannen das Fett zischte und schwere Rotweinsoßen vor sich hin brodelten. Wie eine lang andauernde Meditation versank sie im Dampf der appetitlichen Zutaten, die wir zuvor frisch auf dem Wochenmarkt ergattert hatten. Und genau da war der Haken. Nachhaltiges Kochen bedeutete Einkaufengehen, Lebensmittel verarbeiten, was wiederum Zeit voraussetzte, die ich im Moment nicht besaß. Und wenn es so weiterging, auch nicht in den nächsten zehn Jahren. Ich seufzte, ehe ich von den Büchern abließ und den Vorratsschrank aufriss. Eingelegte Paprikaschote aus dem Glas oder dunkle Schokolade? Die Schokolade wies eklige weiße Stellen auf, als ich die Packung öffnete. Ich gab mir einen Ruck und drückte den Startknopf meines iPhones.

Essen beim Thai? In einer Stunde?

Simon reagierte sofort und eigensinnig wie immer.

Thai war ich gestern schon. Um 17.30 Uhr beim Italiener! L'Osteria Rosenheim. Ciao bella, bis gleich!

„Na warte", murmelte ich. „Das kann ich auch." Ich kopierte Uhrzeit und Restaurant, tippte noch ein Ausrufezeichen und Smiley dazu und verschickte es in unsere WhatsApp-Gruppe, die *green woodpeckers*, was übersetzt so viel bedeutete wie die Grünspechte. Wer von uns sich den komischen Namen ausgedacht hatte, wusste ich nicht mehr, aber ich erinnerte mich daran, dass er aus einer Bierlaune heraus entstanden war. Die Gruppe bestand aus circa sieben Kolleginnen und Kollegen, die sich näher kannten und auch privat miteinander trafen. Mit Simon, Sandra, Tim und mir waren wir vier Ärzte, dann waren da noch Alexandra und Sanne, zwei OP-Krankenschwestern von der Orthopädischen und Tessa, die Sozialpädagogin, die für die Rehas zuständig war.

Ich sprang unter die Dusche, drehte die Temperatur so hoch, dass ich es gerade noch aushielt, bevor ich mich zehn Minuten später in ein Handtuch gehüllt in den Ankleideraum begab und einen schicken Einteiler in creme herauszog. Danach legte ich sorgfältig ein dezentes Make-up auf und schlüpfte in meine neu erstandenen Sneaker. Die schulterlangen, hellblonden Haare ließ ich offen, steckte aber zur Sicherheit eine Haarklammer in die Handtasche. Meine Mutter nannte sich und mich den Typ Schwedin. Hochgewachsen, schlank, helle Haare, helle Augen. Ironischerweise glich meine jüngere Schwester Sarah einer Sizilianerin und damit meinem Vater Antonio. Mein Opa Giulio hatte ihm zur Hälfte diese südlichen Gene vererbt. Und Oma den deutschen Nachnamen: Antonio Gmeiner. Renate und Giulio waren nicht verheiratet gewesen. Giulio lebte heute noch inmitten seiner Großfamilie in Piemont in Italien, wo Sarah und ich ihn einmal im Jahr in Alba besuchten. Alba. Ich liebte dieses Wort! Es bedeutete übersetzt Morgengrauen oder Morgenröte und war der Name der Stadt, in welcher mein Vater aufgewachsen war. Unsere Oma Reni (Renate) war eine Deutsche und nach der Trennung mit meinem zwölfjährigen Papa zu ihren Wurzeln nach München zurückgekehrt. Er hatte sein Heimweh nach Alba mit den weiten Kastanienwäldern und den Böden voller weißer Trüffel nie ganz überwunden. Oma hatte, wie sie beteuerte, ihre guten Gründe gehabt, Giulio zu verlassen. Ich stellte es mir ehrlich gesagt auch kompliziert vor, mit einem Italiener liiert zu sein. Giulio war doppelt so impulsiv und stolz wie Dad. Und das musste erst mal jemand schaffen. Oma sagte immer: „Mit dem kann keiner zusammenleben. Der ist mehr Charakter als Mensch!"

Hastig stopfte ich Handy und Schlüssel in die Handtasche und schaute prüfend in den Spiegel. Ich hatte es eilig, aber das Restaurant befand sich in der Innenstadt und darum fast um die Ecke. Ich spazierte vorbei an den historischen Bürgerhäusern durch die malerische Gasse, in der ich wohnte, ehe ich in die nächste schmale Straße in Richtung Kirchplatz abbog.

Die pastellfarbenen Häuserfassaden strahlten in der milden Nachmittagssonne. Es war Ende Mai, die Sonne stand noch nicht so hoch wie im August und doch erreichte sie mittags schon die grüne Spitze des Zwiebelturms, ohne aufgespießt zu werden, was ein sicheres Zeichen für den nahenden Sommer war. Mit dem Sonnenstand kroch auch die Schneegrenze gipfelwärts. Auf den umliegenden Bergkämmen kletterte sie jeden Tag ein wenig höher und waren es im April weiße Mäntel, in welche die Berge gehüllt waren, konnte ich heute nur noch einzelne blasse Mützen entdecken. Jetzt brach die kurze Zeitspanne der Bergläufer und Alpenüberquerer an.

Ich hob die Nase, weil ich glaubte, das würzige Aroma der Kräuter aus dem Apothekergarten zu riechen und ich hoffte inständig, dass wir einen Tisch im Freien ergatterten. Mein Körper sehnte sich, gleich einem fragilen Pflänzchen, nach Licht und natürlicher Wärme. Zwei Kostbarkeiten, nach denen ich auf den gefliesten Gängen der Unfallchirurgie lange suchen konnte. Ich nahm, um einem Mangel vorzubeugen, regelmäßig in Kokosöl aufgelöstes Vitamin D aus einem Glasfläschchen ein, worüber meine Mutter nur den Kopf schüttelte und mich damit aufzog.

„Kira Schatz, was ist aus der naturverbundenen Räubertochter geworden? Du bist ein richtiger Grottenolm. Pass auf, dass deine Kinder nicht ohne Augen zur Welt kommen."

Ich verzieh ihr diesen makabren Scherz nur, weil sie meine Mutter war und diese ironische Ader, mit der sie ihre Mitmenschen ärgerte, praktisch zu ihr gehörte. Sarah bekam auch ihr Fett weg, nur eben mit andersartigen Plattheiten.

An dem unbeschwerten Geplauder und Sannes unverkennbarer Lache – sie wieherte –, erkannte ich, dass die anderen schon saßen. Ich zählte drei besetzte Plätze und steuerte gut gelaunt und in Erwartung eines riesigen Tellers Spaghetti Verdure mit salzigem Parmigiano den blühenden Kastanienbaum an, unter welchem das muntere Grüppchen versammelt war.

Im Himmel

Die Körperwärme der gespannten Bauchdecke ging auf Nicks Handfläche über. Fiona führte seine, von der Sonne gebräunte Hand, an eine bestimmte Stelle oberhalb ihres Bauchnabels. Seidenweich fand er und schenkte ihr ein verliebtes Lächeln. Wie lecker sie roch. Nach Sonne und Creme.

„Spürst du's?" Fiona schaute ihn erwartungsvoll an.

Das Lachen, das sich auf Nicks Gesicht ausgebreitet hatte, wurde von einem kurzen Schreck unterbrochen. Er riss die Augen auf. „Ich habe ihn gespürt! Er hat mich getreten!", rief er. „So ein Frechdachs!"

„Du meinst, *sie* hat dich getreten! Ich hätte auch nicht erwartet, dass sie so temperamentvoll wird", antwortete Fiona nicht ohne Stolz. „Sie ist wirklich ziemlich lebhaft."

Es war ihr erstes Kind, das in ihr heranwuchs. Ein Kind der Liebe, wie sie immer betonte.

„Es wird ein Bursche", sagte Nick. „Davon bin ich felsenfest überzeugt."

Sie ließen sich mit dem Geschlecht überraschen und schlossen im Spaß Wetten ab, was es werden würde.

„Gehen wir spazieren?" Fiona fixierte ihn. „Sam tut es gut. Er war heute nur kurz auf dem Hof. Die Sonne scheint. Wir könnten zur Samenberger Filze wandern."

Sam war Nicks vierbeiniger Kumpel, ein sechsjähriger, weiß-braun gepunkteter Rüde, den er mit in die Beziehung gebracht hatte. Sam gehörte der Rasse Australien Cattledog an und war ein muskulöser, ein wenig untersetzter, aber herzensguter Hund. Wandern gehörte zu seinen Lieblingsbeschäftigungen und das 700 Meter hohe Hochplateau, auf welchem der elterliche Bauernhof von Fiona lag, war wie geschaffen für einen Hund wie Sam. Der Berg nannte sich witzigerweise Samerberg. Der Name hatte nichts mit dem Rüden zu tun, sondern besaß einen historischen Hintergrund. Ein Samer, das konnte man in der Geschichte dieses Ortes nachlesen, war jemand, der Waren auf stämmigen Packpferden, sogenannten Samrossen, befördert und mit Salz, Getreide und Wein gehandelt hatte. Fionas Vater und Mutter besaßen mitten im Wandergebiet ein kleines Gehöft mit einem Ackerland, das nicht viel abwarf.

Nachdem sicher war, dass Nick und Fiona Eltern würden, hatten die beiden die Erlaubnis bekommen, vorübergehend in der alten, unrenovierten

Ferienwohnung im Souterrain zu wohnen. Die Betonung lag auf vorübergehend. Auch wegen des Rüden. Fionas Eltern mochten keine Hunde und Nick hatte sie lange überzeugen müssen, bevor sie einwilligten, dass Sam mit in die Wohnung durfte. Eigentlich hätten sie sich etwas Besseres leisten können. Eigentlich. Die Zeiten waren schwierig.

Nick war von Beruf Koch und hatte für ein recht namhaftes Restaurant in Rosenheim die Speisekarte kreiert. Ihm war, wie so vielen seiner Kollegen, während des Shutdown fristlos gekündigt worden. Doch aufgeben und tatenlos herumsitzen kam für ihn nicht in Frage. Er jobbte als Springer und musste auf Abruf in den Wirtschaften erscheinen. Manchmal nur, um eine einzige Stunde zu spülen, zu putzen oder zu kellnern. Kellnern war da noch die bessere Alternative. Mittlerweile kannte er die Küchen von sieben Gaststätten in der Umgebung. Die letzte Kündigung war erst eine Woche her. Wenn sich die ehemaligen Angestellten zurückmeldeten, war er der Erste, der entlassen wurde. Außerdem war er mit den Terminen durcheinandergekommen. Tagelang meldete sich niemand und dann an einem Samstagabend gleich drei Lokale auf einmal. Es hatte nicht funktioniert und Ärger gegeben.

Sein Blick glitt erst zu Sam, der ihn genau beobachtete, dann erneut aus dem Fenster über die grünen Hänge, auf denen das Vieh wiederkäute, dessen Kuhglocken den Klang bis ins Tal nach Rosenheim trugen. Er liebte dieses malerische Fleckchen Erde und hob den Blick in Richtung Himmel. „Spazieren wäre schön, aber die anderen springen." Aus seiner Stimme klang Sehnsucht. Das war die Art von Springen, welche ihm Freude bereitete.

„Du brauchst erst gar nicht überlegen", warnte Fiona und strich, wie um ihre Worte zu unterstreichen, über ihren Babybauch. „Du hast versprochen, nicht mehr parazugleiten."

„Ja, schon", antwortete Nick und fuhr sich nervös durch seine dunklen Locken, die er von seinem italienischen Vater geerbt hatte. Auch seine Augen erzählten von seiner südländischen Herkunft. Seidig lange Wimpern umrahmten die schwarze Iris, die aber keinen stechenden, sondern eher einen sanften Ausdruck besaß. Wie Bambi, sagte Fiona immer. Er hieß eigentlich Nicola, jedoch konnte er sich nicht daran erinnern, je mit vollem Namen angesprochen worden zu sein. Alle, außer seine Eltern, nannten ihn Nick.

„Vielleicht könntest du alleine eine Runde mit Sam laufen. Heute ist das perfekte Wetter, um Paragliding anzubieten. Wir brauchen das Geld." Er tippte auf das Display seines Handys und öffnete die App für Paragleiter, ehe er mit verbissenem Blick die Daten für den heutigen Tag studierte.

„Nicht dein Ernst!" Der stampfende Schritt und das laute Schlagen der Tür sagten ihm, dass Fiona stinksauer war, aber was nützte es? Er hatte Verantwortung für seine kleine Familie. Solange er keinen zuverlässigen Brotjob vorweisen konnte, musste er eben mit abenteuerlustigen Kunden Tandemsprünge unternehmen. Ein einziger Sprung brachte um die hundert bis zweihundert Euro ein und im Rausch der Gefühle bekam er oft ein überhöhtes Trinkgeld geschenkt. Er kniff die Augen zusammen, um nichts zu überlesen. Auf die Daten der App war Verlass. Mit einem Blick konnte er die Startbedingungen aller Startplätze aus der Datenbank in der Region Chiemgau erfassen und potentielle Startmöglichkeiten auf der Karte sehen. Außerdem waren wichtige Geländedetails, die Wetterlage samt Föhn, Turbulenzen und weitere hilfreiche Daten angezeigt.

Auf dem Weg zum Schuppen, wo sein Schirm aufbewahrt wurde – Sam trottete an seiner Seite –, trat er hinter Fiona, die gespielt unbeteiligt die Rosenbüsche schnitt. Seine Nase grub sich in ihr dichtes brünettes Haar, ehe seine Arme ihren gewölbten Bauch umfassten.

„Lass mich nicht mit schlechtem Gewissen gehen", bat er. „Ich koche uns nachher ein Risotto à la Nicola", versuchte er liebevoll zu scherzen. „Und dann essen wir zusammen. Nur ein oder zwei Sprünge. Bitte! Wir können von dem Geld die Wiege kaufen."

„Die Wiege baut mein Vater", erwiderte Fiona knapp und schüttelte mit einer ruckartigen Bewegung seine Hände ab. Es blieb ihm nichts anderes übrig, als ohne ihren Segen, dafür mit hängenden Schultern zum Schuppen zu laufen, um seinen Schirm zu checken.

Er wusste, dass Fiona in Wirklichkeit nicht lieblos war, sondern dass sie sich Sorgen machte und sie panische Angst um ihn hatte. Er selbst schätzte sich als einen sehr umsichtigen und verantwortungsbewussten Piloten ein. Als Paraglider konnte er das Risiko in der Luft eigenhändig steuern. Wie oft hatte er Fiona schon klargemacht, dass Autofahren gefährlicher war als Fliegen. Auf der Straße konnte man durch die Verantwortungslosigkeit eines Fremden zu Schaden kommen. Im Himmel passierten laut Statistik die allerwenigsten Unfälle durch einen Zusammenprall. Als er die schwere Tasche zum Wagen trug und sie mit Schwung auf die Pritsche seines Pickups warf, war Fiona verschwunden.

„Dann halt nicht", knurrte er und trat gegen den Reifen, weil er nichts mehr hasste, als ohne Abschiedsakt wegzugehen.

„Salutare. È chiedere troppo?", schimpfte er vor sich hin, was so viel bedeutete wie: „Sich voneinander zu verabschieden. Ist das zu viel verlangt?"

Er tätschelte dem Hund den Kopf, bevor er ihm befahl, brav auf ihn zu warten. Dann fuhr er mit gedrosselter Geschwindigkeit über die holprigen, unbefestigten Straßen immer höher, bis er schließlich ruckartig einparkte, weil er noch sauer war und er die restlichen Höhenmeter bis zur Absprungrampe mit der Seilbahn überwinden wollte. Vorher rief er einen potentiellen Kunden an, der sich auf seiner Warteliste befand. Ein Tourist, der für die nächsten fünf Tage mit seiner Familie in einem Hotel in Rosenheim übernachtete. Nick hatte sich mit ein paar Beherbergungsbetrieben zusammengetan, denen er zehn Prozent seines Gewinnes abgab, falls sie ihm erfolgreich Kundschaft vermittelten. Der Mann freute sich und gab an, in weniger als einer Stunde an der Startrampe zu sein. Nick erklärte ihm den Weg und rief noch einen zweiten Interessenten an, der aber bedauerlicherweise nicht erreichbar war. Egal! Einer war besser als keiner.

Die Hochries, wo er sich befand, lohnte sich vor allem für routinierte Piloten wie ihn. Anfänger durften den Berg nur bei optimalen Flugbedingungen befliegen. Deswegen war der Himmel hier nie überlaufen. Je höher die Gondel fuhr, desto weiter wurde sein Blick über die grünen Täler, die vielen Seen und die umliegenden Bergketten. Sein Puls erhöhte sich wie immer, wenn er die bunten Drachen und Schirme auf den Wiesenmatten liegen sah.

„Hi!" Er hob die Hand und grüßte eine Gruppe von jungen Männern und Frauen, die ihre Schirme startklar machten.

„Hi, Nick! Cool dich zu sehen! Guten Sprung!"

Nick hob den Daumen. „Euch auch!"

Hier vermochte er zu atmen. Ein intensives Freiheitsgefühl überkam ihn, wie schon lange nicht mehr und die Gewitterwolke über seinem Kopf verzog sich endlich.

„Wenn du alt genug bist, Kleiner, dann zeige ich dir den Himmel," murmelte er, ehe er sich eine ausreichend große Fläche im Gras suchte, auf welcher er seinen Schirm ausbreiten konnte. Er stellte sich vor, wie er mit seinem Sohn hier sein würde, was sein Herz schneller schlagen ließ vor Liebe. Ein Kind zu bekommen, war für Nick ein Wunder. Und er würde, das nahm er sich vor, der bester Vater der Welt sein.

Nick sprang seit seinem 18. Lebensjahr und besaß inzwischen eine sogenannte Passagierflug-Berechtigungslizenz, die es ihm erlaubte, Tandemflüge anzubieten. Er hatte es sich zur Regel gemacht, wann immer es möglich war, den ersten Sprung solo zu fliegen, damit sein Körper sich an die herrschenden Windverhältnisse anpasste. Jeder Hang und jeder Flugtag unterschied sich vom vorherigen und er fühlte sich sicherer, wenn er erst einmal alleine die Verhältnisse beurteilte. Außerdem genoss er die Stille, die das Alleinsein mit sich brachte. Die Kunden kreischten oder jubelten oft, besonders die jungen Mädchen, was er absolut verabscheute. Es vibrierte unangenehm in Nicks Ohren. Laute Geräusche hasste er. Sein Hörsinn war so fein wie der eines Fuchses. Fuchsohren wirkten wie Schalltrichter, die den Ton jeweils aus einer bestimmten Richtung auffingen, sammelten und in den Gehörgang leiteten. So konnte der Fuchs bewusst eine spezielle Geräuschquelle anvisieren und dabei nicht erwünschte Umgebungsgeräusche abstellen oder zumindest abschwächen. Das konnte Nick leider nicht. Seine Ohren waren weder dreieckig noch sehr beweglich am Kopf angebracht. Deswegen drang das Schreien jedes Mal in sein armes Gehirn wie ein Feind. Oder die Kunden kramten heimlich nach ihrem Handy und schossen Selfies in der Luft, bevor er reagieren und es verbieten konnte. Schon klar, Fliegen war instagrammable für die Generation Z, genauso wie für weitergereiste Touristen. Chinesen und Japaner liebten es, Selfies zu schießen. Immer und überall. Er mochte das nicht. Das nahm ihm die Besonderheit des Fluges. Er fühlte sich dann nicht mehr wie ein kleiner Teil der Natur, sondern wie ein Animateur, der für genügend Adrenalin sorgen sollte.

Andere Tandemspringer machten sich die Spaßgier der Touristen mit Helmkameras zu Nutze. Zehn Euro mehr und man bekam ein Selfie oder sogar einen Film mit dem Piloten. Ihm war es lieber, seine Kunden genossen das Fliegen mit ihren Sinnen und speicherten die schönsten Momente in ihrem Gehirn ab, anstatt in 3.000 Metern Höhe ein Duckface für ein Selfie zu ziehen.

Nick setzte sich auf die Wiese und beobachtete eine Weile die anderen Gleitschirmflieger, die ruhig und gleichmäßig in der Thermik ihre Kreise zogen. Die Bedingungen schienen perfekt zu sein. Er schaute auf die Uhr. Seinen Alleinflug konnte er heute knicken, aber das Geld war wichtiger. Hans, so hieß sein nächster Kunde, näherte sich wenig später. Er erkannte ihn an dem suchenden Blick und daran, dass sein Gesichtsausdruck irgendwie bange aussah. War wohl Premiere für ihn, vermutete Nick und erhob sich. Er winkte Hans zu als Zeichen, dass er ihn bemerkt hatte. Sein Kunde war groß und schlank und zwischen 45 und 50 Jahre alt. Vielleicht täuschte sein Vollbart darüber hinweg, dass er jünger war. Jedenfalls sah er fit und sportlich aus, was Nick entgegenkam.

„Hallo, sind Sie Nick?"

„Der bin ich. Hi! Wir duzen uns hier oben am Berg. Wollen wir gleich starten oder hast du noch Fragen?"

„Ehrlich gesagt geht mir der Arsch gerade auf Grundeis", erklärte Hans und hielt ihm zum Beweis seine zitternde Hand hin. „Ich bin noch nie geflogen. Meine Frau hat mir den Sprung zum Hochzeitstag geschenkt."

„Wollte sie nicht mitkommen und dir zuschauen?"
Nick sortierte bereits die Gurte, während er sich mit dem Kunden unterhielt.

„Doch, schon, aber unsere Lütte hat heute Morgen Fieber bekommen, deswegen geht's nicht."

„Oh schade! Dann erzählst du ihr davon. Auf geht's, Hans."

Nick war froh, dass Hans einen Panoramaflug und keinen Thermikflug gebucht hatte, der sich um einiges anspruchsvoller gestaltete, weil man sich in der Thermik immer mehr nach oben schraubte und enorme Höhen erreichte, in denen der Sauerstoff knapp war.

Aber sein heutiger Kunde war genügsam und obendrein sehr freundlich und zurückhaltend. Mit ihm würde er keine Schwierigkeiten bekommen. Und ehe der sich versah, stand er sicher angegurtet neben Nick, der ihn zur Laufmatte dirigierte.

„Du musst nur ein paar Schritte über die Matte laufen, dann ziehst du auf mein Kommando deine Beine an, den Rest mache ich", erklärte Nick.

Daraufhin ging alles ganz schnell. Wenige Sekunden später schwebten sie zu zweit über die paradiesische Landschaft. „Dort drüben ist der Wilde Kaiser", rief Nick und zeigte auf das steinerne, graue Bergmassiv, das sich wie eine gewaltige gezackte Kaiserkrone über die Hänge erhob. Die kargen, zerklüfteten Felsen, die heute gut zu erkennen waren, standen im scharfen Kontrast zur eher sanften, grünen Hochebene, so als ob der Berg väterlich über sämtliche Wesen dort unten wachen würde.

„Und dort ist der Chiemsee!" Nick zeigte nach unten. Hans nickte und dann schwiegen sie eine Weile. Die Segelboote sahen aus wie schönes Spielzeug. Nick erkannte sogar die schaumigen Wellen, welche die leichte Brise auf der Wasseroberfläche hervorbrachte. Autos fuhren, Menschen wimmelten winzig klein über den Erdboden. Es gab nur sie beide. Der Trubel und Stress der Welt fand einen Moment ohne sie statt. Außer dem Wind, der rauschte, gab es keine Geräusche.

Klammheimlich suchte Nick mit den Augen nach Fionas Hof und vor allem nach ihr, aber er konnte sie nirgends entdecken. Das Haus lag wie ein verlassenes Nest in einer Wiesenkuhle am Waldrand. Kurz überwältigte ihn ein trauriges Gefühl, doch dann schob er es weg und konzentrierte sich wieder auf den Flug.

Perfekter hätte das Wetter nicht sein können. Sie hatten einen strahlend blauen Himmel, die Sonne schien mit all ihrer vorsommerlichen Kraft und die Luft war so klar, dass Hans unzählige Hütten, Seen und Berggipfel und sogar ein paar Gämsen im Fels bewundern konnte. Er war noch immer extrem aufgeregt, vor allem, wenn Nick die langen Kurven flog. Und sobald er den Schirm zum Steigen oder Sinken brachte, zuckte der Arme kurz zusammen. „Das ist ja wie Achterbahn", rief er.

„Ist dir übel?"

„Nein, nein! Es ist der Wahnsinn! Ich komme mir vor wie ein Adler."

„So soll es sein."

Dann waren die zwanzig Minuten auch schon um.

„Bereit zur Landung?"

Ganz gemächlich ging es wieder hinunter. Alles klappte, wie Nick es sich vorgestellt hatte. Er steuerte auf die leere Fläche hinter dem Parkplatz neben der Seilbahn. „Jetzt noch einmal rennen!"

Sie rannten die letzten Meter mit dem Schwung aus der Luft, ehe Nicks gelber Schirm hinter ihnen, wie in Zeitlupe, auf die Erde sank.

Nick und Hans klatschten sich ab. An dem glücklichen Gesicht seines Kunden konnte Nick ablesen, dass er seine Sache mehr als gut gemeistert hatte. Bevor er das reißfeste Ripstop-Gewebe zusammenfalten und ordentlich verstauen konnte, rechneten sie ab und Hans schenkte ihm vor lauter Glück einen Zwanziger. Dann ging er so aufrecht und beschwingt in Richtung Parkplatz, sodass Nick lächeln musste. Fliegen machte glücklich. Für ihn gab es da keinen Zweifel.

Simon

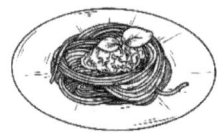

Die Stimmung auf der mit Wein bewachsenen Terrasse der Osteria war ausgelassen. Simon riss mal wieder einen Ärztewitz nach dem anderen und ich versuchte, den Stress der letzten Tage abzuschütteln, indem ich über die Pointen herzhaft lachte. Die Pasta mit grünem Spargel war ein Gedicht und ich hatte mir ein Glas eisgekühlten Veltliner gegönnt, was mir zusätzlich nützte, um mich zu entkrampfen.

„Der Oberarzt trifft einen jungen Kollegen, der gerade aus dem OP kommt: Nun, wie war deine erste Operation? Der läuft puterrot an: Operation? Ich dachte, das war eine Obduktion."

Sanne und ich prusteten sofort los, während die beherrschte Tessa nur die Mundwinkel nach oben zog und eine kurze Bemerkung von sich gab: „Lustig".

Tim zerteilte gerade sein Rinderfilet medium rare, was mich veranlasste, wegzuschauen, da mir für einen Moment schwindelig wurde. Ich konnte seit meiner ersten Operation kein Fleisch mehr essen. Als Medizinerin wusste ich nun mal, wie es aussah, wenn sich das Skalpell durch menschliches Gewebe ritzte, wie das Blut roch, das dunkelrot aus der Wunde herausquoll oder wie sich die Knochensäge anhörte. Das war in Ordnung, denn das Fleisch, in welches wir schnitten, nähten wir wieder zu. Wir heilten. Herausgeschnittene Stücke von toten Tierkörpern konnte ich schlicht und ergreifend nicht mehr genießen. Ich schaffte es nicht länger, was ich jedoch für mich behielt und es, falls Fragen auftauchten, auf meine Tierliebe bezog, was nicht geschwindelt war.

„Ich soll dir viele Grüße von der HWS ausrichten", sprach Simon mich direkt an. „Er sagt, du hast ihm seine scheiß Angst genommen und er will sich dafür bei dir bedanken."

Ich starrte Simon sekundenlang an.

„Er ist ein Mensch und keine Diagnose, hörst du?" Wütend stellte ich mein Glas ab und äffte ihn nach. „Die HWS grüßt dich! Er hat einen Namen, verdammt nochmal, so, wie alle Patienten, die wir behandeln." Meine Stimme klang schneidend. Die anderen Gespräche verstummten.

„Oh, hat Frau Dr. Gmeiner heute miese Laune?", mokierte sich Simon und sah demonstrativ in die

Runde. Tessa mischte sich ein, indem sie zu Simon hielt. Natürlich! Ich wusste, dass sie heimlich für ihn schwärmte. Aber sie war so gar nicht sein Typ. Äußerlich erfüllte sie das Klischee einer Bilderbuch-Sozialpädagogin. Selbstgefärbte Hennalocken, weite Leinenhosen in Lila und noch breitere Ledersandalen.

„Kira, er hat Recht", mahnte sie. „Wir alle handhaben das so. Es ist doch normal unter Medizinern, dass man eben nicht die Namen sagt. Absichtlich. Wegen des emotionalen Abstands, der sonst nicht mehr gegeben ist. Mentaler Selbstschutz nennt sich das." Sie schaute bestätigungsheischend zu Simon und ich fragte mich, wie sie dazu kam, sich als Medizinerin zu betiteln. Lächerlich.

„Den Kira noch nie hatte und nicht haben will. Warum auch immer", erklärte der provokant, was mich innerlich auf die Palme brachte. Tim verfolgte unser Wortgefecht und aß seelenruhig sein Filet. Schließlich ließ er sich doch dazu herab, etwas zum Thema beizutragen.

„Also ich sag' auch immer die Diagnose. Ich habe das so gelernt", murmelte er. „Ich kann mir Namen eh ganz schlecht merken."

„Unmenschlich ist sowas", beschwerte ich mich und leerte mein Weinglas in einem Zug. „Unsere Patienten haben Gefühle und Familien, die ebenfalls mit ihnen bangen. Ihr könnt gerne weiter von Patella Luxationen, Commotio thoracis, HWS-Frakturen oder sonst was reden. Für mich sind meine Patienten in erster Linie Menschen und ich schwöre hier auf meine Gemüsepasta und mit euch als Zeugen, dass ich sie auch weiterhin bei ihren Namen nennen werde. Basta!" Ich bemerkte, wie mir das Blut in den Kopf schoss. Meine Wangen pochten und mein Gesicht fühlte sich heiß an.

Sanne kicherte: „Ab und zu merkt man, dass italienisches Blut in dir fließt."

Vor meinem geistigen Auge erschien mein reizbarer Großvater Giulio, der mit hummerrotem Kopf und wild gestikulierend auf sein Recht pochte. Ertappt, aber dennoch keineswegs einsichtig, zwang ich mich, ruhiger zu sprechen.

„Kann sein, dass ich bei diesem Thema etwas zu emotional bin", gab ich zu, „was aber nichts an meiner Vorgehensweise ändern wird."

„Tu das! Wenn wir alle so empathisch wären wie du, könnten wir den Laden dicht machen. Du darfst keine Gefühle in einen Patienten investieren. Das wird dir große Schwierigkeiten bereiten", warnte Simon und die anderen nickten wie stumme Untertanen.

„Bullshit", rief ich und versuchte, meine Wut unter Kontrolle zu bekommen.

„Du tust eh, was du willst. Aber komm' dann nicht angerannt. Ich habe dich gewarnt. Wir alle haben dich gewarnt." Er sah wieder siegessicher in die Runde und hob sein Glas. Ich hätte ihn in diesem Moment erwürgen können.

„Salute! Auf unsere empathische Signora Kira! Marco?", rief er gleichzeitig in Richtung Kellner, „wir brauchen noch eine Flasche Prosecco, avanti!"

„Du kannst mich mal", flüsterte ich und inspizierte angestrengt die Dessertkarte.

„Das hab ich gehört!"

„Mir doch egal."

„Jetzt sei nicht eingeschnappt, Kira", sagte Tim. „Wenn eine attraktive Frau auf dem OP-Tisch liegt, schau ich ehrlich gesagt immer, wie sie heißt."

Alle lachten. Tim war blutjunge 25 und in seiner Art so naiv und süß, dass ich einfach miteinstimmen musste. Ich bestellte mir bei Marco ein Himbeer-Tiramisu für die Nerven und einen Espresso, als Sanne nach oben zeigte.

„Themawechsel! Der Tag ist zu angenehm, um sich zu zoffen. Schaut mal, heute fliegen wieder die Paraglider. Wie toll das aussieht. Der ganze Himmel ist voll."

„So viele ansehnliche Sprunggelenkfrakturen und Schädel- oder Hängetraumen auf einmal, nicht wahr, Kira bella?", antwortete Simon, ehe er laut losbrüllte vor Lachen über seinen eigenen Schenkelklopfer. Ich schüttelte resigniert den Kopf.

„Du kannst mich nicht ärgern, Dr. Simon Wacker", sagte ich beherrscht und schirmte meine Stirn mit dem

Handrücken ab. Ich ließ den Blick wehmütig über den Himmel gleiten. Und schlagartig wusste ich, wie ich den morgigen Tag verbringen mochte. Ich wollte mit genauso einem bunten Schirm hoch in den Wolken schweben. Mit den Adlern. Ohne Simon, aber mit jemandem, der sich damit auskannte und der mich sicher mit sich forttrug. Mein Herz klopfte aufgeregt. „Das würde ich auch gerne", sagte ich, ehe ich erschrocken bemerkte, dass ich den Gedanken laut ausgesprochen hatte.

„Drüben im *Sporthotel zur Goldenen Rose* hängt so ein Flyer. Ich glaube, die bieten das an", antwortete Sanne prompt. „Also ich hätte zu viel Fracksausen. Ich brauche festen Boden unter den Füßen", kicherte sie und steckte sich ein leckeres Cantuccini in den Mund. Simon stocherte, ohne mich zu fragen, in meinem Tiramisu herum und grinste frech. Ich schob ihm den Teller hin.

„Kannst' haben. Ich bin pappsatt." Ich hielt mir stöhnend den Bauch. Diese riesigen Massen an Nahrung war ich nicht mehr gewöhnt. Simon lehnte sich zufrieden zurück. Ein äußerst gesättigter Ausdruck lag auf seinem Gesicht. Er zwinkerte mir zu.

„Der Nachtisch war ein bisschen spärlich. Ich könnte noch einen Zweiten gebrauchen." Er fixierte mich von oben bis unten. Sein anzügliches Grinsen, neben dem lüsternen Blick, war unübersehbar. Manchmal brachte er mich wirklich zum Fremdschämen. Tessas Blick verdunkelte sich, während Sanne amüsiert eine Braue nach oben zog. Tim beobachtete gespannt, wie ich auf die offensichtliche Anmache reagieren würde.

„Bestell dir ein Dessert. Marco steht am Nachbartisch", sagte ich trocken.

„Ich muss dann mal", erklärte Sanne und stand fluchtartig auf. „Ciao Leute, ich zahl drin." Wie so oft, war die erste Verabschiedung ansteckend und nach fünf Minuten teilten nur noch Simon und ich uns den Tisch.

„Hast du einen anderen? Du wirkst irgendwie verändert in letzter Zeit."

Ich schüttelte den Kopf. „Wie kommst du ausgerechnet darauf? Nein." Typisch Machodenke, dachte ich mir im Stillen. Wenn eine Frau zerstreut, müde oder aggressiv war, konnte es ja nur entweder an ihren überschießenden Hormonen oder an einem männlichen Konkurrenten liegen.

„Ich habe das Gefühl, dass du dich ständig angegriffen fühlst. Egal was ich sage, es ist nicht richtig", äußerte Simon. „Hab' ich was falsch gemacht, dich irgendwie gekränkt?"

„Nein, Quatsch", wiederholte ich und sah ihn an. „Du beziehst alles auf dich! Stell dir vor, es geht einmal nicht um dich. Du bist eben, wie du bist. Der coole Macho Simon. Das ist in Ordnung. Ich glaube, wir ticken einfach völlig verschieden."

„Gott sei Dank! Ich dachte schon, ich hätte was angestellt. Du siehst schön aus, Kira." Er zwinkerte.

„Lass mich dein Macho sein! Du kommst doch aus einer Familie mit italienischen Burschen."

„Lass das!"

Das war die zweite Charaktereigenschaft, die mich an Männern störte. Es war ihm jetzt, wo das Thema auf dem Tisch war, egal, warum ich schnell fuchsig wurde. Er war raus und Punkt dran. Doch Simon belehrte mich eines Besseren, indem er weiterbohrte.

„Schau, jetzt tust du es schon wieder. Nicht mal Komplimente darf ich mehr machen. Du hast einen anderen, gib es zu!"

„Ich glaube, das eigentliche Problem bist nicht du oder ein anderer Mann. Es ist, dass ich vielmehr Zeit für mich selbst bräuchte. Die Arbeit, die Überstunden, die Verantwortung für die Patienten, dann die eigene Familie und die Freunde. Wo bleibe ich? Ich bekomme das nicht mehr unter einen Hut. Ich weiß nicht, wie ihr das hinbekommt. Ich fühle mich jedenfalls immer öfter miserabel."

Wenn ich mir vorstellte noch weitere zehn oder zwanzig Jahre in der Klinik zu arbeiten, schnürte es mir den Hals zu. Die Energie für zusätzliche zehn Jahre besaß ich gar nicht. Aber trotzdem. Den Kern meiner Tätigkeit liebte ich. Das, worum es im eigentlichen Sinne ging, das Heilen. Jedoch die Begleitumstände, unter denen ich arbeitete, ließen mich schon verzagen.

Simon stand auf und setzte sich auf den Stuhl neben mich, den er so eng heranrückte, dass mich sein Körper berührte, was mich irgendwie bewegte. War er doch empathiefähig? Ich lehnte dankbar meinen Kopf gegen seine Schulter und schloss die Augen.

„Du musst Prioritäten setzen", murmelte er. „Oder dich mit einer Praxis selbständig machen."

„Ich bin Anästhesistin. Ich habe nicht umsonst fünf quälende, unterbezahlte Jahre lang den Facharzt erkämpft."

„Ja, schau, das will ich damit sagen." Sein Arm war um meine Schulter gewandert. „Warum immer kämpfen? Du könntest darauf pfeifen und deine eigenen Patienten betreuen. Einfach zu dem Zweck, dass es dir besser geht. Morgens um neun Uhr schließt du die Praxis auf und spätestens gegen 19.00 Uhr hast du Feierabend. Du könntest eine Mittagspause einführen und ein oder zwei Angestellte anheuern, die dich unterstützen."

„Hört sich an, als wolltest du mich in der Klinik loswerden", seufzte ich und stellte mir vor, wie ich die Topfblumen auf der Fensterbank meiner eigenen Praxis goss und mir gemeinsam mit der Sprechstundenhilfe überlegte, welches Rezept aus meinen Kochbüchern ich am Abend kochen würde.

„Schöner Gedanke eigentlich. Mein Daddy würde mich umbringen."

„Deinem Vater kann egal sein, was du tust. Es ist dein Leben."

Simon überraschte mich heute. Ich meine, wir saßen hier und er hörte mir zu, wie ich über meine Sorgen sprach. Und nicht nur das. Er gab mir Tipps und tröstete mich. Ich spürte seine Fingerspitzen, wie sie mir sachte den Nacken kraulten. Es war ein unwiderstehliches Gefühl, wäre es nicht der sonst so coole und dominante Dr. Simon Wacker, der an diesen Fingern dranhing. Oder besaß er doch eine weiche Seite?

„Ich wüsste da noch was viel Besseres", flüsterte er und aus seiner Stimme sprach Sehnsucht. Mein Gehirn ging sofort in Alarmbereitstellung über und überlegte sich Ausflüchte, warum ich auch heute kein sexuelles Verlangen nach seinen muskulösen Männerkörper hatte. Aber die Worte, die er sagte, beinhalteten genau das Gegenteil von dem, was ich vermutet hatte.

„Wir heiraten und ich mache dich zur Mutter meiner Kinder. Du könntest den ganzen Tag tun und lassen, was du wolltest und ich würde euch verwöhnen." Er ließ unterschwellig Ironie mitklingen. Trotzdem glaubte ich, mich verhört zu haben, und musste mich erst wieder fangen, bevor ich antwortete.

„War das jetzt ein witzig gemeinter Heiratsantrag?", lachte ich, nicht schlecht erstaunt.

„Naja. Meinen trockenen Humor kennst du ja bereits, aber warum eigentlich nicht?", sagte er. „Fiel mir zwar ganz spontan ein. Doch ich kann mir dich als Mutter echt klasse vorstellen und...", er zögerte einen Moment, „auch als meine Frau."

Das waren völlig neue Töne und ich schwankte zwischen Fluchtgedanken und Lachkoller.

„Ich? Ehefrau und Kinder? Nie im Leben! Sorry, das kommt in meiner Lebensplanung nicht vor. Und ich brauche meiner Familie gegenüber nicht einmal ein mieses Gewissen haben. Dafür, dass die Statistik stimmt, sorgt schon meine Schwester Sarah. Die bekommt meine Babys gleich mit", erklärte ich.

Als ich Simons stutzigen Blick bemerkte, begründete ich ihm genauer, was es damit auf sich hatte.

„Sarah und ihr Mann sind beide Träger des Zwillingsgens. Wenn die einmal Sex haben, werden gleich zwei Schreihälse draus, verstehst du?", grinste ich. „Kaja und Bonita gibt es bereits. Sie sind zweieiige Zwillinge. Das ist super, denn meine Mutter ist doppelt erfüllt und ich bin fein raus." Ich sah ihn an. „Du meinst es doch nicht wirklich ernst, Simon? Wir haben eine Freundschaft plus – mehr nicht."

Das Plus war im Gegensatz zur Freundschaft leicht überdimensioniert. Denn unter Freundschaft verstand ich etwas anderes, als die Werte, die Simon und ich uns bisher teilten. Heute war er das erste Mal freiwillig tiefer in meine Seele eingestiegen. Ich verlangte das gar nicht. Die meisten meiner Sorgen besprach ich mit Sarah. Sie war die beste Freundin und tollste Schwester für mich, die ich mir vorstellen konnte. Kein Mann auf der Welt würde dieser Verbindung jemals das Wasser reichen können. Doch das sprach ich lieber nicht aus. Ich wollte Simon nicht kränken. Er war ein netter Kumpel mit einem heißen Body. Ich konnte ihn gut riechen, was ja die Grundvoraussetzung dafür war, sich gegenseitig zu berühren. Geküsst hatte ich Simon bisher noch nie richtig. Ein Bussi auf die Wange ja, aber wir hatten nie intensiv miteinander geknutscht. Ich wollte das nicht. Es hätte sich falsch angefühlt.

„Wenn wir eine Woche lang verheiratet wären, hätten wir den größten Zoff", zog ich ihn auf. „Du würdest freiwillig die Scheidung einreichen und mir einen hohen Geldbetrag bieten, nur um wieder frei zu sein", spaßte ich.

„Du machst mich echt neugierig", antwortete er lachend. „Und außerdem gehört Streit in jede Beziehung dazu. Ein wenig Aggressivität fördert guten Sex zwischen Ehepartnern. Während des Geschlechtsaktes wird Testosteron ausgeschüttet, wusstest du das?"

„Nein. Bist du jetzt Sexualtherapeut?", fragte ich ihn, ehe er mir zärtlich eine lange Haarsträhne hinter das Ohr schob und flüsterte: „Lass uns zahlen, Kira. Ich bin verrückt nach dir."

Entgegen meiner Vorahnung von heute Mittag genoss ich Simons fordernde Berührungen. Meine Haut kribbelte und ich schaffte es auf Anhieb, Lust zu empfinden. Ich nahm wahr, wie er sich nach meinem Körper verzehrte, was mir gefiel. Durch den Wein war ich ein wenig beschwipst. Ich kicherte. Der Sex mit Simon war seltsamerweise einer der unbeschwertesten meines bisherigen Liebeslebens. Vielleicht gerade deshalb, weil er mir als Mensch relativ egal war. Deswegen interessierte ich mich auch nicht sonderlich dafür, was er von mir hielt. Ich überlegte nicht, wie ich in bestimmten Stellungen ausschaute, ob mein Busen hing oder mein Bauch zu speckig war. Ich unternahm keine Anstrengungen, auf seine Wünsche zu achten oder ihm etwas zu beweisen. Ich kam deshalb selbstbewusster rüber, was ihm wiederum gefiel. Er war privat ein Macher und ein Großmaul, weshalb ich nicht das Empfinden hatte, auf ihn aufpassen zu müssen. Er brauchte mich nicht. Und wir durften während des Liebesaktes beide egoistisch sein. Ich musste zugeben, es törnte mich an, wie er sich nahm, was er wollte.

Die Fronten zwischen uns waren geklärt. Keiner war dem anderen etwas schuldig. Der Haken daran war, dass ich ihn jedes Mal nach dem Sex so schnell wie möglich loswerden wollte. Bisher hatte er mir das nicht übelgenommen und auch heute Abend war es für ihn in Ordnung, dass er nicht die ganze Nacht bei mir verbrachte.

„Bleib liegen." Seine Hand fuhr mit einer flinken, aber sanften Bewegung über die Stelle der Bettdecke, unter der mein Rücken lag. Als ich das Klappen der Haustür hörte, wusste ich, was ich vergessen hatte. Ich wollte doch morgen mit den Vögeln fliegen und nun hatte ich nicht einmal eine Adresse oder eine Telefonnummer. Stöhnend erhob ich mich ins Sitzen und griff nach meinem iPhone. Wozu gab es Internet? Ich googelte das Programm des *Sporthotels zur Goldenen Rose* in Rosenheim und voilà – schon hatte ich eine Handynummer.

Erlebe deinen Traum vom Fliegen, las ich aufgeregt.

Hi, ich bin Nick, staatlich geprüfter Paragleiter-Tandempilot und ich fliege mit dir zu den schönsten Bergen in Bayern. Kennst du den Wilden Kaiser von oben? Genieße dein einzigartiges Bergerlebnis auf der Hochries. Ich verfüge über fünfzehn Jahre Flugerfahrung und kenne die umliegenden Berge von meiner Kindheit an. Darum kann ich Wind- und Wettersituationen bei einem Paragleiter-Tandemflug bestens einschätzen und dir die bestmögliche Sicherheit beim Tandemfliegen gewährleisten. Genieße deine grenzenlose Freiheit des Fliegens. Für Gleitschirm-Tandemflüge sind keine Vorkenntnisse erforderlich und alle Personen im Alter zwischen 8 und 99 Jahren sind herzlich Willkommen.

Dann stand dort eine Handynummer mit der Aufforderung, jederzeit anzurufen. Ich schaute auf die Uhrzeit. Es war schon kurz nach 23.00 Uhr. Ich konnte unmöglich zu dieser nachtschlafenden Zeit einen

Anruf tätigen. Doch aller Voraussicht nach, würde er ein Telefonat so spät nicht persönlich entgegennehmen, sondern mich auf Band sprechen lassen. Ich überlegte einen Moment. Am schlausten wäre es, mich wenigstens zu melden, falls es eine Warteliste gab, dachte ich, ehe ich die Nummer eintippte.

„Hi?"

Erschrocken presste ich ein „Guten Abend und entschuldigen Sie die späte Störung" heraus, als das Gespräch gleich nach dem zweiten Klingelton persönlich entgegengenommen wurde.

„Ich hatte nicht damit gerechnet, dass Sie an den Apparat gehen."

„Wart' mal kurz", bat er und ich hörte an seinen Schritten, wie er sich von einer ziemlich lauten Geräuschquelle fortbewegte. Ich horchte und wartete, was passierte. Fast bereute ich, angerufen zu haben. Kurz darauf vermutete ich zu wissen, um was es ging. Eine laute, furchtbar wütende Frauenstimme schien ihm zu folgen. Sie schrie. Ich war mitten in einen deftigen Ehekrach geraten. Oder hatte ich das mit dem Anruf ausgelöst? Jetzt heulte die Frau auch noch.

„Paragleiten, oder? Ich melde mich morgen bei dir."

„Ich habe aber nur den einen Tag..." Meine Antwort hörte er schon nicht mehr, da er aufgelegt hatte.

„Was war das denn?" Perplex stand ich auf, um mir ein Glas Wasser einzuschenken. Ich hatte noch nicht einmal Zähne geputzt. Das mit Knoblauch gewürzte

Essen und der Wein hinterließen inzwischen ein unangenehmes Gefühl im Mund, sodass ich ins Bad lief und alles nachholte, was ich durch das heiße Amüsement mit Simon hinten angestellt hatte, ehe ich mich endlich aufs Bett warf. „Was für ein Tag!"

Ich träumte von einem Monitor, der ohrenbetäubend piepste, ehe ich begriff, dass es mein Handyton war, der mich aus dem Tiefschlaf riss. Ich richtete mich stöhnend auf und starrte auf die noch verwaschene Nummer. Ich blinzelte ein paar Mal, um den Dunst vor meinen Augen aufzulösen. Die Klinik war es nicht, so viel konnte ich sagen.

„Kira Gmeiner?" Meine Stimme hörte sich verschlafen an.

„Nick hier! Wenn du magst, können wir heute Tandemspringen. Kennst du die Absprungstelle auf der Hochries?"

Ah, dachte ich, der Mann mit der schwierigen Beziehung und rieb mir die Augen.

„Ja, die kenne ich." Ich versuchte, meiner Stimme einen aufgeweckten Ton zu verleihen, was mir nicht leicht fiel, da ich vor wenigen Augenblicken gerade erst aus einem Alptraum erwacht war. Wir tauschten kurz die wichtigsten Informationen aus und verabredeten uns für zehn Uhr auf der Hochries, die mir bekannt war, weil ich dort schon ein paar Mal gewandert war. Der Startplatz war nicht weit von der Bergbahn entfernt und ich hatte damals aus Zeitvertreib bis zur nächsten Talfahrt den Drachenfliegern zugeschaut.

Ich schminkte mich sorgfältig, denn schließlich musste man in jeder Lebenslage gut aussehen. Auch im Himmel! Zum Frühstück entschied ich mich ausnahmsweise nicht für das Croissant, dass ich mir jeden Morgen auf dem Weg zur Klinik gönnte, sondern für einen gesunden Smoothie (eine Sportlerin brauchte Vitamine). Nach einem prüfenden Blick in den Spiegel und auf die Uhr joggte ich das kurze Stück zum Obst- und Gemüsehändler und kam mit einer prall gefüllten Tüte voller leckerer Früchte zurück. Nachdem ich nach einem Rezept gegoogelt hatte, zauberte ich aus einer Avocado, zwei Mangos und einem Stück Ingwer einen herrlichen Smoothie, indem ich die geschälten und entkernten Teile in meine Lieblingsküchenmaschine warf und auf den Startknopf drückte. Im Nu war alles in die gewünschte Konsistenz geschreddert. Ein Spritzer Zitrone, Eis dazu – fertig war mein Fitnessdrink. Er schmeckte sogar ganz gut.

„Wow, du kannst stolz auf dich sein", dachte ich und nahm mir vor, diesen Smoothie am Morgen zur Gewohnheit werden zu lassen. Zufrieden, dass mein freier Vormittag bisher so verlief, wie ich mir das ausgemalt hatte, suchte ich nach einer bequemen Hose und einem sportlichen Shirt. Ob es da oben sehr kalt war? Ich entschied mich für meinen Marken-Windbreaker, den ich auch immer beim Wandern trug und packte zur Sicherheit noch ein wärmendes Fleece in den Rucksack ein. Inzwischen musste ich mich beeilen und rannte zum Auto, ehe ich genervt ausatmete. Reichweite 30 Kilometer stand auf dem Display. Die Batterie war so gut wie leer und man durfte einem E-Auto nie so ganz trauen, was die Kilometerangabe betraf. Ich wägte kurz ab, ob ich auf dem Rückweg bei einer E-Ladesäule vorbeifahren sollte oder jetzt gleich und entschied mich für sofort. Sicher ist sicher! Ich war gesegnet, dass Rosenheim ganze zwölf Supercharger besaß. Allerdings waren, als ich eintraf, alle Säulen besetzt. Es war zum Verzweifeln. Auf der Zwölften stand zu meiner Verwunderung ein Verbrennermotor. Vor mich hin fluchend, überlegte ich, was ich tun sollte. Ich stieg aus.

„He Sie", rief ich in das Innere des Autos und klopfte mit dem Zeigefingergelenk gegen das Glas der halb geöffneten Scheibe.

„Mein Mann ist kurz auf Toilette im Hotel. Es gab keinen anderen Parkplatz." Sie sagte es entschuldigend, als hätte sie das Malheur schon vorhergeahnt.

„Ich möchte nicht unhöflich sein. Aber das ist eine E-Auto-Ladestation", erklärte ich. „Fahren Sie bitte den Wagen weg? Ich habe es ein bisschen eilig."

„Ja natürlich. Tut mir leid. Es ist nur… mein Mann hat die Schlüssel mitgenommen." Sie schaute sich suchend um, aber ihr Gatte war nirgends zu sehen.

Inzwischen fuhren zwei andere Wagen vom Platz. Seufzend stieg ich ein und setzte auf eines der freigewordenen Felder zurück, als jemand an meine Scheibe klopfte.

„Nehmen Sie doch bitte die Säule daneben", bat er. „Sonst bekommen wir beide zu wenig Saft." Ich nickte, während mir der Schweiß ausbrach. Der Tag hatte so gut begonnen und ich wollte diesen Nick nicht warten lassen. Nach dem dritten Anlauf und fünfzehn Minuten Wartezeit besaß ich endlich genügend Strom, um ohne Panne zur Hochries zu fahren.

Mist! Ich war viel zu spät. Mit furchtbar schlechtem Gewissen hetzte ich die letzten Meter bis zur Absprungmatte, ehe ich ihn entdeckte. Er musste es sein, denn alle anderen Menschen gingen einer Betätigung nach, unterhielten sich, sortierten Gurte oder Leinen oder lagen mit geschlossenen Augen im Gras. Hünenhaft, sportlich gebaut und ziemlich muskulös hob er sich von der Masse ab. Regungslos stand er einfach nur da und schaute amüsiert in meine Richtung. Als wir uns zur Begrüßung die Hand gaben, verhaspelte ich mich. Ich war zu schnell gerannt, litt unter Luftnot und stotterte eine wirre Entschuldigung von Ladesäulen und unverschämten Verbrennern. Ich hatte das Gefühl, ihn zu kennen, was aber nicht sein konnte. Verdutzt über den vertrauten Eindruck, der sich in mir ausbreitete, ließ ich meine Hand zu lange in seiner und zog sie dann verschämt zurück.

„Schon gut. Wir sind quitt, Kira. Jetzt atme erst einmal durch."

Oha. Seine volle, dunkle Stimme brachte meine Armhärchen zum Stehen, sodass ich mir mit der Handfläche darüberstrich. Wie er das *Kira* betonte. Kein Mann auf der Welt hatte meinen Namen jemals so ausgesprochen. Er zuckte mit den Schultern.

„Ich habe unser Telefonat abgewürgt und du hast mich dafür eine Viertelstunde warten lassen." Sein Blick war durchdringend, aber nicht aufdringlich. Mein Herz vollführte einen Hüpfer, weil wir uns so lange in die Augen schauten. Seine erschienen mir wie zwei schwarze, ruhige Seen. Ich kannte keinen Menschen, der solch einen maskulinen und gleichzeitig sanftmütigen Ausdruck besaß. Dunkle, ein wenig herausgewachsene Locken umrahmten sein kantiges Gesicht. Seine Art wirkte wie die eines erwachsenen Mannes und doch erschien alles an ihm jungenhaft. Ich musste kurz wegschauen, weil mich sein bloßer Anblick verwirrte.

„Oh Gott, Kira", hörte ich mich innerlich. „Was ist los mit dir?" Ob mir die Mineralstoffe des Smoothies zu Kopf gestiegen waren? Dieses *will-haben-Gefühl* hatte ich das letzte Mal in einer Münchner Boutique erlebt, als mir meine Traumstiefel für bescheidene 599 Euro zuriefen, dass sie ab sofort zu mir gehörten. Sarah hatte mich mit Gewalt vom Regal weggezogen, um mich vor einer unwiederbringlichen Sünde zu bewahren.

„Nein!", rief ich meinem Herz zu. „Kein Eintritt für Schmetterlinge!"

Gut, relativierte ich das Thema, er sah wahnsinnig attraktiv aus, aber ich war mir sicher, je näher ich ihn kennenlernen würde, umso eher würde ich begreifen, dass er ein garstiges Wesen besaß. Fast alle ansehnlichen Kerle konnte man charakterlich in die Tonne hauen. Das beste Beispiel war Simon. Ein Bild von einem Mann. Und ein eingebildetes Großmaul par excellence. Und was bildete ich mir selbst ein? Die Wahrscheinlichkeit, dass diese Sahneschnitte entweder schwul, verheiratet oder sonst auf irgendeine Art und Weise vergeben war, lag meiner Meinung nach bei 95 Prozent. Dann fiel der Groschen. Klar! Die laute Frau. Ich verfügte über einen scharfen Verstand! Die Puzzleteilchen fügten sich zusammen. Erstens, so entschied ich, war er in einer Beziehung, denn sonst hätte er ja wohl kaum zu nachtschlafender Zeit Krach mit einer Frau gehabt. Nach seiner Mutter hatte sie sich nicht angehört. Und zweitens bewies das nächtliche Theater, dass er nicht so sanft und friedfertig war, wie seine dunklen Augen es vorgaukelten. Immerhin musste die Arme einen Grund gehabt haben, derart laut und verzweifelt zu brüllen. Sei auf der Hut, Kira, warnte mich meine innere Stimme, ehe ich eine Spur zu kratzbürstig sagte: „Können wir jetzt starten? Ich habe heute noch etwas anderes vor."

Ein kurzer Schatten von Unmut durchzuckte seine Pupillen.

„Du befolgst genau meine Anweisungen. Auf der Absprungmatte ziehst du in dem Moment die Beine an, wenn ich das Kommando gebe."

Er hatte sich gebückt und gab mir Handzeichen in die Gurte zu steigen, die er mit einem Ruck an meinem Körper festzurrte. Die Freundlichkeit der ersten Minuten war aus seinem Gesicht gewichen. Er schien ein Sensibelchen zu sein, überlegte ich, doch dann hatte er seine Sprache wiedergefunden.

„Start und Landung sind un pochino complicato, der Rest ist einfach", knurrte er.

„Ha! Das kenne ich aus meinem Beruf", erwiderte ich und stellte mich mit dem Rücken vor ihn, so wie er es mir erklärt hatte.

„Wieso?", fragte er. „Bist du Flugkapitänin?"

„Anästhesistin."

Seinen kräftigen Körper hinter meinem zu spüren, brachte mein Blut in Wallung. Wir berührten uns und ich spürte, wie meine Schläfen pochten. Ich hielt die Luft an. Wir standen oberhalb der Matte. Unter uns die Tiefe. Schlagartig wusste ich wieder, warum ich hier war. Ich sollte mit einem faszinierenden Fremden, der sich ziemlich merkwürdig verhielt, in den Abgrund hüpfen.

„Los jetzt. Lauf!"

Und dann sprangen wir. Der Moment, als ich keinen Boden mehr unter den Füßen spürte, war der Schlimmste. Ich war mir ein paar angstvolle Sekunden sicher, wir würden wie ein Stein herunterfallen, aufknallen und gemeinsam in tausend Stücke zerspringen. Doch der Schirm wurde von den Winden nach oben gezogen. Mitten in den blauen Himmel. Mein Herz wurde weit. Ich jauchzte. „Juhuhhhh! Das ist irre!" Ich ließ meiner Seele freien Lauf und stieß mein Glück hinaus. „Juhuh!"

„Mio dio! Kannst du leise sein?"

Hatte ich mich verhört oder hatte der Typ mich gerade zurechtgewiesen? Wut stieg in mir auf, aber ich war nicht Nonno Giulio, sondern die nette, empathische Kira, was sein Glück war. Deswegen hielt ich den Mund und versuchte, den kräftigen Männerkörper, an welchem ich gepresst in der Luft hing, gezielt nicht zu beachten. Er war einzig da, um mich zu beschützen. Punkt.

Ich war fort, wie weggeblasen von sämtlicher Belastung. Hier oben gab es weder Zeitdruck noch warnende Monitore. Alles, was mich nervte, weilte da unten und war so mikroskopisch klein geschrumpft, dass ich fast aus voller Kehle gelacht hätte. Ich beherrschte mich, um ja keinen Laut von mir zu geben, damit der zartbesaitete Herr hinter mir nicht durchdrehte. Losgelöst vom Alltag atmete ich tief in den Bauch ein. Mein Körper prickelte vor

Wohlbehagen. Ich war frei wie ein Vogel und als Nick an einem Berghang eine langgezogene Schleife flog, füllten sich meine Augen mit Tränen. In meinem Kopf befand sich nichts außer Freude und eindrucksvolle Bilder. Der in variierenden Grüntönen gezeichnete Wald, der nach oben hin lichter wurde. Graue Felsen, die auf den Wiesenmatten verstreut lagen und so gewaltig und schwer waren, dass die Rinder daneben aussahen wie kleine, dicke Maikäferchen. „Hallo ihr winzigen Kühe da unten", rief ich. „Ich fliege!" Ich biss mir auf die Zunge. „Sorry!" Wahrscheinlich verdrehte er hinter mir genervt die Augen, aber das konnte ich zum Glück nicht sehen. Die Wolken schienen zum Greifen nah. Hier oben war ich keine Ärztin im Nachtdienst, die von einem Patienten zum nächsten hetzte. Ich war Kira. Oder besser: der freie Vogel Kira. Das Pusteblumensamenkörnchen Kira, das vom Wind weggetragen wurde, um in ein fernes und erfreulicheres Universum zu schweben. Ich blinzelte die Tränen weg, damit ich die Landschaft ungefiltert sehen konnte. Doch ich war so ergriffen, dass mich meine Gefühle überwältigten und es kam, wie es kommen musste. Ich überhörte Nicks Kommando. Während der folgenden Landung sah ich aufgrund meiner Tränen nur ein grünes Aquarell und setzte die Beine zu spät auf. Der Schwung aus den letzten Metern schmiss meinen Körper grob auf die Wiese, Nick stolperte fluchend über mich, sodass ich seinen

Ellenbogen schmerzhaft in meinem Rücken spürte, ehe wir beide übereinander auf dem Boden lagen.

„Mensch, wieso hörst du nicht zu, wenn ich dir was sage?", schimpfte er, während ich mich stöhnend unter ihm hervorarbeitete.

„Tut mir leid", entschuldigte ich mich. Wir rappelten uns auf. Uns war nichts passiert, aber ich bemerkte den Schreck, als er meine Miene sah.

„Tut dir was weh?"

Ich stieg still aus dem Gurt. Meine Knie wackelten. Ich wischte mir mit dem Handrücken die Tränen aus dem Gesicht. Die schwarzen Kajalflecken ließen erahnen, dass ich einem Panda glich. Ich schaute ihn, nachdem ich ein Taschentuch aus meiner Samentasche gefriemelt hatte, an.

„Dieser Sprung war das Genialste, was ich je erlebt habe", flüsterte ich ergriffen. Ich spürte, wie sein Blick sich erst öffnete und mich dann durchdrang. Ein Lächeln zeigte sich in seinem Gesicht und er sah dabei so schön aus, dass ich schluckte. In meinem Herzen regte sich ein Gefühl, das ich nicht Greifen konnte. Irgendwann, mein Zeitgefühl hatte sich verabschiedet, kam Bewegung in ihn.

„Ich muss dann mal den Schirm falten", erklärte er und zeigte hinter sich.

„Soll ich dir helfen? Ich tu' das wirklich gerne", betonte ich, ehe ich ihm einfach folgte.

„Das genaue Zusammenlegen des Stoffes ist überlebenswichtig", sagte er ernst. „Ein Fehler, und der Schirm öffnet sich nicht richtig. Das kann dich unter Umständen dein Leben kosten."

Das kam mir bekannt vor.

„Oh, okay! Ich entdecke immer mehr Parallelen zwischen uns", lachte ich. „In meinem Beruf ist das genauso! Die Kleinigkeiten zählen und ergeben das große Ganze. Und wehe, ich begehe einen winzigen Fehler!"

Mir fiel auf, dass er immer, wenn ich redete, direkten Blickkontakt hielt und zuerst überlegte, bevor er den Mund aufmachte, um zu antworten.

„Ja, ähnlich wie beim Kochen", sagte er jetzt. „Erst die vielen einzelnen Zutaten ergeben das Menü. Nur, dass ein Radieschen oder eine Morchel nicht hops gehen kann", meinte er ironisch, ehe ich loslachte. „Die sind schon vorher tot", grinste er.

„Du hast einen makabren Humor. Aber wie kommst du denn jetzt auf Kochen?", fragte ich. „Obwohl du natürlich recht hast. Eine Prise zu viel Salz oder ein Stängel Koriander mehr und schon ist das ganze Curry verhunzt."

„Ich bin Koch von Beruf, deshalb der Vergleich", grinste er. „Wenn du ein Curry versalzen hast, dann gibst du eben noch eine Dose Kokosmilch dazu", erklärte er. „Bei deinen Patienten geht das schlecht."

„Kokosmilch hilft leider nicht. Wie wäre es mit einer Bluttransfusion?", gab ich zum Besten und wieder mussten wir lachen, wie zwei kleine Kinder. So grantig, wie er eben geklungen hatte, so umgänglich war er jetzt, wunderte ich mich.

„Du bekommst noch dein Geld!" Ich kramte in meiner Jackenentasche, ehe ich es ihm hinhielt.

„Danke, bis dann mal!", sagte ich leise.

„Ich hab' zu danken." Er hielt die Scheine in die Höhe.

„Das wird der Kinderwagen für meinen Sohn."

Diese so rührende Aussage versetzte meinem Herzen einen kleinen Stich. „Du bist Daddy?", fragte ich ihn, ohne mir die Enttäuschung anmerken zu lassen.

„Ich werde Vater! In genau zwei Monaten", freute er sich. Hierauf steckte er die Scheine ein und ließ mich stehen, um den Schirm in den Rucksack zu quetschen.

„Tschüss dann", rief ich, ehe er mir kurz zunickte. Ich hörte im Weggehen, wie er an sein Handy ging und sich erst bei jemandem entschuldigte, daraufhin lautstark rechtfertigte. Ich blickte noch einmal kurz über meine Schulter, ob alles okay war, und registrierte Nicks vormals aufrechten Körper, der jetzt wie ein Häuflein Elend in sich zusammengesunken neben dem gelben Stoffberg stand.

Der schrecklichste Tag

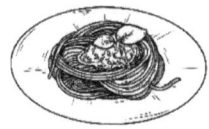

„Willst du, dass dich deine Tochter auf dem Friedhof besuchen kommt?!", schrie Fiona. „Du kannst heute Abend hier schlafen!"

Nick konnte nicht fassen, was seine Freundin gerade tat. Sein Bettzeug flog, begleitet von Flüchen, auf die alte Couch im Wohnzimmer, wo er verloren in der Mitte des Raumes stand und seine Gedanken sortierte. Er hielt das Geld immer noch in seiner Hand. Das peinliche Gefühl, dass Fiona ihn ertappt hatte, drückte ihm unangenehm auf den Magen. Sie hatte heimlich seinen Ortungsdienst aktiviert, bevor er zu einem „Bewerbungsgespräch" in die Stadt gefahren war. Seine Lüge hatte sie ziemlich sauer werden lassen und nicht einmal das Geld von dieser etwas eingebildeten Ärztin hatte sie besänftigt.

Er kämpfte mit sich und seinen Gefühlen. Eigentlich sollte er wütend auf Fiona sein. Sie wollte ihn umerziehen, obwohl sie ihn nicht nur als den gutgelaunten Nick, sondern eben auch als Paraglider kennengelernt hatte. Durfte sie das? Konnte ein Mensch einem anderen verbieten, so zu leben, wie er es für richtig hielt? Immer öfter überkam ihn das Gefühl, keine Chance zu haben, jemals der Mann zu sein, nachdem sich seine Freundin sehnte. Sie träumte seines Erachtens nach von einem Partner, der er nie sein konnte. Oder war er wirklich ein verantwortungsloser Mensch, der ständig alle um sich herum verletzte? Vielleicht war er gar nicht zum Vatersein geeignet. Er erschrak. Das sollte es geben. Dabei wünschte er es sich so sehr.

Fiona verhielt sich mehr als sensibel, seit sie schwanger war. Jeden zweiten Tag gab es Streit.

„Was meinst du, Sam? Muss ich ihr nachgeben und mit der Fliegerei aufhören?"

Der Rüde schaute ihn aufmerksam an.

„Schlau von dir. Du enthältst dich einfach der Meinung.", sagte Nick. Er musste das Problem alleine lösen. Aber wie konnte er die Sehnsucht nach dem Himmel unterdrücken? Er müsste diesen sehnsuchtsvollen Teil von sich ersticken, ihn sterben lassen. Er schluchzte auf, weil ihm keine Lösung einfiel. Als er im kleinen Spiegel neben dem Schrank seine eigene armselige Gestalt sah, löste er sich aus seiner

Starre. Ohne die Decken zu sortieren, ließ er sich geradewegs auf den weichen Haufen fallen und schloss die Augen.

„Was soll ich tun?", fragte er sich immer wieder. „Muss ich Fiona nachgeben oder nicht?" Die Anästhesistin hatte angedeutet, sich nochmals bei ihm zu melden. Es hatte ihr gut gefallen und wenn er es geschickt anstellte, könnte er sie zu seiner Stammkundin machen. Sie kam von hier und Geld spielte, so stylisch wie sie aufgetreten war, mit ziemlicher Sicherheit keine Rolle. Er hatte beobachtet, wie sie mit ihrem Wagen weggefahren war. Eine Luxuskarre mit Sonderlackierung und Ledersitzen. Vermutlich fast so teuer wie eine kleine Wohnung auf dem Land, dachte er verächtlich. Eigentlich hatte er nicht die Lust, sie noch einmal zu treffen. Er mochte keine versnobten Leute, die sich für was Besonderes hielten. Aber das war nicht wirtschaftlich gedacht und im Endeffekt ging es darum, Kohle zu generieren. Sie kannte andere Ärzte und nannte mit Sicherheit einen großen Freundeskreis ihr Eigen. Er fand nicht zur Ruhe und noch weniger eine Lösung und ging mit Sam an seiner Seite hinüber in den Stall, wo er wortlos beim Füttern und Ausmisten der Kühe half. Fiona nuschelte etwas Unverständliches, dann verhielt sie sich so, als sei er Luft.

„Sollten wir nicht miteinander reden?", fragte er bittend in ihre Richtung. „Parlami! Parlare aiuta!"

Das Rasseln der Ketten, an denen die Rinder angebunden waren, war die einzige Antwort, die er erhielt. Dann, nach endlosen Minuten des Schweigens, drehte sie sich zu ihm um.

„Ich habe oft mit dir geredet. Und was hat es geholfen? Nichts! Niente!", rief sie. „Hast du wenigstens den Makler angerufen? Wegen der Wohnung in Beuerberg", erklärte sie, als er sich nicht rührte. „Hast du natürlich nicht", beantwortete sie sich ihre Frage selber, während es in Nicks Kopf rotierte. Sie hatten vor einigen Tagen die Wohnungsanzeigen durchgeschaut und die Unterkünfte mit rotem Stift angekreuzt, die ihren Vorstellungen und vor allem Sam gerecht wurden. Die meisten Vermieter wollten keine Tiere. Jetzt erinnerte er sich auch an die spezielle Wohnung in Beuerberg. Der Hausbesitzer war tierfreundlich eingestellt und sie besaß drei Zimmer, Seeblick und eine Terrasse, war allerdings mit 13 Euro pro Quadratmeter und Maklerkaution die mit Abstand hochpreisigste Immobilie gewesen.

„Ach, Mist! Das habe ich total vergessen. Tut mir leid. Ich kann anrufen, wenn du möchtest."

„Weißt du Nick, es geht nicht darum, was ich gerne möchte. Es geht um uns. Um unser Leben und unsere Zukunft. Soll deine Tochter in einer Kellerwohnung neben dem Miststock aufwachsen? Willst du das wirklich?"

Sie sahen sich an. Es tat gut, dass sie endlich wieder mit ihm sprach. Nichts war schlimmer, als ignoriert zu werden. Um zu beweisen, dass er ein fähiger Partner und zukünftiger Vater war, zog er sein Handy aus der Tasche und hob es demonstrativ hoch. „Ich geh' eben rein und ruf' ihn an."

„Die Zeitung liegt auf dem Küchentisch", rief sie ihm hinterher. „Wenn er absagt, dann ruf die anderen Immobilienmakler an. Irgendeiner wird schon einen Termin für uns finden."

Heute Nachmittag schien der Tag besser zu werden, denn sein Anruf war erfolgreich und sie konnten, wenn sie wollten, auf der Stelle eine Besichtigung vornehmen.

„Lass uns hier seitlich ranfahren und parken", bat Fiona kurz nach dem Ortsschild. „Es tut mir gut, ein bisschen zu laufen. Mein Blutdruck ist mal wieder zu niedrig."

Sie wussten beide, dass es nicht in erster Linie um Fionas Kreislauf ging. Der verbeulte Pickup hatte seine beste Zeit längst hinter sich und Nick wartete jeden Tag darauf, dass er entweder auseinanderfiel oder der Motor nicht mehr ansprang. Der Makler fuhr mit Sicherheit ein nagelneues, hochglanzpoliertes Fabrikat und der erste Eindruck, den man hinterließ, zählte bekanntlich. Sobald er wieder fest angestellt war, würde er einen praktischen, aber schicken Kleinwagen leasen, mit dem Fiona mit dem Baby in der Stadt herumfahren konnte.

„In Ordnung, dann laufen wir die 200 Meter bis zum Haus. Vielleicht nicht übel, auch mal die nähere Umgebung mit den Nachbarn auf sich wirken zu lassen."

Den Hund hatten sie vorsichtshalber zuhause gelassen. Er war zwar lieb wie ein Schaf, aber flößte, aufgrund seiner bulligen Statur, manchen Menschen Angst ein.

Zum ersten Mal seit vielen Wochen erschien Fionas Gesicht entspannt. Sie stolzierte mit zufriedener Miene durch jeden einzelnen Raum und lächelte still vor sich hin. Im Geiste stellte sie ihre spärlichen Möbel an die Stellen, wo sie passten, prüfte Größe und Helligkeit des Kinderzimmers und fragte den Makler nach einem Supermarkt und einem nahegelegenen Kindergarten. Wie wunderschön sie aussah, wenn sie glücklich war, dachte Nick. Fiona war eine natürliche Schönheit und schminkte sich fast nie. Nick dachte an die gestylte Ärztin. Keine seiner bisherigen Kundinnen war so modisch gekleidet und perfekt geschminkt am Berg aufgetaucht, aber nachher hatte sie ausgesehen wie ein zerzauster Pandabär. Er lachte innerlich.

Die riesige Terrasse war mit Teakholz ausgelegt und nach Süden hin ausgerichtet. Sie besaß sogar eine motorbetriebene Markise und bot Platz für Grillpartys oder Familientreffen. Man konnte von der Wohnung aus zu einem kleinen See spazieren. Ein Pfad, Fiona konnte ihn sehen, führte bis an den Uferbereich, wo ein paar Schwäne entlangzogen. An einem Steg aus Holz war ein Ruderboot befestigt. Wasser war eine nicht zu unterschätzende Gefahrenquelle für Kinder, aber ihre Tochter würde die ersten Jahre nie unbeaufsichtigt spielen. Und am See wäre ein Elternteil immer dabei. Auch später. Die Straße, an der das Mehrfamilienhaus stand, war nicht sehr stark befahren.

Es gab nichts zu meckern; die Unterkunft war perfekt. Nicks Herz hüpfte. Jetzt konnte er beweisen, dass er für seine Familie sorgte. Er nahm den Makler in einem günstigen Augenblick beiseite, während Fiona immer noch ganz in Gedanken die Aussicht auf den See genoss.

„Gibt es andere Interessenten für die Wohnung?"

„Im Moment ist nur ein weiteres Pärchen im Rennen. Was arbeiten Sie denn?"

Mit der Frage hatte Nick gerechnet.

„Ich bin gelernter Koch", antwortete er, ehe der Mann den Mundwinkel verzog. „Ja, ich weiß, was Sie denken. Die Branche hat sehr unter dem Shutdown gelitten, aber Corona ist ja so gut wie gegessen." Er lachte über sein unbeabsichtigtes Wortspiel. „Essen tun die Leute immer gern. Die Restaurantküchen sind geöffnet und die Gäste kommen und dürfen sogar wieder in den Innenräumen ihr Menü genießen."

„Ja, jetzt, im Frühling und Sommer." Der Makler klang besorgt. „Was uns der Herbst und Winter bringen wird, wissen wir nicht." Fast konnte man es Mitleid nennen, was aus seinen Augen sprach. Nick begann sich unwohl zu fühlen. Aber er wollte diese Wohnung für sich und seine Familie unbedingt.

„Sind sie denn in fester Tätigkeit?"

„Ich arbeite als freier Mitarbeiter für einige Restaurants." Er sagte mit Absicht freier Mitarbeiter. Springer war keine vorteilhafte Bezeichnung für jemanden, der eine Familie ernähren musste. „Und ich habe vor, ein eigenes Speiselokal aufzumachen. Gehobene Küche." Hatte er das gerade wirklich gesagt? Nick erschrak fast über sich selber.

„Spannend! In diesen Zeiten." Der Verkäufer musterte ihn voller Neugier. „Haben Sie denn bereits ein Objekt im Auge? Die Banken sind im Moment ziemlich streng, wenn es um Existenzgründung geht."

„Ja, im Auge schon", antwortete Nick und sah kurz zu Fiona hinüber, die ihn ungläubig fixierte. Er wollte sich nicht verhaspeln und schwieg lieber. Was gingen den Makler seine Bankgeschäfte an? Doch auch sein Gegenüber ging nicht weiter auf die Sache ein. Er schien ihn nicht allzu ernst zu nehmen.

„Wissen Sie, dem Vermieter ist es wichtig, dass er seine Miete pünktlich zum Ersten des Monats überwiesen bekommt. Das Objekt, in dem wir uns befinden, ist im oberen Preissegment angesiedelt. Ich persönlich finde Sie sympathisch, auch wenn Sie...", sein Blick wanderte von Fionas rundem Bauch zu Nicks Hand.

„Selbst, wenn Sie noch beneidenswert jung sind, zudem wie ich vermute, unverheiratet, und Sie", er schaute zu Nick, „nur Gelegenheitsjobs nachgehen." Er kratzte sich am Kinn. „Tja, wie soll ich sagen..." Auf einmal hatte er es eilig. „Ich werde ein gutes Wort beim Vermieter einlegen und Sie innerhalb der nächsten Tage anrufen."

Im gleichen Moment, als Nick diese pseudofreundliche Floskel hörte, wusste er, dass es nichts werden würde mit ihrem Traum vom Seeblick. Fionas glasiger Blick traf Nick mitten ins Herz. Auf dem Weg zum Auto versuchte er sie zu trösten.

„Das war die erste Wohnung, die wir angeguckt haben. Lass uns noch ein paar Nummern anrufen. Ich habe die Inserate abfotografiert." Insgeheim war in seinem tiefsten Innern ein Druck von ihm gewichen. 13 Euro pro Quadratmeter Kaltmiete war schon eine Hausnummer.

„Wie hast du das eben gemeint?", Fiona suchte seinen Blick. „Das mit der Selbständigkeit."

„Ist halt ein Traum, über den ich viel nachgrüble, aber ich weiß, dass es nicht funktioniert. War mehr so 'ne Notlüge. Ich dachte, der Typ steigt wenigstens drauf ein und wir bekommen die Wohnung."

„Aber die Idee ist echt spitze", sagte Fiona. Sie nahm sein Gesicht in ihre Hände, küsste ihn mitten auf die Nase und lachte. „Mensch, Nick! Du bist der beste Koch der Welt. Warum hast du mir nie von deinem Traum erzählt?"

„Du würdest das akzeptieren und unterstützen?" Verwundert über seine fehlende Menschenkenntnis nahm er Fiona in den Arm. Wie unbeschreiblich schön sich das anfühlte.

„Die Zeit ist schwierig. Es ist nicht nur wegen des verdammten Virus. Ich bräuchte einen Kredit von der Bank und somit einen superausgefeilten Businessplan. Wir verfügen über kein Eigenkapital", seufzte er.

Fiona nickte. „Ja, ein Darlehen ist wichtig. Soll ja schließlich ein cooles Restaurant werden. *Chez Nick*", ersann sie und kniff ihn in die Seite.

„Hey, ich bin Italiener und kein Franzmann! *Da Nicola*, wenn schon."

Sie lachten gemeinsam und dachten sich noch mehr neue Namen für Nicks Restaurant aus.

„Ich kann dir bei dem Geschäftsplan helfen. Ist easy. Das würde mir sogar Spaß machen."

Fiona war gelernte Kauffrau im Einzelhandel und kannte sich mit Zahlen besser aus als er. Die verrückte Idee mit dem eigenen Lokal bescherte ihm ein Glücksgefühl und er fragte sich, warum er nicht früher darauf gekommen war, auch mal an die Umsetzung seiner Träume zu denken. Wie oft hatte er sich gewundert, wie unorganisiert und talentfrei sich manche seiner Berufskollegen ihre Brötchen verdienten. Er würde nicht mehr herumgeschubst werden, konnte selbst bestimmen und seiner Kreativität freien Lauf lassen. Und Kochen, das konnte er wirklich!

„Das Tollste wäre ein ganzes Haus, in dem wir oben wohnen und in dem sich unten das Lokal befindet. Dann kann ich arbeiten und bin doch bei euch", träumte er.

„Und unsere Tochter könnte sich bei dir mit ihren Freundinnen eine Pizza abholen", ergänzte Fiona.

„Sie wird so beliebt sein", prustete Nick los. Plötzlich war es wie früher, als sie sich kennengelernt hatten. Leicht und schön. Er küsste sie leidenschaftlich, ohne dass sie sich wehrte. Im Gegenteil. Er spürte, wie sich ihr Körper an seinem entspannte.

„Ich liebe euch", hauchte er. Ihr befreites Lachen klang so hinreißend in seinem Herz, dass er schlagartig wieder wusste, warum sie zusammen waren: weil sie füreinander bestimmt waren. In diesem Augenblick geschah noch etwas Erstaunliches mit ihm. Er vermisste den Himmel nicht und war trotzdem so ausgefüllt mit Glück, Zuversicht und neuen Plänen. Er konnte sich in diesem Moment vorstellen, mit dem Paragliding eine Pause einzulegen. Für Fiona und ihr gemeinsames Kind. Als ob er unterstreichen wollte, was er gerade fühlte, schaute er nach oben in das helle

Blau, das nur von einzelnen Schäfchenwolken unterbrochen wurde.

„Der Himmel kann ein wenig warten. Jetzt sind neue Pläne dran", flüsterte er und das Strahlen in seinem Gesicht färbte alles um ihn herum hell und glänzend.

„Träum nicht! Komm!", rief Fiona lachend, „ich habe Hunger!"

„Komme Schatz! Ich muss mich noch vom Himmel verabschieden."

„Was?" Fionas Jubelschrei bestätigte ihm, dass er richtig entschieden hatte. Er suchte mit den Augen die bunten Punkte und fand einige wenige Paraglider, wenn er in Richtung Riedering schaute.

„Guten Sprung! Irgendwann komme ich wieder", murmelte er und grinste, als ihn ein ohrenbetäubendes Hupen in die Gegenwart riss. Bevor er sich orientierte, folgte ein dumpfer Schlag und Fiona wurde durch die Luft katapultiert. Ihr Körper sah seltsam verdreht aus und schlug mehrere Meter hinter dem SUV auf.

„Fiona!" Nicks Schrei zerriss die Stille. Der schockierte Fahrer saß mit aufgerissenen Augen hinter dem Steuer. Seine Finger umklammerten das Lenkrad. Nick rannte zu der Stelle, wo Fiona auf dem harten Asphalt lag. Während er den Notarzt rief, traf ihr fragender Blick den seinen.

„Es wird alles gut. Bleib ruhig", weinte er und zwang sich, nicht auf ihre bizarr verrenkten Gliedmaßen zu gucken. Er saß neben ihr auf der Straße, hatte seine

Jacke unter ihren blutigen Kopf gelegt, hielt ihre Hand und ließ sie nicht aus den Augen. Wenige Sekundenbruchteile lang führten sie ein stummes Zwiegespräch. In der Ferne erklang ein Martinshorn.

„Sie kommen!"

Eine Träne löste sich aus ihrem Augenwinkel. Eine Hand bewegte sich mühsam, wie unter Zeitlupe auf ihren Bauch.

„Ich wollte sie Carolina nennen", flüsterte sie, ehe sich der Glanz ihrer Pupillen in eine stumpfe Weite verwandelte und sich ihre Lider schlossen.

Familie

Das Hochgefühl nach dem Tandemsprung hielt an und ich fühlte mich so energetisch aufgeladen, wie schon lange nicht mehr. Es war, als ob der Himmel ein Tor in meiner Seele geöffnet und die Staubschicht, die darin lagerte, herausgepustet hatte.

„Ob ich spontan zu Sarah nach München fahre?", überlegte ich und packte, nachdem ich mich während des Duschens dafür entschieden hatte, ein paar verpackte Spritzen (natürlich ohne Nadel) und Verbandszeug ein, das ich meistens zuhause vorrätig hatte. Kaja und Bonita spielten für ihr Leben gern Doktor mit ihren Puppen und fragten mich jedes Mal, ob ich ihnen aus der Klinik Material beschaffen konnte. Ich tat das von Herzen gern für meine beiden Lieblingsnichten. Sie sollten ruhig ein wenig davon profitieren, dass ihre Tante in einem Krankenhaus tätig war. Der Jubel war groß und ich hatte auch noch mächtig Glück, denn in der geräumigen Wohnküche blubberte ein Topf mit Spaghetti-Wasser vor sich hin.

„Es gibt Spaghetti Bolognese, Tante Kira", rief Bonita und hängte sich an mein Bein, damit ich sie hochnahm. Kaja hüpfte mich von hinten an, um ebenso meine Gunst zu erlangen wie ihre Zwillingsschwester.

„Lasst eure Tante am Leben", lachte Sarah und jagte die Vierjährigen spielerisch davon, ehe sie mir um den Hals fiel. Sie war zwar zwei Jahre älter als ich, wurde aber stets jünger geschätzt und glich mit ihrem locker gesteckten Dutt, dem bunten Oversized-Hemd und der Harry-Potter-Brille einer Studentin für Philosophie im achten Semester.

„Das ist eine tolle Überraschung. Du kannst mit uns essen. Kai isst auswärts." Sie flüsterte: „Dann habe ich wenigsten Gesellschaft von einem erwachsenen Wesen. Wenn du den ganzen Tag nur mit diesen kleinen Monstern zusammen bist, reduziert sich dein Wortschatz automatisch auf zwanzig Begriffe am Tag, die sich ständig wiederholen. Rate mal, welches Wort auf Platz eins steht?" Sie verdrehte gespielt genervt die Augen.

„Nein?" Ich lachte, derweil sie in die Hände klatschte.

„Bingo! Gleich vor ‚lass das' und ‚nachher vielleicht'. Auf Platz vier steht: ‚Papa muss arbeiten', gefolgt von ‚erst wird aufgeräumt'."

Sarah schüttete die bissfeste Pasta in einen Topf, während ich mit den Mädchen den Tisch deckte. Ich gab jeder einen Teller in die Hände, den sie unbeholfen, aber mit Feuereifer auf den richtigen Platz pfefferten.

„Ich möchte auch Ketchup wie Tante Kira!" Bonita verschränkte die Hände und zog ein missmutiges Gesicht. Vor ihr stand der Spaghetti Bolognese-Teller.

„Kira ist Vegetarierin. Deshalb möchte sie kein Fleisch essen", erklärte Sarah. „Iss jetzt! Wenn du magst, kannst du dir einen Klecks Ketchup auf die Fleischsoße tun."

„Nein!"

Ich griff zu einer Notlüge, um die Situation nicht eskalieren zu lassen. Sarah hatte mit viel Liebe gekocht und sie wollte die wichtige und wertvolle Zeremonie des gemeinsamen Mittagessens nicht durcheinanderbringen.

„Ich habe gestern und vorgestern schon ganz viel Bolognese-Soße gegessen." Ich schickte Sarah einen solidarischen Blick. „Deswegen lasse ich meinen Teil dem Papa. Der wird sich freuen, wenn er von der Arbeit kommt."

Bonita überlegte einen Augenblick und beobachtete ihre Schwester, der schon ein roter Soßenbart um den Mund gewachsen war.

„Na gut."

Damit war das Thema erledigt und Sarah konnte durchatmen. Meine Schwester sah mich an: „Weißt du noch, wie du in Alba bei Opa Giulio die Trüffelspaghetti nicht essen wolltest?"

Ich verzog das Gesicht. „Kaja? Bonita? Weghören!",
befahl ich.

Die zwei spitzten ihre Ohren.

„Eure Tante Kira hat die Trüffelpasta, die euer Uropa
gekocht hat, vor sich auf die Tischdecke gespuckt. Da
war sie so alt wie ihr jetzt. Ich ein wenig älter", gab
Sarah zum Besten, ehe die Kinder laut losprusteten.

„Und dann?", fragte Kaja und sah ungläubig zu mir.

„Dann, das könnt ihr euch vorstellen, hat es ein dolles
Donnerwetter gegeben und Kira hat zur Strafe keinen
Nachtisch bekommen. Und ich dafür zwei."

„Welches Kind isst schon gerne Trüffel?", beschwerte
ich mich und schüttelte den Kopf. „Wie kommt man
nur auf die Idee, zwei kleinen Mädchen eine
Trüffelpasta vorzusetzen?"

„Wir waren in Alba und Giulio hatte die Knollen
selber gesucht. Schon vergessen?"

Jetzt erinnerte ich mich wieder. Die Bilder kamen
hoch und ich sah Opa Giulio, Sarah, Matteo und mich
durch den bunten Wald marschieren. Es musste Herbst
gewesen sein – Trüffelsaison. Ich besann mich, dass der
Boden zentimeterdick voller Eicheln und welker Blätter
bedeckt war und wir Mädchen und Matteo uns
gegenseitig damit beschmissen. In den Berghängen
rund um das Dorf tönte das stetige Bellen der Hunde.
Opa Giulio war nicht der Einzige, der sich auf
Schatzsuche begab. Je nach Gewichtigkeit der eigenen
Person besaß jeder Trüffeljäger aus Alba sein

abgestecktes Revier, in dem er sich bewegte. Wege waren Fehlanzeige! Es gab nicht einmal Pfade. Wir kletterten durch dichtes, stacheliges Buschwerk steile Hänge hinauf oder rutschten sie auf dem Hosenboden hinunter, immer den sensiblen Nasen der Hunde nach. Birba war Nonnos Lieblingshündin, die er vergötterte und die sogar im Haus leben durfte. Pinocchio lebte nachts im Zwinger und war ein braun-weiß gefleckter Jagdhund. Er gehörte der teuren Rasse italienische Bracke an und trug Maulkorb, weil böse Menschen versuchten, Nonno oder den anderen die kostbaren Trüffel abspenstig zu machen, indem sie die Hunde vergifteten. Aber das ahnten wir damals nicht. Für uns war der Wald ein wilder Abenteuerspielplatz und Giulio war so auf seine Pilze fixiert, dass er uns unbeaufsichtigt auf jeden Baum klettern ließ. Wir durften durch die flachen Seitenarme des Tanaro waten oder uns mit Lehm vollmatschen. Wir orientierten uns, um nicht verlorenzugehen, an dem Turm auf dem Hügel gegenüber. Wenn wir diesen sahen, befanden wir uns noch in Giulios Gebiet. Witzigerweise rief er, wenn es weiterging, unsere Namen im Einklang mit denen der Hunde.

„Pino! Birba! Sarah! Kira! Matteo! Hierher!"

Die italienische Sonne ließ uns selbst an den Herbstabenden, Ende Oktober, nie frösteln. Der Wald war in ein goldenes Licht getaucht, wie ich es in

Deutschland noch nie gesehen hatte. Alles leuchtete wie verwunschen.

Giulio redete nicht viel. Schon gar nicht mit uns, den Bambini. Aber Sarah und ich erkannten an seinem Gesichtsausdruck, ob er brauchbare Knollen gefunden hatte oder nicht. Am besten war die Ernte, wenn er auf dem Heimweg länger als fünf Minuten am Stück lächelte und der kleine Stoffsack gut ausgebeult in seiner Hand baumelte. Seine Fingernägel waren ganz schwarz vom Graben. Wir liefen meistens über die Piazza Risorgimento zum Wohnhaus, wo er, wild gestikulierend, den anderen alten Männern von der erfolggekrönten Suche erzählte. Und dann eines Tages war ihm wohl die verrückte Idee gekommen, seine Enkelinnen aus Deutschland ein Stück sündhaft teuren, weißen Trüffel probieren zu lassen. Es war absolut schrecklich gewesen. Ich hatte verstört auf die guten Nudeln gestarrt, auf die er mit einer Reibe winzige Pilzstücke raspelte. Davon aber eine ganze Menge. Sie erinnerten mich vom Aussehen an abgeschnittene Zehennägel. Die Pasta, die erst so herrlich gerochen hatte, wie frische Pasta eben riecht, stank plötzlich fürchterlich. Als sich der eklige Geschmack in meiner Mundhöhle ausgebreitet hatte, wusste ich mir nur so zu helfen: Ich spuckte den unerträglichen Brei aus und rannte, unter Giulios fassungslosem Blick, so schnell ich konnte, auf Toilette.

Kajas Worte holten mich zurück in die Gegenwart.

„Muss ich sowas auch bei Uropa Giulio essen?"

„Nein", erwiderte Sarah. „Du hast Glück. Inzwischen ist euer Urnonno zu alt, um durch die Wälder zu streifen und Trüffel zu sammeln."

„Schade", sagte Bonita. „Ich mag scheußliche Sachen. Das kitzelt dann so schön im Herz."

Wir lachten.

„Nonnos Trüffelzeit ist vorbei, aber durch die Wälder spazieren und im Tanaro Flusskrebse fangen, das könnten wir trotzdem", schlug ich vor und schickte Sarah einen fragenden Blick. „Hast du Alba diesen Sommer schon eingeplant?"

„Heißt das, du wärst endlich wieder dabei?" Sie strahlte über das ganze Gesicht.

„Natürlich!" Ich wollte Giulio noch einmal sehen, bevor er richtig alt wurde. „Ich muss es ein paar Wochen vorher wissen, damit ich Urlaub nehmen kann."

„Giulio muss inzwischen über achtzig sein. Wir waren ewig nicht mehr in Italien." Ich rechnete im Kopf zurück, Sarah kam mir zuvor.

„Es ist fast vier Jahre her. Nonno hat uns zu sich eingeladen, nachdem die Zwillinge geboren waren und das war im Sommer vor vier Jahren."

„Ja, stimmt, du und Kai, ihr seid mit den Babys gefahren. Ich erinnere mich. Aber da war ich gar nicht dabei", erwiderte ich leicht schockiert darüber, wie rasend schnell die Zeit verging.

„Du hattest derzeit ziemlich viel mit deiner Facharztausbildung zu tun", sagte meine Schwester. „Und danach hattest du immer noch seltener Zeit. Egal, um was es ging", erklärte sie mit leicht beleidigtem Unterton.

„Es tut mir leid", sagte ich. „Aber ich habe nun mal einen sehr verantwortungsvollen und zeitintensiven Job."

„Du redest schon wie Papa!", schimpfte Sarah.

„Ich bin doch da", rechtfertigte ich mich. „Komm, ich helf' dir, das Geschirr in den Geschirrspüler zu räumen, und dann trinken wir noch eine Tasse Kaffee." Ich übergab den Mädchen die Mitbringsel und sorgte mit Sarah in der Küche für Ordnung, derweil meine Nichten ihre Püppchen verarzteten.

„Oh, hast du das gehört?", fragte Sarah und drehte das Radio lauter. „Das ist doch bei dir in der Nähe."

Wir lauschten.

„Verkehrsnachrichten. Sperrung RO16 Beuerberg. In den Mittagsstunden ist auf der Kreisstraße RO16 kurz vor dem Ortsausgang Beuerberg eine Frau tödlich verunglückt. Die 28-Jährige war im achten Monat schwanger, als sie von einem PKW frontal erfasst wurde. Die werdende Mutter sowie das ungeborene Kind waren nicht mehr zu retten und verstarben laut Polizeibericht noch an der Unfallstelle. Zu den genaueren Umständen, und ob der PKW-Fahrer mit überhöhter Geschwindigkeit unterwegs war, ermittelt die Polizeibehörde Rosenheim. Die Kreisstraße ist bis auf

Weiteres gesperrt. Umleitungen über Ecking oder Pietzing – Wolferkam."

„Das ist tatsächlich bei mir um die Ecke", sagte ich und zog ein ehrlich betroffenes Gesicht. „Die armen Angehörigen!"

„So jung und dann auch noch schwanger. Das ist total entsetzlich. Manchmal ist man zur falschen Zeit am falschen Ort", murmelte Sarah. „Aber du bekommst die Schicksale ja täglich hautnah mit", seufzte sie. „Ich könnte das nicht. Ich wär' nur am Heulen." Ihre Augen füllten sich mit Tränenflüssigkeit.

„Komm, nicht weinen. Das Leben ist manchmal ungerecht und gemein, aber ich heile ja auch ganz oft. Themawechsel!", versuchte ich sie aufzuheitern. „Rate mal, wo ich heute Morgen war?"

„Keine Ahnung? Mit Simon beim Champagnerfrühstück?"

Ich schüttelte den Kopf.

„Besser!", sagte ich.

„Noch besser?" Sie verdrehte die Augen und überlegte gespielt angestrengt. „Was könnte genialer sein, als mit Simon zu frühstücken?" Sie zwinkerte mir zu. „Na klar! Du warst shoppen, bevor du hergekommen bist. In München City! Was hast du dir gegönnt? Schmuck? Die Swarovski-Ohrringe, die du letztens im Internet entdeckt hast?"

„Falsch!" Ich sah sie triumphierend an. „Ich war beim Paragliding."

„Du willst mich veräppeln? Nicht dein Ernst!", rief sie. „Und das erzählst du mir so ganz nebenbei?"

Ich zuckte mit den Schultern und angelte zwei der türkisfarbenen Keramikbecher aus dem Regal.

„Du glaubst nicht, wie toll sich das angefühlt hat. Mein Kopf war danach völlig leer."

„Krass!", erwiderte Sarah. „Du hast einen Tandemsprung gemacht, oder?"

„Ja, genau. Der Typ, der das anbietet, ist ein bisschen komisch gewesen, aber das war mir egal. Ich habe mich bei ihm sicher gefühlt und das war das Wichtigste", erzählte ich von meinem Abenteuer.

„Wieso komisch?" Sarah war genauso neugierig wie ich und natürlich musste sie ganz genau wissen, mit wem sich ihre Schwester vom Berg gestürzt hatte.

„Sah ziemlich gut aus, aber war so ein wechselhafter Charakter. Erst wortkarg und irgendwie schlecht gelaunt und dann plötzlich redselig. Ich werde nicht schlau aus ihm."

„Aha."

„Er hat mir einen Rüffel verpasst, als ich gejubelt habe!", erklärte ich und fand das Ganze im Nachhinein noch befremdlicher, als es sich in der Luft schon angefühlt hatte. Sarah lachte laut auf.

„Das geht natürlich gar nicht! Dass jemand Madame in ihre Schranken weist. Und dann noch ein fremder, gutaussehender Mann." Sie kicherte. „Hast du so laut gequiekt da oben, dass ihm die Ohren abgefallen sind? Gib es zu!"

„Nein." Beleidigt, dass sie zu ihm hielt, schüttelte ich den Kopf.

„Wenn du genauso lauthals gebrüllt hast, wie in der Achterbahn auf dem letzten Oktoberfest, dann gute Nacht!", überlegte meine Schwester laut.

„Ich habe einfach nur die Landschaft bewundert, weil es von oben so himmlisch aussah. Mehr nicht. Vielleicht habe ich ganz kurz aufgeschrien. Aber nur für einen winzigen Moment. Bei der Landung ist er auf mich gefallen."

„Er scheint Eindruck hinterlassen zu haben."

„Er ist Koch und fest liiert. Sie bekommen bald ein Baby", sagte ich. „Mir langt außerdem ein männliches Wesen in meinem Dunstkreis", lachte ich.

„Was? Ein fliegender Koch?", fragte Sarah. „Sachen gibt's!" Sie schüttelte den Kopf, ehe sie weitersprach.

„Was geht mit Simon? Wird Zeit, dass endlich mal was Festes draus wird. Wenn es im Bett klappt, dann funktioniert auch der Rest. Andersherum gilt das nicht."

„Ja, ja!", rief ich aus. „Verschone mich mit deinem Lieblingsspruch! Gras ist grün, aber nicht alles Grüne ist Gras." Ich hasste es, wenn sie mit Simon anfing und Ergebnisse erwartete, die ich nicht vorweisen konnte.

„Ich bin nicht in ihn verliebt."

Sarah begriff nicht, wie man mit jemandem Sex haben konnte, für den man keine Gefühle übrighatte. Wir hatten gefühlt schon hundert Mal über das Thema diskutiert. Sie vermutete nämlich, dass wir beide armselige Beziehungsphobiker seien und uns nur nicht trauten, uns zueinander zu bekennen.

„Ihr müsstet der Sache einfach eine Chance geben. Wenn du dein Herz für diese Möglichkeit öffnest, kannst du besser entscheiden, ob ihr zusammengehört."

Dann fiel mir ein, was Simon letztens gesagt hatte.

„Simon hat von Heiraten und Kinderkriegen gesprochen. Zwar im Witz, aber das hat er vorher noch nie."

„Mein Gott, Kira, checkst du es nicht?" Sarah sah mich an, als wäre ich schwer von Begriff. „Natürlich verpackt er es in Ironie. Er möchte nicht als der Gehörnte dastehen und tastet sich langsam vorwärts."

Ihr Blick wurde stechend. „Was hast du geantwortet?"

Ich überlegte einen Augenblick und schwieg dann.

„Mann, Kira!", schimpfte meine Schwester. „Ehen sind nicht so schwer, wie du dir das vorstellst." Sie nahm meine Hand. „Es ist superschön, eine kleine Familie zu sein. Vor was hast du Angst? Es ist wegen Mama, stimmt's?"

Ich schluckte. Unsere Mutter jammerte die meiste Zeit über ihre Ehe. Ich kannte das gar nicht anders. Das

Dumme war, dass sich unser Vater die letzten zehn Jahre wirklich nicht mit Ruhm bekleckert hatte. Er strengte sich nicht einmal an, seine Affären geheim zu halten. An Mamas Stelle wäre ich schon lange gegangen. Aber sie hielt eisern die Stellung. Sarah hatte Recht mit ihrer Vermutung. Da gab es so eine fiese Stimme in mir, die mir zuflüsterte, dass alle Männer so waren wie mein Vater. Ich wollte nicht zu den betrogenen Frauen dieser Welt gehören.

„Nicht alle Männer sind wie Antonio Gmeiner", sagte Sarah und packte mich bei den Schultern. „Und du bist nicht Mama. Du kannst jederzeit Abschied nehmen. Eine Ehe ist kein Knast."

„Für Mama schon", erwiderte ich leise.

„Mama ist emotional abhängig und selbst schuld. Sie könnte jeden Mann in München um den Finger wickeln. Und wenn sie gescheit wäre, würde sie das auch tun, anstatt das Opfer zu spielen."

Unsere Mutter wohnte ebenfalls wie Sarah in München. Allerdings lebte meine Schwester in einer Doppelhaushälfte in der Isarvorstadt im Glockenbachviertel, das zwar hipp und teuer, aber nicht unerschwinglich war. Mama residierte mit Papa in einer Stadtvilla in Schwabing und seit wir Töchter ausgezogen waren, hockte unsere Mutter, meistens sich selbst überlassen, in ihrem 300 Quadratmeter großen goldenen Käfig. Wir hatten sie schon so oft beschwatzt, sich mit Freundinnen zu treffen, ein Ehrenamt zu beginnen oder im Stadtpark joggen zu gehen. Aber nein. Sie blieb stur und flüchtete sich in ihr beliebtestes Alibi, Papas Hemden bügeln zu müssen. Ihr war einfach nicht zu helfen und wir fragten uns oft, ob die Emanzipierung der Frau unbemerkt an unserer Mutter vorbeigezogen war. Obwohl ich wusste, dass Sarah Recht hatte, musste irgendetwas aus Mamas verstaubtem Wertesystem auf mich übergegangen sein. Zu meiner Rettung durfte ich sagen, dass ich die letzten fünf bis acht Jahre auf der Überholspur des Lebens verbracht hatte. Ich hatte immerhin eine steile Karriere hingelegt, die mir gar keinen zeitlichen Spielraum für eine Familie, ja nicht einmal für eine Beziehung gelassen hätte.

„Fährst du hin?"

„Wohin?", fragte ich irritiert.

„Na zu Mama", antwortete Sarah. „Falls sie erfährt, dass du hier warst, wird sie beleidigt sein, wenn du sie nicht besucht hast."

„Du musst es ihr ja nicht erzählen."

„Ich nicht." Meine Schwester fabrizierte eine bedeutende Kopfbewegung in Richtung Kinderzimmer. „Die Damen sind eine wandelnde Klatschzeitung."

„Ansonsten fahre ich auf dem Rückweg kurz vorbei", murrte ich, ehe ich auf die Uhr schaute. „Ich muss dann eh mal wieder. Ich habe morgen Bereitschaft. Wenn ihr in Rosenheim vorbeischauen wollt... nur zu", lud ich meine Schwester und die Mädchen ein. „Kann sein, dass ich kurzfristig in die Klinik muss, aber bei mir um die Ecke gibt es genügend zu unternehmen. Langweilig würde es euch nicht."

„Mal gucken", sagte Sarah. „Kai hat morgen frei und wir wollten vielleicht in die City. Die Mädels brauchen neue Sportsachen fürs Kinderturnen. Die schießen in die Höhe wie Spargel im Mai."

Ich lachte. „In Ordnung. Wenn ihr doch vorbeischauen wollt, meldet euch einfach spontan."

Wir drückten uns lange und innig, bevor ich mich von meinen Nichten verabschiedete, schließlich in Richtung Rosenheim rollte und so in Gedanken vertieft war, dass ich komplett vergaß, meine Mutter zu besuchen. Jetzt kam ich nicht mehr drumherum, sie anzurufen, um einen fixen Termin in der nächsten Woche anzufragen. Sie war nachtragend und ich notierte mir im Kopf: Mama anrufen ja nicht vergessen!!!

Vor meiner Haustür angekommen stieß ich einen kurzen Schrei des Erschreckens aus. Was war das denn? Hatte Simon etwa eine Charme-Offensive mit einem betörend duftenden Rosenstrauß in XXL gestartet? Ein Traum in Rot, an welchem ein Anhänger hing, den ich so drehte, dass ich ihn entziffern konnte, stand auf meiner Fußmatte.

Liebste Kira,

Liebe ist, wenn zwei den Weg des Lebens einschlagen, der sie auf verschlungenen Pfaden sicher ans Ziel bringt: zum Glück!

In Liebe, Simon

PS: Ich denke, es ist an der Zeit...

Mir wurde leicht schummrig aufgrund des Liebesbekenntnisses von Simon. Ich fühlte mich geehrt, zeitgleich fühlte ich, wie sich eine Schlinge um mein Herz zuzog. Wollte ich das? Einen Alltag mit Dr. Simon Wacker? Konnte ich mir zum Beispiel vorstellen, mit ihm nach Schwabing zu meinen Eltern zu fahren?

Ich sah die beiden im Geiste vor lauter Glück weinen. Ein Chirurg! Ein Chefarzt für Kiki! Vater würde Simon vereinnahmen, um mit ihm hochtrabende Gespräche über die neuste OP-Technik zu führen. Sie würden die zwei Sessel im Wohnzimmer besetzen, ich den Teil der Couch und Mutter würde, anstatt sich zu uns zu gesellen, mit Elefantenohren in der angrenzenden Küche stehen und alle drei Minuten hereinschneien und fragen, ob jemand etwas zu trinken wolle. Einen Kaffee mit Milch und Zucker, ein Wasser oder vielleicht einen Whiskey? Und Simon? In meiner Illusion bat er meine Mutter nicht, sich zu uns zu setzen, sondern nahm das Angebot mit dem Whiskey an. Nein halt – er fragte sie nach einem Rum. Mich gruselte es und ich stoppte die Vorstellungen, die sich in mir formten. Das war ja nicht auszuhalten! Nix da, entschied ich. Ich wollte das nicht, auf keinen Fall!

Ich hob den Rosenstrauß hoch und schloss die Tür auf. Das zarte Rosenaroma stieg mir verführerisch in die Nase, als ob es mich davon überzeugen wollte, dass Simon der Richtige war und ich ein undankbares, beziehungsgestörtes Weibsstück.

Ich musste ihm liebevoll beibringen, dass es für mich so gut war, wie es eben war. Na toll! Wir waren noch nicht zusammen und schon wurde es kompliziert. Mit Sicherheit würde Simon allen Anforderungen, die meine Familie in Bezug auf einen Schwiegersohn hatte, gerecht werden.

Puh! Genau genommen hatte ich auf derartige Gedankengänge keine Lust. Ich musste mich und mein stressiges Leben erst einmal selber sortieren. Ich entschied, mich bei Simon zu bedanken und ihm einfühlsam klarzumachen, dass ich noch nicht bereit für eine feste Beziehung war.

Der Rosenstrauß prangte so riesig und dominant auf meinem Wohnzimmertisch, dass man nicht an ihm vorbeigucken konnte. Alle paar Minuten wurde ich daran erinnert, dass Simon in der Gegenwart eine romantische Phase durchmachte und ich darin seine Hauptrolle spielte. Dankeschön, liebes Leben! Gerade habe ich mich für ein paar Stunden entspannt, da pfuschst du mir wieder dazwischen, dachte ich genervt. Ich wollte nicht den restlichen Tag mit Simon-

Gedanken verbringen, deswegen griff ich nach meinem iPhone.

Eine Mailbox sprang an.

„Hallo, hier ist die Mailbox von Nicola Serra. Wenn ich nicht drangehe, schwebe ich wahrscheinlich im siebten Himmel oder sitze auf Wolke sieben, deswegen sprich einfach auf Band."

„Oder du hast gerade Krach mit deiner besseren Hälfte, Nicola Serra" murmelte ich und holte Luft, um nach dem Piepton bereit zu sein: „Hallo, Nick. Hier spricht Kira, vielleicht erinnerst du dich noch. Wir sind heute Morgen zusammen gesprungen. Denkst du, du könntest mir für nächste Woche einen Termin im siebten Himmel freihalten? Das wäre toll. Ruf mich zurück! Meine Nummer siehst du ja."

Nick war also die Abkürzung für Nicola. Nicola Serra hörte sich italienisch an. Das passte zu seinen dunklen Augen und den schwarzen Locken. Ob ich wollte oder nicht; ich musste zugeben, dass dieser Nick mich neugierig machte.

Depressionen

Als Nick die halbfertige Wiege in der Scheune sah, wie sie zwischen staubigen Brettern und Werkzeugen vergeblich auf den letzten Schliff wartete, drehte er sich wortlos um und verließ diesen Ort, der ihm sein malträtiertes Herz erneut brach. Konnte ein Herz in immer kleinere Fragmente brechen? Es schien so, denn egal, wo er hinging, die Erinnerung traf ihn tödlich wie ein metallener Speer. Und das, obwohl er den Schicksalsschlag weder begriffen, noch angenommen hatte. Fiona war weg, obwohl sie nicht weg sein konnte. Doch nicht Fiona! Nicht für immer. Seine Hände umgriffen seinen Kopf. So musste es sich anfühlen, verrückt zu werden. Warum konnte er nicht ebenfalls sterben? Die Sehnsucht nach Fiona und seinem Kind nahm ihm jeden Sinn weiterzuleben. Der Schmerz saß so unglaublich tief. Nie im Leben hätte er geahnt, dass diese Art von Seelenschmerz so abgründig, so scharf und so gnadenlos in einem wüten konnte. Es war unbeschreiblich. Jedes Mal, wenn er nur einen

Augenblick zur Ruhe kam, dann wurde das Leid unerträglich. Es floss wie ein ungnädiger, zäher Lavastrom von seinem Kopf abwärts, vernebelte sein Gehirn, brachte seine Arme zum Brennen, entzündete seinen Rumpf und fraß sein Herz. Das Einzige, was half, diesem Strom zu entkommen, war Laufen. Er konnte den Schmerz nicht abschütteln, er trug ihn mit sich, aber der Lavastrom stoppte und verschonte wenigstens seine Beine. Deswegen lief er seit dem Unfall herum. Er war mit Sam ziellos auf die umliegenden Berge gewandert, aber nun war der Abend gekommen und mit ihm die Dunkelheit mitsamt der Stille, die sie hier draußen in der Natur mit sich brachte. Sein Hund schlief längst und obwohl er vor der Haustür in den Sternenhimmel sah, war sein Blickfeld von einem einzigen Anblick ausgefüllt: Grauer Asphalt, auf dem die blutüberströmte Fiona lag.

Nebensächlich, aber unangenehm war, dass Fionas Eltern ihn seit dem Unfall ignorierten. Kein Wort, kein Trost war ihnen über die Lippen gekommen. Er verstand ihren Schmerz, der nicht kleiner war als seiner. Sie würden ihn, so vermutete er, nicht in die Organisation der Beerdigung mit einbeziehen, die in den nächsten Tagen unweigerlich folgte. Als ob er der Schuldige wäre, warum ihre Tochter und ihr Enkel nicht mehr lebten. Den beiden waren die Beziehungsprobleme zwischen ihm und Fiona natürlich nicht verborgen geblieben. Einmal hatte er mitbekommen, wie Fiona in der Küche mit ihrer Mutter diskutierte.

„Ich verstehe dich nicht. Ein Kind zu zeugen, um eine schlechte Beziehung zu retten, ist dumm", hatte die lapidar bemerkt. Doch das eine hatte mit dem anderen nichts zu tun.

War er schuld, fragte er sich jede verdammte Minute. Nein. Es war ein Unfall, sagte die liebevolle Stimme in ihm. Es hätte überall und zu jeder Zeit passieren können. Und doch quälten ihn Zweifel. Ich habe nicht richtig aufgepasst, urteilte Nick über sich. Wenn ich morgens nicht heimlich mit dieser Ärztin geflogen, sondern den Makler schon früher angerufen hätte, wäre der Termin ein anderer gewesen und die beiden würden wahrscheinlich noch leben. „Schuldig!", rief dann die strenge Stimme in ihm, die ihn ganz klein werden ließ. Verloren, wie ein aus dem Baum gestürzter Nestling, weilte er vor dem Hof. Die Kühe standen friedlich, als ob nichts wäre im Stroh. Die Schwalben schossen ein letztes Mal vor der Nacht aus dem Stall und wieder hinein, um ihre hungrige Brut zu füttern. Nick wusste nicht, wie lange er dort so gestanden hatte, ehe er sich ruckartig aufrichtete, in die Wohnung lief, sein Portemonnaie griff und mit dem Wagen in Richtung Tankstelle fuhr. Die Auswahl war nicht besonders groß und die anderen Läden hatten bereits geschlossen, aber er fand einen kleinen rosafarbenen Teddybären mit eingenähten Knopfaugen und kaufte einen frischen Rosenstrauß.

„Kommt noch etwas dazu?" Die Stimme des Kassierers klang ungeduldig und hinter Nick warteten bereits zwei weitere Kunden.

„Ja", sagte er und griff wie automatisiert in das Regal mit den Spirituosen.

Die Unfallstelle zog ihn magisch an. Als ob er dort das finden könnte, was er verloren hatte. Es kostete verdammt viel Überwindung, diesen grausamen Ort zu betreten. Die Angst lähmte ihn und Nicks Finger verkrampften sich um das Lenkrad, obwohl er schon eine halbe Stunde am Straßenrand parkte. Schweißperlen rannen ihm über sein Gesicht und sein Atem ging flach und schnell. Er stellte sich die Blicke der vorbeifahrenden Autofahrer vor, wenn deren Scheinwerferlicht ihn touchierte. Fragende Mienen, die sich nach ihm umblickten. Der Schraubverschluss der Wodkaflasche ließ sich leicht öffnen. Nick hustete. Es brannte wie Hölle, als die ersten Schlucke seine Kehle hinunterrannen. Er spürte, wie das Zeug seinen leeren Magen erreichte. Sein Husten erfüllte den Innenraum. Stunden später umschloss seine Hand das Kuscheltier, ehe er endlich die Fahrertür öffnete und mit schnellen Schritten zur Unfallstelle lief. Weinend setzte er den Bären am Straßenrand ins Gras und drapierte den Rosenstrauß daneben. Die Trauer ließ ihn taumeln. Unmöglich, sich auf den Beinen zu halten. Deswegen hockte er sich schluchzend hin, während sein vornübergebeugter Körper vor Schmerz zuckte. Er sehnte sich nach einer liebenden Hand, die ihn tröstete, ihm sanft über den Rücken fuhr und sagte: „Das wird wieder, Junge. Auch, wenn es weh tut, ich bin bei dir." Zugleich wusste er genau, dass ihn niemand auf der ganzen Welt trösten konnte. Denn wer in seiner näheren Umgebung kannte dieses Gefühl? Kein Mensch, der das nicht am eigenen Leib erlebt hatte, konnte wirklich mitreden und die meisten Leute rieten einem positiv in die Zukunft zu schauen. Und das käme nur schräg rüber, denn der Rat, das Schicksal anzunehmen, wie es ist, war leicht erteilt, wenn man selbst gerade keine Schicksalsschläge zu verkraften hatte.

„Fiona", murmelte er immer wieder. „Fiona, wo seid ihr? Bitte kommt zurück!"

Da er sein Kind nie gesehen hatte und ihm die Vorstellungskraft fehlte, wie es ausgesehen haben könnte, entstanden vor seinem inneren Auge furchtbare Bilder von schreienden Babys. Bläulich-rote, verzerrte Fratzen, die grausamen Schmerz zum Ausdruck brachten. Die schrien und ihm ihre fleischig rosafarbenen Ärmchen entgegenstreckten. Bevor ihn die aufkommende Panikattacke erreichte, schleppte sich Nick ins Auto und stellte das Radio an. Den Kopf an die Lehne gepresst schloss er die Augen und versuchte, der Stimme des lustigen Moderators zu folgen und zugleich weiter zu atmen. Ein, aus. Ein, aus. Eigentlich wollte er gar nicht atmen. Er mochte auch sterben. Wie Fiona. Nur so würde er erfahren, wie sie die letzten Minuten empfunden hatte. Wie es war, vom Leben in den Tod zu gleiten. Sam kam ihm in den Sinn. Sam brauchte ihn. Er war sein Leader und sein Buddy. Aber wenn der Schmerz zu groß werden würde... Er weinte vor Trauer und Unsicherheit. Gesetzt dem Fall, dass es zu viel würde, gäbe es immer noch diesen letzten Weg.

„Verzeih mir Sam, dass ich so denke! Menschen sind so viel weniger stark als Hunde. Die meisten von uns sind emotionale Versager. Wie ich einer bin. Du würdest eine gute Familie finden, die dich liebt", schluchzte er. „Aber noch bin ich ja da. Leider! Fuck!" Er merkte, wie er lallte und die letzten Silben nicht deutlich aussprach.

Irgendwann schlief er ein, die leere Flasche zu seinen Füßen. Ein lautes Geräusch ließ ihn aufschrecken.

„Brauchen Sie Hilfe?" Ein verschwommenes Frauengesicht erschien hinter der Scheibe. Nicks Gesicht verzog sich zu einem derben Grinsen.

„Hallo, Süße", lallte er. „Willst du einsteigen?" Er hörte sein eigenes kehliges Lachen, während die Frau sich schimpfend entfernte.

„Dumme Kuh", murmelte er und schloss erneut die Augen.

Fehler

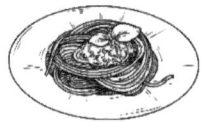

Dieser Nicola hatte sich nicht gemeldet. Ob er gerade am Berg war? Die Sehnsucht nach dem Himmel verfolgte mich seit Tagen und gleichzeitig die Idee, einige Stunden auf der Hochries zu verbringen. Nicht unbedingt um zu fliegen, sondern um den Paraglidern und Drachenfliegern zuzuschauen und die Atmosphäre auf mich wirken zu lassen. Wieso musste ich so oft an ihn denken? Warum zog er mich so magisch an? Mein Schichtdienst ließ es heute zu, einen freien Spätnachmittag zu genießen und ich schlich mich, ohne Simon zu begegnen, aus der Klinik. Ich hatte mich für die Rosen bedankt und hoffte, dass er an meiner kühlen Art ihm gegenüber begriff, dass ich an einer festen Beziehung nicht interessiert war.

Ich war ihm die letzten Tage bewusst aus dem Weg gegangen, denn das Schlimmste wäre, wenn er sich falsche Hoffnungen machte.

Befreit atmete ich durch. Ich freute mich auf den Berg. Das Wetter passte ebenfalls. Es versprach ein warmer

Abend zu werden. Ohne erst nachhause zu fahren, steuerte ich direkt mein Ziel an.

Oben angekommen suchte ich mir einen strategisch günstigen Platz und setzte ich mich auf die Wiese. Jetzt, da ich wusste, wie es sich anfühlte, wenn man über die Absprungmatte rannte, konnte ich mich in jeden einzelnen Paraglider hineinversetzen und beobachtete genau, welche Technik sie anwandten. Der schönste Moment war der, nach dem Start, wenn sie in langen Kreisen zu schweben begannen. Ich vergaß die Menschen um mich herum, spürte weder die aufkommende Kälte noch den Wind. Meine Augen folgten den bunten Schirmen, die wie im gemeinsamen Tanz durch den Himmel glitten. Fast war es so, als würde ich selber fliegen. Und dann, irgendwann später, verwandelte sich die Sonne in einen orangenen Ball, der immer tiefer wanderte und die umliegenden Berge, die Seen, die Wiesen und auch das Firmament goldglänzend färbte. Dieses in Gold- und Orangetöne verzauberte Panorama raubte mir den Atem. Es schien, als spielte die untergehende Sonne mit den Tälern und Bergen, indem sie einen Teil davon in die Dunkelheit schickte und einen anderen Teil flammend rot anpinselte. Die Schirme tanzten wie kleine Mücken aus dem Schatten heraus in den Schein dieser leuchtenden Scheibe und wieder hinaus. Der Wind flachte ab und im Tal gingen die Lichter an. Und ich saß, so kam es mir vor, erhaben über allem. Ich träumte mich mit dem geheimnisvollen Nicola Serra in den Himmel. Eng aneinandergepresst schwebten wir den Wolken entgegen. Ich vergaß Zeit und Raum. Sein muskulöser, warmer Körper schützend hinter meinem. Ich seufzte selig. Erst das dringliche Signal der Gondelbahn, das zur letzten Talfahrt appellierte, beendete meine Träumerei und bescherte mir eine Gänsehaut am gesamten Körper. Ich war, ohne es zu merken, ausgekühlt und erhob mich stöhnend und mit steifen Gliedern in die Höhe.

Die letzte Gondel war ziemlich voll. Ein Pulk von Menschen, darunter einzelne Wanderer aber auch Familien mit Kindern, drückte sich gemeinsam mit mir durch den schmalen Eingang, um nicht die langen Kehren ins Tal absteigen zu müssen. Wir schwebten los, es ratterte kurz und die Gondel nahm an Geschwindigkeit zu. Hinunter ging es schneller als hinauf und einige der Gäste lachten verunsichert oder klammerten sich übertrieben an den Haltestangen fest.

Und dann sah ich ihn. Ich war mir sofort zu hundert Prozent sicher, dass er es war. Die gelockten Haare und die große, kräftige Statur, ließen fast keine Zweifel zu, dass es sich bei dem Mann, der mitten im Gedränge am Fenster der Gondel stand und hinausschaute, um Nick handelte. Mein Herz begann aufgeregt zu klopfen. Ich wunderte mich, dass er keinen Rucksack bei sich trug. Als er seinen Blick kurz ins Gondelinnere gleiten ließ, erschrak ich. Seine Augen waren dick angeschwollen, seine Lider verquollen, die Pupillen wässrig und die Mundwinkel hingen schlaff herunter. Ein Dreitagebart zierte sein Kinn. Verwundert fixierte ich die vielen Flecken auf seinem Sweatshirt. Hatte ich ihn das letzte Mal nicht richtig angeschaut? Ich hätte schwören können, einen gepflegten Mann vor mir stehen gehabt zu haben. Er sah mich nicht, aber nachdem die Kabine ihr Ziel erreicht hatte und die Leute herausgeströmt waren, versuchte ich, ihn einzuholen. Meine Augen suchten die Plattform ab. Die Ersten waren schon am Kartenhäuschen vorbei nach draußen auf den Parkplatz gelaufen.

„Nick?" Ich rief seinen Namen, ohne dass er in irgendeiner Weise reagierte. Er lief ungefähr zwanzig Meter vor mir und ziemlich zügig.

„Nicola Serra!", versuchte ich es noch einmal, ehe er sich endlich zu mir umdrehte. Unsere Blicke verwoben sich kurz, er schien zu überlegen, dann glitt ein Schatten durch seine Pupillen. Als ich fast bei ihm war, drehte er sich wie vom Blitz getroffen um und hastete davon. Mein freudiges Lächeln gefror in meinem Gesicht.

„Was ist denn mit dem los?", sagte ich laut und schüttelte den Kopf. Er musste mich erkannt haben, schließlich waren wir erst vor wenigen Tagen gesprungen. Perplex rieb ich mir die Unterarme. Mir war immer noch sehr kalt. Er hatte grauenvoll ausgesehen. Fix und fertig. Und wenn ich mich nicht getäuscht hatte, war sein Gesicht tränennass gewesen, was meinem Herzen einen Stich versetzte. Dieser Mann verstand es wirklich, einem Rätsel aufzugeben. Ich sah ihm noch hinterher, dann war er aus meinem Blickfeld verschwunden. Ich kam mir merkwürdig vor. Wie eine Stalkerin, vor der man flüchtete. Jedoch schien keiner der Passanten die befremdliche Szene mitbekommen zu haben. Ich überlegte eine Sekunde lang, ihm hinterher zu telefonieren. Vielleicht brauchte er Hilfe, aber dann verwarf ich den Gedanken und fuhr nach Hause. Wie er ausgesehen hatte... wie ein großer, verletzter Junge. Ob er ebenfalls, wie ich, auf der Wiese gesessen und in den Himmel geschaut hatte?

Mein freier Morgen währte nicht lange. Der Notfall-Pieper rief mich gegen 6.30 Uhr in die Klinik, wo mich die erste Patientin vor einer Operation erwartete. Die Frau war beim Fensterputzen vom Stuhl gefallen; ihr erwachsener Sohn hatte den Rettungswagen gerufen. Ich betete innerlich, nicht mit Simon in einem Team zu arbeiten und hatte Glück. Meine Gebete waren erhört worden. Der Rosenkavalier behandelte in OP-Saal Nummer eins ein zwölfjähriges Kind mit Schädelfraktur, das beim Fahrradfahren ohne Helm verunglückt und dabei mit dem Kopf auf die Bordsteinkante aufgeschlagen war. Ich hatte den verzweifelten Eltern, die im Wartebereich vor der Einleitung saßen, ein paar Worte und ein beruhigendes

Lächeln geschenkt. Simon war ein Weltklasse-Chirurg. Er würde den Jungen sicher wieder hinbekommen, ohne dass ein Schaden zurückblieb.

Ich fühlte mich nach meinem freien Tag ausgeruht und voller Energie, was mir einen echten Motivationsschub verlieh.

„Ich grüße Sie, Frau Bergmann. Ich bin Ihre Narkoseärztin, Frau Dr. Kira Gmeiner. Wir beide werden uns über ihre Operation unterhalten." Ich strich meiner Patientin leicht über den Unterarm. Sie lag in ihrem fahrbaren Bett in der Einleitung und ich würde sie während der nächsten Minuten über die Operationsrisiken aufklären.

„Sie haben sich den linken Knöchel gebrochen. Leiden Sie unter Vorerkrankungen?" Wir gingen die auf der Liste aufgeführten Punkte durch. Ich schaute mir ihre unteren Extremitäten an und wunderte mich, dass die rechte Fessel gleichfalls angeschwollen erschien.

„Haben Sie auch Beschwerden im anderen Fuß?", fragte ich sie. „Der Knöchel sieht ebenfalls ein wenig geschwollen aus. Allerdings sehe ich dort kein Hämatom."

„Das ging so schnell. Ich habe die Blütenpollen von den Scheiben gewischt. Dieses Jahr ist es eine Katastrophe. Man hat das Gefühl, alles blüht gleichzeitig", jammerte sie. „Ich habe beim Polieren zu viel Kraft aufgewendet und bin vom Stuhl gefallen oder besser gesagt, ich bin halb gesprungen und dann gestürzt. Im Alter geht das nicht mehr so gut mit dem Hüpfen", lächelte sie verkrampft. „Kann sein, dass mein anderer Fuß auch was abbekommen hat."

„Benötigen Sie regelmäßig Medikamente?"

Die Patientin nickte. „Ich nehme seit zwanzig Jahren Schilddrüsenmedikamente ein, L-Thyrox 120."

„In Ordnung", sagte ich und notierte auf der Krankenakte von Frau Bergmann den Namen des Präparats. Nachdem wir uns noch ein wenig unterhalten hatten und sie den Einwilligungsbogen für die Operation unterschrieb, begann ich mit der Narkosevorbereitung. Sie besaß gute Venen. Ich musste nicht herumstochern und nach zwei Minuten saß die Nadel perfekt.

„So, wir können", wandte ich mich an meine Patientin und schob sie in den OP, wo mein Team schon wartete.

Es folgte die übliche Begrüßung durch den Chirurgen und die Injektion des Narkosemittels. Frau Bergmann war keine Angstpatientin. Wir verloren somit wenig Zeit und konnten routiniert vorgehen.

Dann passierte es. Frau Bergmann schlief. Ich hatte gerade den Tubus gelegt und den Cuff (die am Ende eines in die Trachea einzuführenden Beatmungstubus befindliche, aufblasbare Manschette aus Gummi) gesetzt, da begann sie zu husten. Wir schauten uns an.

„Wartet kurz ab", rief ich, während ich mich wappnete, jederzeit einzugreifen. Eine Sekunde, nachdem sich Erleichterung breitgemacht hatte, da kein weiteres Husten oder Räuspern folgte, ertönte ein langgezogenes Pfeifen, dann ein Würgen.

„Verdammt, sie hat einen Bronchospasmus. Cuff entfernen", brüllte ich und mein Herz begann zu hämmern, da wir es plötzlich mit einem lebensgefährlichen Narkosezwischenfall zu tun hatten. Das Röcheln wurde stärker.

„Sie bekommt keine Luft mehr!"

Die Bronchialmuskulatur von Frau Bergmann krampfte aus unerfindlichen Gründen. Sie drohte vor meinen Augen zu ersticken, was wir nicht nur an den qualvollen Geräuschen, sondern ebenfalls an ihren blauen Lippen erkannten.

„Adrenalin! Ketamin hoch dosiert!", rief ich und versuchte, Millimeter für Millimeter den Tubus zu ziehen. Eine Beatmung in einer solchen Situation war ganz unmöglich.

„Was stand im Krankenblatt? Besteht Asthma Bronchiale oder COPD?", polterte der anwesende Chirurg vorwurfsvoll.

„Keine Lungenvorerkrankung", erwiderte ich zitternd. „Jedenfalls hat sie es nicht angegeben." Ich sah seinen anklagenden Blick.

„Aber der rechte Knöchel war angeschwollen. Sie sagte, es könnte vom Sturz kommen", warf ich ein.

„Oder sie hatte es schon vorher und es ist ein Ödem, das sich aufgrund einer Herzschwäche und oder einer COPD gebildet hat", erwiderte mein Kollege. „Haben Sie das etwa nicht abgeklopft, Frau Dr. Gmeiner? Allgemeinmedizin erstes Semester. Die Anamnese."

Er stellte mich dar, wie eine naive AiPlerin. Ich durfte seine Worte nicht an mich heranlassen. Persönliche Angriffe hatten im OP nichts verloren. Natürlich wusste ich, was COPD bedeutete. Die chronisch obstruktive Lungenerkrankung meinte fortschreitende und schwere Beschwerden durch entzündete Atemwege, die sich auch auf das Herz und weitere Organe auswirkte. Ödeme waren ein Warnsignal für diese chronische Krankheit. Aber davon hätte Frau Bergmann doch wissen müssen, oder? Sie war durch ihren Unfall aufgeregt und durcheinander gewesen. Hatte ich etwa einen Fehler gemacht? Meine Knie wurden weich. Ich hatte sie nach den Vorerkrankungen gefragt! Ich zwang mich, rational zu bleiben. Wir befanden uns mitten in einer Krise und das Leben der Patientin besaß oberste Priorität. Um mich würde es später gehen! Die Monitore begannen alle gleichzeitig Sturm zu laufen. Durch den fehlenden Sauerstoff drohte der Kreislauf zusammenzubrechen. Der Blutdruck sank und das Herz fing an, dagegen anzurasen.

„Hypoxie!", warf ich in den Raum und griff nach dem manuellen Beatmungsbeutel. Der Sauerstoffgehalt im arteriellen Blut hatte sich gefährlich reduziert. Die Organe drohten zu versagen, wenn wir nicht schnellstens eine Besserung herbeiführten. Ihre Extremitäten erschienen bläulich, die Fingerkuppen waren inzwischen dunkelblau verfärbt.

„Verdammt! Mehr Adrenalin" rief ich, während ich versuchte, sie manuell zu beatmen. Meine Hysterie war nicht zu überhören.

Wenig später erkannte ich, dass das Lungenvolumen größer wurde, was auch der Monitor bestätigte.

„Der Sauerstoffgehalt nimmt wieder zu", dokumentierte ich meine Beobachtung und kontrollierte ihren Herzschlag. Sogar dieser schien sich zu beruhigen. Der Blutdruck stieg auf einen Normalwert. Der Krampf war fast vorüber. Trotzdem entschieden wir im Team, die OP vorsichtshalber abzubrechen. Ein gebrochener Knöchel stellte keine lebensbedrohliche Situation dar. Ein Bronchospasmus schon. Und er war immer ein Begleitfaktor einer schweren Erkrankung oder Allergie. Oder eines Ärztefehlers. Aber den hatte ich nicht begangen. Wir mussten erst eine genaue Anamnese und einige Untersuchungen, wie eine Röntgenaufnahme der Lunge, durchführen, bevor wir Frau Bergmann erneut intubierten.

Mittags mied ich die Kantine, holte mir im Supermarkt eine Sushi-Box ohne Fisch und setzte mich alleine auf eine der Bänke im Klinikpark. Der Vorfall von heute Vormittag lag mir im Magen. Frau Bergmann befand sich auf Station. Ich nahm mir vor, ihr nach dem Essen einen Besuch abzustatten, um mit ihr zu sprechen.

„Hier steckst du! Gehst du mir aus dem Weg?"

„Simon?" Erschrocken schaute ich hoch.

„Nein! Ja! Also ich musste die heiligen Hallen für einen Moment verlassen", erklärte ich.

„Hat sich schon rumgesprochen, dein Narkosezwischenfall. Willst du drüber reden?"

„Frau Bergmann mit der Sprunggelenkfraktur? Ich habe nichts falsch gemacht", erwiderte ich und schmiss die leere Plastikverpackung in den Mülleimer. „Aber ich werde der Sache noch einmal auf den Grund gehen. Jetzt gleich." Ich ließ Simon stehen und ging in Richtung Klinik zurück. An seinen Schritten hörte ich, dass er mir hinterherlief.

„Kira! Warte!" Ich stoppte widerwillig.

„Ich kann nichts dafür, ok?", sagte er.

„Ja! Tut mir leid, wenn ich so rational reagiere", erklärte ich. „Ich bin gerade etwas geschockt."

„Wir essen heute Abend zusammen, ok?"

Ich überlegte zwei Sekunden, bevor ich nickte. „In Ordnung! Machen wir. Ich muss los."

Nachdem wir gemeinsam den Eingang des Krankenhauses passiert hatten, fuhr ich mit dem Aufzug in den dritten Stock und lief auf Station sieben, wo Frau Bergmann lag. Ihr Sohn und ihr Mann waren bei ihr. Sie hatten sich je einen Stuhl an ihr Bett gerückt, ihr Mann hielt ihre Hand. Als ich eintrat, zuckten ihre Blicke zu mir.

„Hallo, Frau Bergmann! Ich möchte gerne noch einmal mit Ihnen sprechen. Vielleicht kann Ihr Mann uns dabei behilflich sein." Ich schaute in die Runde. „Wissen Sie von einer Lungenerkrankung oder einer Allergie, die Sie mir heute Morgen versehentlich nicht mitgeteilt haben?", fragte ich vorsichtig. „Ich kann das verstehen. Womöglich haben Sie vor lauter Aufregung, vergessen, dass Sie unter einer Erkrankung der Atemwege leiden. Asthma oder eine chronische Bronchitis vielleicht?"

Sie schüttelte aufgeregt den Kopf. „Davon weiß ich nichts", erklärte sie, ehe ihr Sohn sich einschaltete. „Mama, du bist in letzter Zeit immer müde und du atmest schwer, wenn du Treppen läufst."

Sein Vater nickte.

„Das stimmt, was er sagt. Wir haben es auf ein Virus geschoben. Als Nächstes wieder auf das Wetter." Er sah mich an. „Ist es denn schlimm?"

„Wir werden Röntgenbilder der Lunge machen und ein großes Blutbild. Dann können wir mehr sagen. Ich denke nicht, dass es sehr bedenklich ist, aber es ist wichtig, dass wir die Möglichkeit eines Bronchialkrampfes vor der nächsten Narkose mitberücksichtigen. Wenn wir Glück haben, lässt sich das Gelenk auch minimalinvasiv richten. Dann bräuchten wir nur örtliche Betäubung."

„Wieso ist das überhaupt passiert?", fragte ihr Mann. „Sie sind doch die Narkoseärztin. Sind Sie sicher, dass Sie die Schläuche richtig gelegt haben? Speiseröhre und Luftröhre liegen ja so eng beieinander."

Angesichts dieser Unterstellung musste ich mich erst einmal innerlich Sammeln. Er sprach von der Möglichkeit eines Ärztefehlers. Ich versuchte ruhig zu bleiben, indem ich tief in den Bauch einatmete. Drei Augenpaare beobachteten mich. Ich würde antworten müssen.

„Der Tubus lag zu einhundert Prozent richtig. Wir prüfen das immer nach. Es lag nicht an den Hilfsmitteln, sondern an der krampfenden Muskulatur der Bronchien ihrer Frau. Allerdings kann es sein, dass der Tubus den Krampf ausgelöst hat." Jetzt stand ich auch noch hier und rechtfertigte mich. Aber aus der Sicht der Patienten musste ich das verstehen. Es brauchte ein großes Vertrauen, um sich in die Hände eines Arztes zu begeben. Ich begriff das durchaus.

Ich durchsuchte wenig später die Unterlagen, um die Menge an Narkotikum und Entspannungsmittel, die ich ihr verabreicht hatte, im Dokumentenblatt nachzulesen. Ob die Dosis zu niedrig gewesen war und den Krampf ausgelöst hatte? Hatte ich das Gewicht der Frau in meine Rechnung miteinbezogen? Sie war ziemlich schwer, mutmaßte ich. Unter Umständen hatte sie bei ihrem Körpergewicht gemogelt und ein paar Kilos weggelassen. Allerdings konnte man nie so genau vorhersehen, wie ein Mensch reagierte. Jeder Organismus sprach anders auf Pharmazeutika an und manchmal brauchte ein dünner Patient mehr Narkosemittel als der Durchschnitt oder ein Dicker eben weniger. Ob das die Ursache gewesen war? Selbst wenn, könnte mir niemand daraus einen Strick drehen. Und es war ja alles gutgegangen! Ich hatte richtig reagiert.

„Jetzt erstmal Kaffee", entschied ich und lief ins Schwesternzimmer, wo die Kaffeemaschine den ganzen Tag vor sich hin blubberte.

„Sandra?" Ich stutzte überrascht. „Bist du nicht krankgeschrieben?"

Meine Kollegin Dr. Sandra König saß seelenruhig im Schwesternzimmer und las eine Krankenakte. Sie sah müde aus und es war ihr unangenehm, dass ich sie hier antraf.

„Ich sollte kommen. Befehl von oben!", sagte sie leise und schaute mich an.

„Du bist Corona-positiv und arbeitest?"

„Wie du siehst", antwortete sie. „Also ich steh' da voll hinter! Ich habe kaum Symptome. Ich trage Maske und hier wird jede Hand gebraucht", rechtfertigte sie sich und schaute sich um, dass keiner der Patienten etwas mitbekam. Sie legte den Finger in Höhe der Lippen auf ihren Mundschutz.

„Du kannst doch nicht..." Ich verkniff mir einen bissigen Kommentar, weil ich wusste, dass es wirklich nicht ihre Entscheidung gewesen war, hier aufzutauchen. Aber falls sie meinen Blick lesen konnte, bemerkte sie, wie ich dazu stand. Sandra war intelligent. Sehr intelligent sogar. Sah sie die Konsequenzen nicht, die solch ein Verhalten nach sich zog? Wir hatten Ärztemangel und waren an einem Punkt angelangt, der dieser Branche viel abverlangte. Auch unkonventionelle Entscheidungen. Diese Lösung konnte ich allerdings beim besten Willen nicht nachvollziehen. Wir beide, Frau Dr. Sandra König und ich, wussten ganz genau, dass auf der Covid-Station keine Besucher gestattet waren. Man verbot den Kindern, den Enkeln, den Partnern und Geschwistern ihre Angehörigen zu sehen. Und Frau Dr. Sandra König stolzierte hier mit einem positiven Ergebnis von Zimmer zu Zimmer? Wut wallte in mir auf und ich spürte, wie mir auch dieser Tag enorme Kraft abforderte und ich mich in mir selbst abkapselte. Deshalb blieb ich stumm, ebenso, weil ich wusste, dass nicht ich diejenige war, die irgendetwas an der Schräglage ändern konnte. Und außerdem... vielleicht wäre genau heute jemand gestorben, nur weil Sandra nicht da war und sich zu Hause auskurierte.

„Es ist schwierig", sagte ich und fühlte mich wie in einem schlechten Film. War das der Grund, warum manche Mediziner so abgestumpft und empathielos wirkten? Weil sie den psychischen Anforderungen, die dieser Job forderte, nicht gewachsen waren? Machte Sandra sich keine Gedanken, ob sich ein sowieso schon geschwächter Mensch bei ihr ansteckte? War es ihr egal, ob Kollegen, die mit ihr zusammenarbeiteten, ausfielen? Durchschaute sie nicht, dass es unsinnig war, hier aufzukreuzen? Wieder einmal mehr realisierte ich den Unterschied zwischen mir und meinen Arbeitskollegen. Was war los mit mir? Folgte meine Seele einem moralischen Wertepfad, dem sie in Wirklichkeit nicht gerecht werden konnte? Oder waren alle anderen abgebrüht und demoralisiert?

„Also mir an deiner Stelle würde es schwerfallen, hier zu sein. Wägst du nicht ab, ob mehr Schaden entsteht, wenn du arbeitest oder wenn du zuhause bleibst?"

Es verletzte mich, dass sie genervt die Augen verdrehte.

„Mein Gott, Kira! Du hättest Philosophie studieren sollen statt Medizin! Mit philosophischen Fragen kommst du in diesem Beruf nicht weiter. Hier geht es nicht um weise Theorien, sondern ums Anpacken!" Ihre Augen funkelten herausfordernd. „Aber, wenn du so willst... denkst DU darüber nach, ob vielleicht weniger Schaden entstanden wäre, wenn DU heute zu Hause geblieben wärst?"

„Was?" Ich riss die Augen auf. Mein Magen rebellierte plötzlich und Tränen verschwammen die Umgebung zu einem weiß-grau-grünem Gemisch. Es hatte sich also bereits nicht nur bis zu Simon, sondern im gesamten Klinikum herumgesprochen. Und nicht nur das. Die Kollegen diskutierten meinen Anteil an dem Zwischenfall.

„Was soll das? Mich trifft keine Schuld. Es war ein unvorhergesehener Bronchospasmus." Meine Stimme klang schriller als beabsichtigt.

„Du weißt aber schon, dass ein Bronchospasmus ebenfalls durch eine Unterdosierung des Muskelrelaxans ausgelöst wird. Was hast du gespritzt? Cis-Atracurium oder Rocuronium?" Ihre Braue hob sich fragend. Ich schwieg, da ich keinen Anlass sah, ihr Rechenschaft abzulegen. Sie zischte:

„Das Erleben einer Atemlähmung ist eine der schlimmsten Traumatisierungen, die man seinem Patienten zufügen kann!"

„Sie war ja nicht bei Bewusstsein und ich habe versucht, sie manuell weiter zu beatmen", rief ich, doch mir war klar, dass sie recht hatte. Die Einleitung war komplett schiefgelaufen.

„Lass es uns so halten, Kira: Du hältst dich aus meinen Angelegenheiten raus und ich mich aus deinen. Ist mir egal, ob du Schuld hast oder nicht." Durch ihre Pupillen glitt ein überheblicher Ausdruck und an den Fältchen, die sich sternförmig um ihre Augen bildeten, erkannte ich ihre Häme. Innerhalb von zwei Sekunden war sie aus dem Raum gerauscht. Der Gipfel war, dass sie in das Zimmer von Frau Bergmann ging und ich überlegte, ob sie nur bluffte und das absichtlich tat, um mich zu schocken. Ich entschied aus reinem Selbstschutz, dass dem so war und suchte vor der nächsten OP die Toilette auf, um mein Gesicht kalt abzuwaschen. So weit käme es noch, dass ich mich schuldig fühlte, redete ich mir ein. Die Schicht zog sich in die Länge und ich ertappte mich immer wieder dabei, nicht bei der Sache zu sein. Und dann passierte es. Ich sehnte mich tatsächlich nach Simon.

Als er sich nach Feierabend wegen des gemeinsamen Essens meldete, schlug ich vor, bei mir zusammen zu kochen. Mir war die Lust auf Ausgehen vergangen und ich sehnte mich nur nach meinen heimeligen vier Wänden, einem Glas Rotwein und ganz viel Ablenkung.

Simon klingelte und kam mir, beladen mit zwei braunen Papiertüten aus dem Feinkostladen, entgegen.
„Was kochen wir denn?" Er sah hungrig aus. Ich hatte ihm eine Liste mit Zutaten geschickt, die er mitbringen sollte. Er wuchtete einen Hokkaido-Kürbis riesigen Ausmaßes auf die Küchentheke. Ich gesellte mich zu Simon und öffnete die kleineren Tütchen, in denen sich Ingwer, frischer Koriander, Minze, Knoblauch und

Zwiebeln befanden. Erfreut roch ich an dem Bund Koriander.

„Hm, ich liebe Koriander! Zu welcher Fraktion gehörst du?" fragte ich Simon, der sich einfach verdünnisiert hatte und nun auf der Couch lümmelte. Ich hatte richtig Lust zu kochen. Heute endlich würde meine jungfräuliche Küche erfahren, was heißes Öl bedeutete. Herrlich! Und noch besser fand ich, dass Simon sich ohne Einwände darauf eingelassen hatte. Er hatte ganz selbstverständlich „Ja" gesagt. Absolut Simon-untypisch.

„Sag mal, hast du mir ein uneheliches Kind verschwiegen?"

Ich folgte seinem Blick auf das Wohnzimmerregal, wo ein kleinformatiges Portrait aufgestellt war. Ein schwarzgelockter Junge im Alter von ungefähr neun Jahren schaute mit riesigen Kinderaugen aus dem gerahmten Glas. Er lachte, was seine Grübchen sichtbar machte. Ich schluckte. „Ich habe doch kein Kind."

„Wer ist das? Gib es zu, du hast einen heimlichen Sohn mit einem Italiener", lachte Simon.

„Spinnst du?" Ich kämpfte mit dem Seil, das meinen Hals zuschnürte. Matteo ging Simon nichts an. Ich ärgerte mich über mich selber, dass ich das Foto nicht weggestellt hatte, bevor er gekommen war. Bisher war es ihm nie aufgefallen. Er hatte sich mehr für meinen Körper als für meine Einrichtung interessiert. Ich wollte aber nicht lügen, deshalb kürzte ich die Angelegenheit ab.

„Mein Bruder", erklärte ich knapp. Und jetzt steh auf! Auf dem Sofa liegen kannst du später", trieb ich ihn an.

„Hast du auch die Kokosmilch?", fragte ich ihn, ehe er murrend aufstand und in den Zutaten kramte und sie triumphierend neben den Kürbis auf die Theke stellte.

„Ich wusste gar nicht, dass du einen Bruder hast."

Ich tat beschäftigt. Ein dickes Metzgerpäckchen landete vor meiner Nase auf dem Tisch. Ich wich erschrocken zurück.

„Was tust du als Erstes?"

„Äh, wieso ich? Wir kochen zusammen und überhaupt... was ist das?" Ich beäugte misstrauisch das weiße Etwas.

„Ein Steak? *Rib-Eye*, wenn du es genau wissen willst." Er vollführte ein schmatzendes Geräusch mit den Lippen.

„Wieso das denn?", fragte ich. „Wir kochen doch vegetarisch."

„Du wolltest Gemüse", konterte er. „Ich steh' auf Fleisch. Und ich brauche Eiweiß oder willst du einen Leptosomen im Bett?" Er hob mich hoch.

„He!", lachte ich, „lass mich runter!"

„Erst, wenn du mir sagst, dass du mich liebst!"

„Simon!", rief ich, „was soll das denn?"

„Wir gehören zusammen, Kira!"

Nachdem er mich zwischen die Zutaten auf die Küchentheke gesetzt und sich an mich gedrängt hatte, spürte ich seine Lippen auf meinen. Erst spannte ich mich an und überlegte, ihm auszuweichen, jedoch dann gab ich nach. Seine Zunge drückte sich spielerisch in meinen Mund, während seine kräftigen Hände meinen Unterleib an seine Hüfte schoben. Das war Premiere. Ich musste zugeben, das hatte was! Eine Welle Hitze ergriff mich und nachdem Simon begriff, dass er ein Feuer in mir entfacht hatte, hob er mich hoch und trug mich gleich einer Jagdtrophäe ins Schlafzimmer.

„Ich weiß nicht, Simon", flüsterte ich. „Ich bin eine Bindungsphobikerin."

„So ein Quatsch! Wir unternehmen in Zukunft einfach schöne Dinge zusammen. So wie das Kochen heute. Ohne Druck. Nur gemeinsam Spaß haben. Sagen wir einen Monat lang. Und dann entscheidest du, ob ich der Richtige für dich bin. Ok?" Er küsste mich innig. „Was denkst du?"

„Ist das ein Deal? Habe ich überhaupt eine Wahl?", fragte ich lachend.

„Du hast keine Wahl", antwortete er und drückte seine warmen Lippen auf meine. Ich horchte in mich hinein, während wir uns liebten. Nichts störte mich. Ich roch ihn gerne und selbst seine Küsse schmeckten gut. Es war, als hätte sich in mir ein Schalter umgelegt. Ob das letzte Gespräch mit Sarah meinen Sinneswandel herbeigeführt hatte? Ich wusste es mir nicht zu erklären. Allerdings gab es, wie immer, einen Pferdefuß. In den unmöglichsten Augenblicken, wenn ich nicht damit rechnete, schob sich das Bild eines dunkel gelockten Mannes vor mein inneres Auge. Die Vorstellung eines Italieners mit sagenhaft langen Wimpern und braungebrannten kräftigen Händen namens Nicola.

„Ich glaube, es lohnt sich nicht mehr, das ganze Gemüse kleinzuhacken", grinste Simon, ehe ich mich im Bett erhob. „Lass uns Pizza bestellen!"

Enttäuscht sah ich ihn an. Ein kleiner Traum zerplatzte und mir wurde klar, dass ich ziemlich alleine dastand mit meiner Idee vom gemeinsamen Kochen. Ich startete noch einen Versuch.

„Jetzt komm schon, Simon", bat ich. „Wenn wir zusammen am Herd stehen, geht es doch ruckzuck."

Eigentlich wollte ich das leckere Kürbis-Curry ohne Zeitdruck zubereiten. Es solle eine Zelebration werden. Die feierliche Taufe meines Gasherdes. Und ich mochte das gerne mit Simon erleben, um auszuprobieren, wie sich ein ganz normaler Alltag mit ihm anfühlte. Er verzog missgelaunt das Gesicht.

„Du brauchst dir die Arbeit echt nicht machen."

Er hatte es nicht kapiert! Für ihn war Kochen eine Last, eine Dienstleistung, die er sich von anderen erkaufte. Ganz im Gegensatz zu mir. Ich liebte es, Essen zuzubereiten. Vor allem zu zweit. Aber wie hieß es so schön? Man durfte einen Menschen nicht umerziehen. Nie, nie, niemals! Das gab nur Ärger, wegen der unerfüllten Erwartungen, und dann logischerweise Streit. Ich überlegte kurz. Das Gemüse würde bis morgen nicht schlecht werden. Sei tolerant, sagte ich mir. Simon ist Simon und du bist du.

„Na gut, aber das Fleisch musst du wieder mitnehmen. Dafür habe ich keine Verwendung", erklärte ich, während er schon den Lieferdienst heraussuchte.

„Wie hast du das eben gemeint, mit dem Probemonat?", fragte ich, ehe ich mir das letzte Stück Pizza mit Artischocke in den Mund schob. Wir hatten eine Flasche Merlot bestellt und ich spürte, wie mir langsam schummrig wurde. Ich hatte viel zu schnell getrunken.

„Wie ich es gesagt habe. Wir bleiben erst einmal unverbindlich, aber unternehmen tolle Sachen zusammen." Er sah mich an. „Ich merke ja, wie unsicher du dir bist, was uns beide betrifft. Wir gehen die Beziehung ganz ungezwungen an. Wir erweitern sozusagen unseren Radius, indem wir nicht nur miteinander schlafen. Im Alltag und im Urlaub merkt man doch am besten, ob man füreinander geschaffen ist", erklärte er. „Du darfst dir zuerst was wünschen!"

„Am einfachsten wäre es, wir finden was, das uns beiden Spaß macht", schlug ich vor und überlegte. Nach zwei Minuten Stillschweigen stellte ich erstaunt fest, dass ich Simon gar nicht kannte. Also seinen Körper würde ich mit verbundenen Augen unter hundert Männern herauspicken können. Natürlich. Und dass er ziemlich selbstbewusst war, mit Hang zur Selbstüberschätzung, das war mir ebenso bekannt. Aber was faszinierte ihn? Für welche Themen oder Hobbys brannte er? Kochen fiel schon mal weg, das konnte ich abhaken. Las er Bücher? Welche Bücher? Krimis oder lieber Thriller? Liebte er Kinder? Machte er gern Sport? Welchen? Ich schüttelte den Kopf. Ich saß vor einem Unbekannten. Wer zum Geier war dieser Mann?

„Warum guckst du mich so fassungslos an?" Simon schenkte mir Wein nach.

„Mir ist gerade aufgefallen, dass ich so gut wie nichts über dich weiß", murmelte ich.

„Finde es heraus", lachte er und zog ein nachdenkliches Gesicht. Dann drehte er den Spieß um.

„Was weiß ich über diese tolle Frau, von der ich nie genug bekommen kann?" Sein musternder Blick brachte mich zum Lachen.

„Sie hat ein großes Herz. Sie liebt...", er lachte, „Gemüse und sie ist eine Klimaretterin, weil sie bekanntlich ein E-Auto fährt. Und sie lebt vegetarisch, was bedeutet, dass sie sich gegen Tierleid einsetzt."

„Hör auf, das hört sich ganz schrecklich brav an! So bin ich nicht", antwortete ich und spürte, wie mir das Blut in den Kopf schoss.

„Du brauchst doch nicht rot zu werden! Ah jetzt fällt mir noch was ein", rief er und zeigte mit dem Finger siegessicher zur Zimmerdecke. „Sie möchte gerne einmal Paragleiten", triumphierte er selbstsicher.

„Stimmt genau! Das war ich bereits", beichtete ich gespielt schuldbewusst, ehe ich ihm ausführlich von meinem erlebnisreichen Sprung erzählte und er sich darüber mokierte, dass ich ihm nichts davon verraten hatte.

„Aber ich möchte unbedingt noch einmal", beschwichtigte ich ihn. „Am liebsten würde ich den Schein machen, sodass ich selbst fliegen kann", schwärmte ich.

„Das ist es! Paragleiten könnte unser erstes gemeinsames Erlebnis werden", schlug er vor.

„Ich weiß nicht", entgegnete ich. „Wie soll das funktionieren? Wir müssen einzeln springen."

„Vielleicht kurz hintereinander", überlegte er. „Es gibt sicher Tandemsprünge für Pärchen. Das ist nur eine Frage der Organisation." Simon war hellauf begeistert und wir einigten uns darauf, dass ich Nick anrufen und ihn nach einem Tandemsprung für Paare fragen würde. Ich fand die Idee auch richtig cool, doch insgeheim machte ich mir Sorgen, ob Nick sich auf einen weiteren Termin einlassen würde. Selbst wenn es irrational anmutete – ich sehnte mich danach, ihn wiederzusehen. Seit unserer letzten Begegnung auf der

Hochries, vermutete ich, dass er mich nicht sonderlich mochte. Sonst wäre er nicht einfach abgehauen.

Der Abend mit Simon war wider Erwarten positiv. Zum ersten Mal schaute ich nach dem Sex nicht heimlich auf die Uhr, wann er wieder verschwinden würde. Wir redeten über Themen, über die wir noch nie gesprochen hatten.

Simon verriet mir, dass er es hasste, schlaue Bücher zu lesen aber stundenlang Comics schauen konnte und alle Bände von Asterix und Obelix besaß. Er liebte Actionfilme, besuchte dreimal die Woche ein Fitnessstudio, sein Lieblingsessen war Rindersteak mit Nudeln und Salat und er überlegte, ob Golf das richtige für ihn war oder doch lieber Polo. Ja, er konnte sogar, das war schließlich die Voraussetzung dafür, reiten. Seit zehn Jahren ritt er ab und zu mit dem Fuchswallach seines Vaters aus, was ich bemerkenswert fand. Ich staunte. Na das war doch schon mal ein Anfang! Ich war Simon sehr dankbar dafür, dass wir das Thema Narkosekomplikation bewusst ausgelassen hatten. Das rechnete ich ihm als weiteren Pluspunkt an. Er konnte tatsächlich Privates von Geschäftlichem trennen.

Verhängnisvolle Begegnung

Wenige Tage später nahm ich mir ein Herz und wählte Nicks Nummer.

„Hallo Nicola, hier spricht Kira. Es wäre sehr nett, wenn du dich melden würdest. Es geht um einen Tandemsprung für Paare. Bitte ruf zurück, ich verspreche, beim nächsten Sprung nicht zu schreien. Vielleicht nur ganz kurz... Spaß, nein! Ich bin mucksmäuschenstill! Also... würde mich freuen."

Zu meinem Erstaunen rief er keine Stunde später zurück. Seine Stimme klang irgendwie verändert.

„Hi, Kira! Super, dass du dich noch einmal meldest. Hast wohl Sehnsucht nach dem Himmel? Wir können jederzeit starten. Nenne mir deinen Wunschtag und ich bin für dich da." Er lachte zwischendurch unpassend auf und gab sich für meine Begriffe etwas zu euphorisch und nicht ganz in Relation zu unserer Vorgeschichte. Immerhin hatte er sich gemeldet, was mich positiv stimmte.

Seltsam, dachte ich im Stillen. So kenne ich ihn gar nicht. Der verschlossene Typ von vor zwei Wochen, der vor ihr weggelaufen war, sprudelte vor guter Laune. Aber ich war ihm ja auch erst eineinhalbmal begegnet. Das langte bei weitem nicht, um daran den Charakter eines Menschen festzumachen. Im Augenblick gab es keine Hintergrundgeräusche, die uns das Telefonat vermasselten. Ob sie heute einen guten Tag hatte? Was ging mich das an? Eben, nichts! Das Fatale war, dass ich, was Nicola Serra betraf, bodenlos neugierig war.

„Darf ich fragen, ob du mich letztens auf dem Parkplatz erkannt hast? Warum bist du weggelaufen?", fragte ich interessiert. Außerdem wollte ich die Fronten klären, bevor wir uns das nächste Mal trafen.

„Oh, das tut mir leid. Ich hatte eine Verabredung, war eh zu spät und hätte vorher gar nicht am Berg sein dürfen. Sorry, wenn ich dich hab' stehen lassen. Im Allgemeinen verhalte ich mich wie ein Gentleman. Hauptsächlich bei so attraktiven Frauen wie dir." Er lachte wieder gekünstelt, während ich stutzte. Ich hätte schwören können, dass er mir etwas vorspielte. Dann war ich mir plötzlich sicher. Das war nicht Nicola. Hier stimmte irgendwas ganz und gar nicht.

Nach zwei Wochen der Vorfreude näherte sich unser gemeinsames Highlight. Simon und ich hatten besprochen, vom Tal aus auf die Ries zu wandern und als krönenden Abschluss in die Wolken zu fliegen.

Nick hatte einen Kollegen aufgetan, der zeitgleich mit uns in der Luft wäre, sodass Simon und ich sogar Blickkontakt hätten. Ich war so gespannt! Vor allem darauf, ob der coole Simon nicht doch ein wenig Muffensausen bekam vor dem Flug.

„Hast du auch nichts vergessen?", fragte ich Simon, nachdem wir unsere Autos nebeneinander auf dem Parkplatz Spatenau abgestellt hatten. Ein paar Wanderer betrachteten Simon, wie er aus seinem roten Sportwagen stieg. „Ich brauch' nichts", antwortete er. „Eine Flasche Wasser für unterwegs, das langt."

Die Wanderung, die wir vorhatten, war wirklich nicht schwierig und in guten zwei Stunden würden wir die Absprungstelle erreichen. Wir hatten einen Puffer von einer Stunde eingebaut, bis wir auf Nick und seinen Kumpel treffen würden. Vielleicht könnten wir auf der Hütte eine Schorle trinken, wenn Zeit übrig war.

„Hochries", las ich. „Wir müssen hier lang!"

Genau gegenüber dem Parkplatz führte ein Schild in den Wald. Wir liefen bergauf über eine geteerte Straße, was nicht sonderlich Spaß bereitete, doch dann zweigte ein steiler, schmaler Pfad rechts ab.

„Oh, Simon!", rief ich. „Schau mal, wie wunderschön!" Es war inzwischen Juni und auf den Bergwiesen blühten hunderte von dicken Trollblumen. Es sah so unglaublich aus, dass ich kurz anhielt, um dieses Bild für immer in mein Gedächtnis zu brennen.

Unzählige gelbe Kuppeln, die aussahen wie zu groß geratene Butterblumen in Kugelform, dazu fuchsiarote wilde Orchideen, über denen Bienen summten und das satte Grün des Grases. Ich wollte mir alles ganz genau merken, um es mir, wenn ich das nächste Mal im gefliesten OP-Saal stand, in mein Gedächtnis herzuholen. Das Geläut der Kuhglocken war Musik in meinen Ohren und ich überlegte, dass die Almsommer bezaubernd bunt und lebendig waren. Wenn der Schnee im Winter alles zugedeckt hatte und spät im März endlich die matschig-braunen Böden zum Vorschein kamen, konnte sich niemand vorstellen, dass sich acht Wochen später dort ein Paradies entfalten würde. Wir erreichten die gutbesuchte Doagl Alm und beschlossen, draußen, auf einer der Holzbänke, in aller Ruhe einen Almdudler zu genießen. Von hier aus sah man schon die bunten Drachen und die Schirme durch den Himmel gleiten und ich spürte, wie meine Haut vor Spannung anfing zu kribbeln. Simon ließ sich keine Aufregung anmerken und ich überlegte, ob er wirklich so gelassen war, wie er vorgab zu sein oder ob er bluffte.

Als wir oben ankamen, fühlte ich mich gut durchblutet und fit für den Sprung. Das Adrenalin in meinem Körper ließ mich schneller atmen. Ich war heute aufgeregter als das letzte Mal und schob das auf Simons Anwesenheit. Insgeheim hoffte ich, dass alles klappte und Simon Nick sympathisch fand. Und ich spekulierte inständig darauf, den jungen Mann zu treffen, den ich beim ersten Sprung kennengelernt hatte und nicht auf den fertigen Typen vom letztem Mal. Außerdem war ich auf den zweiten Paraglider gespannt, den Nick mitbrachte. Meine Vorstellung war, dass ich mit Nick flog, weil ich ihn schon kannte und ihm in der Luft vertraute, während Simon mit der anderen Person sprang. Ich entdeckte ihn sofort wegen der schwarzen Locken. Eine Freude durchfuhr mich, als ich ihn dort stehen sah. Er schien mit einer Frau zu diskutieren. Sie trug ebenfalls einen Sprunggurt, woraus ich schloss, dass es sich um unsere zweite Person handeln musste. Doch während wir näherkamen, winkte sie ab und ging kopfschüttelnd weg.

„Hi", grüßte ich ihn. „Gibt es Probleme?" Ich atmete erleichtert aus. Die hässlichen Bartstoppeln waren verschwunden und auch seine Kleidung erschien sauber und ordentlich.

„Nein, nein. Ihr ist plötzlich eingefallen, dass sie doch keine Zeit hat. Gebt mir zwei Minuten. Ich regle das."
Er klatschte uns nacheinander ab und ging auf einen jungen Mann zu, der seinen Schirm auseinanderfaltete. Ich fühlte mich ein wenig unwohl und überlegte, was das zu bedeuten hatte. Während des Wortwechsels zeigten sie auf uns, ehe der andere mit dem Kopf nickte. Ich erhaschte Simons Blick.

„Der sucht kurzfristig nach jemandem, der einen von uns mitnimmt", vermutete Simon, derweil ich bejahte. „Seltsam ist das schon", murmelte ich. „Warum ist die Frau denn weggelaufen, die ursprünglich springen sollte? Das mit der Zeit war sicher eine Ausrede."

Simon verzog das Gesicht. „Da bin ich gespannt, welchen Sportsfreund du mir da angeschleppt hast", sagte er und meinte es ganz ernst. Seine plötzliche Skepsis entlud sich in seiner Körperhaltung und in seinem Blick.

„Entspann dich", lachte ich. „Der macht das schon! Sicher findet er jemand anderen. Er kennt hier doch alle." Ich merkte, wie ich Nick in Schutz nahm, obwohl ich mich gleichzeitig darüber ärgerte, dass es nicht so reibungslos verlief, wie ich mir das ausgemalt hatte. Wir verfolgten, wie Nick erleichtert zurückkam und ihm sein vermutlich frisch aufgegabelter Kompagnon samt Schirm folgte.

„Hallo, Nicola!"

Sein Körper zuckte, während ich seinen Namen aussprach, zusammen. Ich hatte die abrupte Bewegung unter dem hautengen Shirt genau beobachtet, ließ mir aber nichts anmerken. Ich stellte ihm Simon vor, wobei ich das Gefühl hatte, er würde Simon absichtlich ignorieren, indem er wegschaute. Mit Sicherheit konnte ich das aber nicht sagen und ehe ich eingehender darüber nachdenken konnte, stellte Nick uns seinem angeblichen Kumpel Paul vor.

„Ich springe mit Nicola", entschied ich und betrachtete den dunklen, bemerkenswert anziehenden Mann. Er war nicht nur äußerlich das Gegenteil von dem blonden Simon mit seinem erfolgsverwöhnten Grinsen und der tonangebenden Art. Die beiden sahen maskulin aus. Sie besaßen die gleiche aufrechte Statur und ordentliche Bizeps. Doch jedes Mal, wenn ich Nick betrachtete, versetzte es meinem Herzen einen sehnsüchtigen Schmerz. Ich konnte nicht sagen, warum. Er berührte mich auf besondere Weise. Simon schien das mehr und mehr zu begreifen. Sein genervter Blick und die Anspannung seines Körpers waren nicht zu übersehen. Er schaute demonstrativ auf die Uhr.

„Aufi geht's!", rief Nick. Ich folgte ihm unter Simons argwöhnischem Blick über die Wiese zu der Stelle, wo er seinen Schirm abgelegt hatte und drehte mich zu den anderen um. Simon stand neben Paul, der ihm augenscheinlich die Gurte erklärte. Er hob den Daumen und grinste von jetzt auf gleich so unnatürlich breit, dass ich auflachte. Registrierte ich da eine klitzekleine Verkrampfung bei Mister Cool? Ich freute mich diebisch darüber, dass Simon so unmittelbar vor dem Sprung Unsicherheit zeigte. Paul hatte klargemacht, gleich nach Nick die Startmatte zu benutzen und später ebenso kurz hintereinander zu landen. Es würde sowas von genial sein, gemeinsam in der Luft zu schweben.

„Dein Mann?", fragte Nick wie nebenbei und wies mit dem Kinn in Richtung Simon.

„Nur ein alter Freund und Kollege. Auch Arzt in derselben Klinik", antwortete ich, während ich mich für die Untertreibung schämte und zeitgleich im Dunkel seiner Pupillen versank.

„Naja, vielleicht ist er ein wenig mehr als das. Wir sind noch nicht so weit wie ihr", fügte ich deshalb hinzu und lachte leise. Nick schlug die Lider nieder und schaute schnell weg. Ich glaubte eine Träne zu sehen, die er fortzublinzeln versuchte. Sein sowieso schon melancholischer Blick hatte schlagartig so etwas Unergründliches und Herzzerreißendes. Mein Gott, was war nur mit diesem Mann los? Ich sah in zwei abgründige Seen, auf deren Grund, so schien es, ein Geheimnis auf Befreiung wartete. Ein unbekanntes Gefühl stieg in mir auf. Es fühlte sich zärtlich an, mütterlich, so als ob ich ihn beschützen wollte. Als sein trauriger Welpenblick mich umfing, schoss mir das Blut in die Wangen und mein Gesicht fing an zu pochen. Der Ton meines Handys versetzte mir einen derartigen Schrecken, dass ich kurz aufschrie, bevor ich auf den Bildschirm schaute. Meine Mutter, die mal wieder die Fähigkeit bewies, im ungünstigsten Augenblick in meinem Leben aufzutauchen. Ich drückte erst das Schuldgefühl und dann den Anruf weg und stellte das Gerät ab.

„Ist besser, wenn du das Ding ganz ausmachst", sagte Nick. „Verstau es so in deiner Tasche, dass es oben nicht rausfällt. Und noch was…" Er suchte meinen Blick. „Versuch bitte nicht, mit deinem Freund zu kommunizieren. Er wird dich nicht hören." Er zog die Brauen nach oben, als ob er ahnte, dass es mit mir umständlich werden könnte – kompliziert und laut.

Dass ich das Absprungmanöver bereits kannte, nahm mir die Nervosität. Außerdem wollte ich vor Simon, der mich beobachtete, eine gute Figur machen. Ich winkte ihm unbeschwert zu, hob den Daumen nach oben und wartete auf Nicks Kommando.

„Und go!"

Auch dieses Mal vollführte mein Magen gefühlt eine Drehung und ich versuchte, die nächsten Atemzüge ruhig und kontrolliert durchzuführen. Die Urangst, zu fallen, konnte man dem Körper wahrscheinlich nicht nehmen, vermutete ich und wartete ein paar Sekunden, bis sich das Adrenalin ein wenig verflüchtigt hatte und es nicht mehr so stark im Kopf kribbelte. Aus dem Augenwinkel sah ich Simon springen. Ich konnte es kaum fassen. Wir beide, Simon unter seinem roten, ich unter dem gelben Schirm, schwebten durch den wolkenlosen, blauen Himmel. Das unbeschreibliche Gefühl des ersten Sprungs kam zurück und ich registrierte, wie sich die Anspannung in mir löste. Allerdings gab es da eine Kleinigkeit, die mich irritierte. Der Schirm glitt nicht sachte, sondern ruckte unsanft durch die Luft. Ob es an den Windverhältnissen lag? Da! Jetzt wieder! Und noch etwas fiel mir auf. Jedes Mal, wenn mich Nicks Atem streifte, meinte ich einen feinen Hauch Alkohol zu riechen. Der Versuch, meine Wahrnehmung zu ignorieren scheiterte, denn als er den Mund aufmachte, um zu sprechen, war ich mir sicher. Nick war alkoholisiert. Plötzlich verstand ich, warum die Frau oben am Berg gegangen war. Die Begründung, die sich mir auftat, war alles andere als angenehm.

„Merda", entfuhr es mir so leise, ohne dass Nick es hören konnte.

„Du kannst auf Italienisch fluchen? Respekt!", kam prompt die Antwort, ehe ich nicht nur überlegte, was für feine Ohren dieser Mann besaß, sondern auch, wie ich halbwegs lebend aus dieser prekären Situation kam. Ablenkung oder Konfrontation wog ich ab – was war die für mich gesündere Version? Während ich meinen Gedanken nachhing, schraubte sich unser Schirm immer höher. Innerhalb weniger Sekunden befanden wir uns hoch über den Gipfeln der umliegenden Berge. War das normal? Ich vernahm sein Lachen hinter mir. Oder war es ein Weinen?

„Was tust du denn?", rief ich mutlos und versuchte, mich umzudrehen, um sein Gesicht zu sehen, was nicht funktionierte.

„Himmel wir kommen", rief er. Und noch etwas auf Italienisch, das ich nicht sofort übersetzen konnte.

„Sei mio figlio qui?", oder so ähnlich. Das würde, wenn ich meine kargen Italienischkenntnisse zusammenfasste bedeuten, dass er hier oben nach seinem Sohn rief. Der Flug wurde mir immer suspekter. Die Angst meldete sich zurück und das ungute Gefühl, in Gefahr zu schweben. Die Höhe wurde auf einmal zu meinem Feind und Simon nahm ich gar nicht mehr wahr. Ob er meine kleine Krise bemerkt hatte? Gerade war ich nicht die freie Kira. Mein krisenroutiniertes Ich übernahm die Rolle der empathischen Ärztin, die alles dafür tun musste, um ihren Patienten und somit sich selbst heil landen zu lassen. Ich überlegte mir die Strategie, ihn in ein persönliches Gespräch zu verwickeln, um ihn dann höflich zur Landung zu bewegen. Wenn ich ihn mit der Normalität und dem Alltag konfrontierte, so dachte ich, würde er sich besinnen. Meine Stimme zitterte, als ich ihn ansprach: „Wie geht es deinem Sohn? Muss ein tolles Gefühl sein, so jung Vater zu werden."

Ein unmenschliches Stöhnen durchschnitt den Himmel. Mein Plan war nicht aufgegangen. Das Gegenteil war passiert. Sein Weinen wurde noch unterstrichen von dem fahrigen Tanz, den unser Schirm veranstaltete. Wie ein verrückt gewordener Derwisch hüpfte er hoch und runter, nach rechts und wieder nach links. Einmal hatte ich das Gefühl, wir würden einen Salto vollführen, aber dann beruhigte sich unser Flug.

„Ich will sofort landen, hörst du", schrie ich wie von Sinnen. „Du hast getrunken und bringst dich und mich in Lebensgefahr. Probleme löst man anders. Nicht so! Tu, was ich sage!", befahl ich. „Steuer den Schirm runter. Aber ganz piano", fügte ich hinzu. Ich versuchte mich zu beherrschen, während mir Tränen über die Wange rannen. Was gab es Grauenvolleres, als abhängig von einem psychisch instabilen Typen, der auch noch angetrunken war, an ein paar Schnüren in 1.000 Metern Höhe über dem Boden hin- und herzuschwingen. Übelkeit bemächtigte sich meiner und plötzlich war ich mir gar nicht mehr so sicher, ob ich dieses Desaster überleben würde. Eine Sehnsucht nach Sarah überkam mich. Ich wollte doch meine Nichten aufwachsen sehen. Und Mama! Ich überlegte, ihr eine Nachricht zu schicken, aber der letzte Funke Hoffnung, den morgigen Tag zu erleben, war noch nicht erloschen. Mein Weinen musste Nick schließlich zur Vernunft gebracht haben, denn nach einer gefühlten Ewigkeit sah ich die grünen Wiesen näherkommen. Aus den winzigen Rechtecken erwuchsen Scheunen, aus den Punkten wurden wieder lebendige Kühe und jetzt vernahm ich sogar den entfernten Krach der ein- und ausparkenden Autos und endlich das monotone Surren der Gondelbahn.

Dieses Mal gelang die Landung auf Anhieb. Ich hatte mich hochkonzentriert darauf vorbereitet und rannte mit Nick im Schlepptau über die Wiese, bis wir nach ein paar Schritten zum Stehen kamen. Ich entdeckte Simon, der mit Paul in etwa 50 Metern Entfernung stand und wild gestikulierte.

Hektisch befreite ich mich aus den Gurten.

„Hey, es tut mir leid", sagte Nick, dessen Worte ich mit einer verärgerten Geste symbolisch wegwischte.

„Du bist wohl komplett übergeschnappt", antwortete ich böse und wollte zu Simon laufen, der aber bereits auf uns zugerannt kam.

„Willst du gleich zahlen?" Nicks Stimme klang beklommen, jedoch fordernd, was mich sauer machte.

„Dafür gebe ich ganz sicher nichts", erklärte ich und feuerte einen wütenden Blick in seine Richtung ab.

„Was war denn bei euch los?", mischte sich Simon ein und Paul, der sich ebenfalls zu uns gesellt hatte, sah Nick fragend an.

„Ich dachte, du bist Profi, Mann. Du bist geflogen wie ein Anfänger."

Simon, der mein verweintes Gesicht entdeckt hatte, wurde laut.

„Was hast du mit meiner Freundin angestellt, du mieser kleiner…"

„Simon!", unterbrach ich ihn. „Lass gut sein. Der Kerl ist nicht Herr seiner Sinne. Er hat getrunken. Ich hätte niemals mit ihm springen dürfen. Lass uns jetzt einfach gehen, ok", bat ich und wollte ihn wegziehen.

„Zeigen Sie mir Ihre Lizenz", verlangte Simon in ruhigem Ton. Wenn er sachlich wurde, bedeutete das erstens, dass er sich sicher war, was er tat und zweitens, dass er sich seiner starken Position bewusst war. Sechs Augenpaare ruhten auf Nick, der in seiner Jackentasche kramte. Wortlos hielt er Simon das Dokument hin.

„Ich fliege seit mehr als fünfzehn Jahren. Kira ist schon einmal mitgeflogen, da wollte ich ihr eben ein wenig mehr Nervenkitzel bieten. Es bestand keine Gefahr. Ich weiß genau, was ich tu¹."

„Hört sich nach Selbstüberschätzung an. Ihnen ist bewusst, dass ich den Vorfall melde und Sie heute noch Ihre Lizenz verlieren werden."

Nick zuckte zusammen. „Nein! No", rief er. „No! Questa è la mia esistenza. Bitte nicht! Ich sage doch, es bestand keinerlei Gefahr."

„Simon, das kannst du nicht machen", versuchte ich zu schlichten, während Simon unbeeindruckt sein Handy zückte und den Schein abfotografierte.

„Ich fand das auch großen Mist, was er getan hat, aber du musst nicht gleich übertreiben." Meine Stimme klang ein wenig bettelnd.

Der Blick, mit welchem Simon Nick fixierte, war mehr als geringschätzig.

„Ich habe keine Wahl. Ich muss das tun. Sie haben alkoholisiert Personen befördert." Er drehte sich kurz zu mir. „Paul und Frau Dr. Gmeiner sind meine Zeugen, falls die Sache vor Gericht gehen sollte. Du bleibst in Zukunft mit beiden Beinen auf dem Boden, Freundchen", sagte er betont emotionslos, ehe Nick ihm den Ausweis aus der Hand riss, zu seinem Schirm lief und ihn ohne Faltung zusammengeknüllt wie ein gebrauchtes Taschentuch in den Rucksack stopfte.

„Los, komm", befahl Simon und klopfte Paul im Gehen auf die Schulter. „Danke, Mann! Hat Spaß gemacht!"

„Aber Nick ist ein ausgezeichneter Paraglider. Wir können doch erst einmal mit ihm reden. Das war sicher einmalig. Vielleicht geht es ihm nicht gut oder er hat Probleme", versuchte ich es ein letztes Mal.

„Ich kann es mir auch nicht erlauben, einmalig einen Fehler zu machen", blieb Simon hart und erinnerte mich unangenehm an meine Narkosekomplikation.

„Wir sind alle nur Menschen", erwiderte ich, auch ein wenig, um mich selbst zu rechtfertigen.

„Er hat einen schweren Fehler begangen und dafür wird er nun Verantwortung übernehmen", kam es von Simon, ehe ich einsah, dass ich ihn nicht umstimmen konnte. Ich blickte zu Nick. Unsere Blicke trafen sich. „Es tut mir so unendlich leid", schien seiner zu sagen. Ich hob entschuldigend die Schultern. Wir führten einen stillen Gedankenaustausch, dann wandte ich mich ab und folgte Simon, der stur davongelaufen war und sich bereits fast außer Sichtweite befand.

„Jetzt warte halt auf mich!" Um Atem ringend stellte ich mich ihm in den Weg. „Ok, unser Plan vom gemeinsamen Paragleiten ist aus dem Ruder gelaufen, aber ich würde vorschlagen, wir lassen uns den restlichen Tag nicht vermiesen und genießen den Rückweg, was meinst du?"

Simons belustigtes Lachen erfüllte die Landschaft. „Die immer empathische Kira, die jede Seele in ihr großes Herz lässt. Woher hast du eigentlich diese Harmoniesucht? Von deinem dominanten Vater oder deinem cholerischen Großvater kannst du sie nicht geerbt haben", zog er mich auf, ehe er mich auf den Mund küsste und damit meinen Protest erstickte. „Aber dieses Mal gebe ich dir sogar Recht. Schwamm drüber über die unschöne Sache. Wir haben uns ein kühles Radler verdient!"

Ich hatte keinen bleibenden Schaden davongetragen. Kein Trauma oder so. Die Angst war, nachdem ich festen Boden unter den Füßen gespürt hatte, komplett weg und ich saß relativ entspannt neben Simon im Biergarten zwischen Wanderern und Mountainbikern, die sich gegenseitig von ihren Touren erzählten. Wir tauschten unsere Handyfotos, auf welchen Simon und ich aussahen wie aus der Zahnpasta-Werbung, weil wir jedes Mal breit grinsend in die Kamera geschaut hatten. Unter den Bildern befand sich natürlich auch das Dokument von Nick, welches Simon gerade genauer unter die Lupe nahm.

„Leck mich fett", stieß er aus. „Serra Nicola! Jetzt weiß ich, woher ich den unsympathischen Sportsfreund kenne."

Neugierig riss ich die Augen auf. „Du kennst ihn?"
Verblüfft wartete ich, was Simon zu sagen hatte.

„Vor ein paar Wochen, du hattest frei, gab es einen schlimmen Unfall in Beuerberg. Vielleicht erinnerst du dich. Du warst in München bei deiner Schwester. Es ging tagelang durch die Medien." Ich begegnete Simons fragendem Blick.

„Oh!", sagte ich. „Sag nicht, Nick hat etwas damit zu tun."

„Seine schwangere Freundin wurde tot bei uns auf der Unfallstation eingeliefert. Sie war leider schon an der Unfallstelle verstorben, doch man wollte das Ungeborene retten."

Mein Herz begann hektisch zu klopfen. Ich konnte nicht glauben, was er da sagte. „Wie bitte? Nick hat seine Frau und sein Baby verloren?" Aus den Medien wusste ich, dass das Baby ebenfalls verstorben war. Simon sah mich ernst an.

„Sie waren nicht verheiratet und dieser Serra veranstaltete ein Riesentheater in der Klinik. Von wegen er wolle zu seiner Frau, er sei der Vater des Kindes und der Partner der Mutter."

Meine Augen füllten sich mit Tränen. Ich bekam plötzlich schlecht Luft, weil ein riesiger Felsbrocken auf meinem Brustkorb saß. Entsetzt schüttelte ich den Kopf.

„Aber er ist... er war der Vater des Kindes. Man hätte ihn doch zu seiner Frau lassen können."

„Du kennst die Spielregeln, Kira."

„Wer war der diensthabende Arzt an dem Tag?", fragte ich wie unter Schock. Nick tat mir so unendlich leid und nun begriff ich auch seine seltsamen Allüren. Die verquollenen Augen, die fleckige Kleidung, der Ruf nach seinem Sohn.

„Oh Gott", entfuhr es mir. „Mir fehlen die Worte!"

„Das entschuldigt sein Verhalten nicht", erklärte Simon, während ich meine Frage wiederholte.

„Wer hatte Dienst an dem Tag?"

Simons Schweigen gab mir den Rest. Ungläubig fragte ich nach.

„Du?"

Simon hob die Schultern. „Ich hatte das Baby auf dem Tisch und habe Sandra gebeten, ihn wegzuschicken. Er konnte sich nicht als Angehörigen ausweisen und wir standen unter enormem Zeitdruck. Für das Kind zählte jede Sekunde."

Für den armen Nicola Serra war es der Alptraum schlechthin, dachte ich bei mir. Seine geliebten Menschen lagen nach einem Notfall im Krankenhaus in Lebensgefahr. Womöglich hatte er gar nicht mitbekommen, dass seine Partnerin bereits verstorben war. Da ging es ihm wie allen Angehörigen. Zuhause hatte man sich Bett und Tisch geteilt. War sich vertraut. Nichts wünschte man sich jetzt sehnlicher, als endlich zu wissen, wie es um sie stand und wie es weiterging. Doch die Weißkittel schwiegen, weil sie ihn ohne

Trauschein über den Zustand von Mutter und Kind nicht informieren durften, denn grundsätzlich fiel alles, was zwischen Arzt und Patient besprochen wurde, unter die ärztliche Schweigepflicht. An Patientenverfügungen dachte man in dem Alter nicht. Ich verstand das. Je jünger man war, desto unsterblicher fühlte man sich. Der Tod war so weit weg und das Leben so nah. Besonders, wenn man ein Kind erwartete. Als ich Simon nur schweigend ansah, redete er weiter. „Der Säugling lebte noch ein paar Stunden, aber er litt unter massiven intrazerebralen Blutungen", murmelte er. „Es war zu spät. Und vielleicht auch besser so, denn er wäre schwerstbehindert geblieben."

„Und er durfte seinem Kind nicht beistehen, während es starb?", fragte ich, nachdem ich umsonst versucht hatte, den Kloß in meinem Hals hinunterzuschlucken. Tränen schossen aus meinen Augen. Es war so unvorstellbar grausam. „Ist jemand von euch raus, um ihm zu sagen, dass sein Kind tot ist? Habt ihr ihn getröstet?", schluchzte ich. Aus Simons Augen konnte ich entnehmen, dass weder das eine noch das andere unternommen worden war.

„Sandra war kurz bei ihm. Er hat sie abgefangen und ist laut geworden. Sie durfte nichts sagen, aber an ihrer Miene hat er wohl begriffen, dass es zu spät war."

Ich vergrub die Hände vor meinem nassen Gesicht. Nicht vorstellbar, was er durchgemacht hatte.

„Was war es? Welches Geschlecht?"

„Ein Junge. Top gesund. Wenn das nicht passiert wäre."

„Und er durfte ihn nicht sehen? Sich nicht verabschieden? Es darf nicht wahr sein", seufzte ich. „Es darf einfach nicht sein. Diese Klinikregeln, dieser ganze Unfall – warum ist das Leben so ungerecht?"

„Schicksal", kam es von Simon. „Man könnte das Gefühl bekommen, dass ihr euch nähergestanden habt, so wie du dich benimmst."

„Und du benimmst dich mal wieder so rational, dass ich ausflippen könnte", sagte ich und schenkte Simon einen vernichtenden Blick, ehe das lauter werdende Geheul von mehreren Sirenen unser Gespräch unterbrach. Ich wischte mir die Augen ab und durch das Gesicht mit einem Taschentuch und trank ein paar Schlücke, um mich wieder zu fangen. Ein paar Wanderer sprangen erschreckt zur Seite, als eine Anzahl von Rettungswagen mit Martinshorn den geteerten Weg oberhalb von uns vorbeirasten. Dann kreiste auch schon ein Helikopter nicht weit entfernt der Absprungstelle über dem Tal. Es musste etwas Furchtbares passiert sein. Die Menschen verstummten, erhoben sich von ihren Bierbänken, liefen vor die Alm und schirmten die Stirn gegen die Sonne ab, um besser sehen zu können, welches Unglück dort vonstattenging.

Simon und ich sprangen ebenfalls auf. Der zusammengeknüllte Schirm von Nick erschien vor meinem inneren Auge, aber das war nur eine böse Illusion. Wir hatten gerade über ihn gesprochen, deswegen brachte mein Gehirn ihn in Zusammenhang mit dem Martinshorn. Niemand wusste, was überhaupt passiert war. Vielleicht war eine Kuh einen Abhang hinuntergestürzt, ein Wanderer hatte sich kräftemäßig überschätzt und einen Schwächeanfall erlitten oder ein Mountainbiker hatte sich so unglücklich das Gelenk gebrochen, dass er mit dem Helikopter vom Berg geholt werden musste. Es gab so unzählige Gründe wie Menschen, die hier unterwegs waren, redete ich mir ein. Schließlich sprach ich doch aus, was mir am meisten Sorgen bereitete.

„Und was, wenn sie wegen Nicola Serra da sind? Dir ist schon klar, dass wir ihm mit der Drohung, seine Lizenz sperren zu lassen, den Rest gegeben haben", formulierte ich meine Bedenken. „Was, wenn er einen Entschluss gefasst hat?"

„Du meinst, der Paraglider, dieser Serra, könnte sich mit Absicht über die Kante geworfen haben, weil er nicht mehr leben will? Das wäre krass. Glaube ich aber nicht. Auf der Hochries passieren jeden Tag Unfälle. Überall dort, wo Sport getrieben wird, steigt das Risiko für Verletzungen automatisch an." Er nahm meine

Hand. „Lass uns runter zum Parkplatz wandern. Und tu mir einen Gefallen! Hör auf, ständig von diesem unsympathischen Typen zu reden. Sein Schicksal ist nicht unser Schicksal. Auch wenn es sich hart anhört... er wird drüber hinwegkommen. Früher oder später."

Der Heimweg verlief ziemlich schweigsam. Nachdem der Rettungshelikopter zum zweiten Mal über unsere Köpfe flog, vermuteten wir, dass es sich um eine ernste Verletzung handeln musste. Allerdings konnte er auch unverrichteter Dinge wieder abgehoben haben. So genau konnte man das aus der Entfernung nicht sagen. Die Stimmung war nicht mehr dieselbe, wie auf dem Hinweg. Eine riesige Traurigkeit erfüllte mein Herz. Der Zwischenfall mit Nick und die Gewissheit, dass ein Mensch gerade Schmerzen erleiden oder gar um sein Leben bangen musste, dämpfte unsere Laune zusätzlich. Meine zumindest.

„Komme ich noch mit zu dir auf ein kleines, gemeinsames Schäferstündchen?" Simon zwinkerte mir schelmisch zu.

„Nein", antwortete ich. „Heute ganz sicher nicht mehr. Ich bin nicht in Stimmung."

„Ich kann dich aufmuntern."

„Verzichte!"

Ich wollte alleine sein und benutzte meine Mutter als Alibi.

„Ich habe meiner Mutter versprochen, sie anzurufen. Vielleicht fahre ich auch nach München raus. Mal sehen." Meine Hand wanderte über seinen Rücken.

„Es war trotz allem ein aufregendes Erlebnis. Danke, dass wir das gemeinsam unternommen haben", sagte ich, ehe er mich an sich zog und seine Lippen auf die meinen presste.

Koma

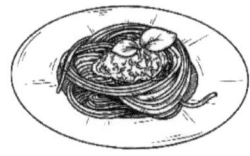

„Mama?", ich horchte, nachdem das Klingeln aufgehört und sie demnach das Gespräch angenommen hatte.

„Ihre Stimme kommt mir irgendwie bekannt vor. Warten Sie kurz. Ich muss einen Moment überlegen", kam es vom anderen Ende.

„Hahaha. Wirklich witzig", antwortete ich auf ihre übertriebene Ironie. „Solange ist es nun auch wieder nicht her, dass wir uns gesprochen haben."

„Wie komme ich zu der Ehre, liebste Tochter?"

„Lass uns vernünftig miteinander reden, Mama! Es tut mir leid, dass ich mich solange totgestellt habe. Wenn du Zeit hast, komme ich gegen Abend in München vorbei. Wir könnten zusammen kochen", versuchte ich das Nützliche mit dem Unvermeidbaren zu kombinieren. „Was sagst du?"

„Auf was hast du denn Appetit?", fragte sie versöhnlich.

„Komm nicht auf die Idee, vorher zu kochen. Ich möchte gerne mit dir zusammen am Herd stehen. Wie früher", erklärte ich, ehe meine Mutter mal wieder den Nagel auf den Kopf traf.

„Bemerke ich da einen kindlichen Hauch Sehnsucht nach der Geborgenheit alter Zeiten?"

„Vielleicht ist es so. Ich bin etwas überspannt in der letzten Zeit."

„Ich bin da, Räubertochter! Komm, wann immer du möchtest. Ich freue mich."

Das war das Tolle an meiner Mutter. Neben ihrer Ironie existierte ihr riesiges Mutterherz, in dem so viel Liebe und Fürsorge lagerten, dass es in Wirklichkeit so groß sein musste wie ein Haus.

„Hast du Porcini im Vorratsschrank?" Der Gedanke an ein Steinpilzrisotto mit Kräutern ließ mich doppelt so hungrig fühlen.

„Es ist Frühsommer. Porcini sammelt man im Herbst", sagte meine Mutter eine Spur vorwurfsvoll, als ob ich das nicht wüsste. Ich schluckte den Anflug von Empörung hinunter.

„Schon klar. Es gibt, wie du weißt, die getrocknete Variante. Steinpilzrisotto schmeckt das ganze Jahr. Ich frag' nur, weil ich welche mitbringen könnte", schlug ich versöhnlich vor und hörte an den Hintergrundgeräuschen, dass meine Mutter in die

Küche lief, um die Schränke nach Verwertbarem zu inspizieren.

„Risotto ist da. Weißwein auch. Kräuter und Pilze fehlen. Die bringst du mit", fasste sie rational zusammen, bevor wir uns verabschiedeten. „Und kaufe nicht zu viel. Dein Vater ist sowieso nicht da. Er wird nicht mitessen", fasste sie nach.

„Ja. Ist in Ordnung." Den Seitenhieb gegen meinen Vater überhörte ich geflissentlich und ging nicht näher darauf ein. Ich musste zugeben, ich freute mich wirklich darauf, meine Mutter in die Arme zu schließen. Im Nachhinein ärgerte ich mich über mich selbst, solange gewartet zu haben.

Die Stadt Rosenheim nannte nicht nur einen klasse Feinkostladen ihr Eigen. Einen davon mochte ich ganz besonders, da er nicht so überteuert und edel rüberkam, sondern rustikal-zünftig. Durch die unzähligen Kräutertöpfe vor der schweren, hölzernen Eingangstür wähnte man sich gleich im Urlaub und konnte gar nicht anders, als hineinzugehen, um noch mehr von dieser wohltuenden Atmosphäre aufzusaugen. Drinnen drehte sich natürlich alles um gutes Essen. Überall luden mit Häppchen beladene Teller aus Steingut ein, probiert zu werden. Niemand beobachtete oder bequatschte einen, etwas zu kaufen. Es fühlte sich an wie zuhause, in einer großen Landhausküche, als ob Oma die hölzernen Regale, die vor einem alten Mauerwerk standen, mit ihren hausgemachten Speisen gefüllt hätte. Es gab Weine, Öle und Essigsorten, salzige und würzige Tapas zum Mitnehmen in Form von Schinken, Salami, Käse, Oliven und eingelegten Gemüsesorten sowie Nudeln und Gebäck als Cracker. Die Inhaber buken auch täglich riesige runde Brote, deren Rinde herrlich knusprig schmeckte. Ich stand vor dem Regal mit den Spezialitäten aus Italien und griff nach einer braunen Papiertüte mit getrockneten Porcini. Zusätzlich kaufte ich ein kostbares Limonenöl, das duftete, als sei der ganze italienische Stiefel in der Flasche. Und wo ich einmal dabei war, erstand ich ohne ein schlechtes Gewissen ein winziges, aber sündhaft kostspieliges Glas mit hauchzarten, weißen Trüffelscheiben für meine Mutter, als Wiedergutmachungsgeschenk für die Tochter-Abstinenz. Darüber würde sie sich sicher freuen.

Voller Vorfreude hob ich die Einkäufe auf die Rückbank und fuhr los. Wenn ich längere Strecken reiste, hörte ich öfter Radio Regenbogen, ein Sender aus Rosenheim, der ziemlich interessante Themen aus der Umgebung besprach. Das letzte Mal ging es um Veganismus und die Schlüsselmomente, die Menschen aus dem Chiemgau erlebten, bevor sie zu Veganern wurden. Heute ging es um Tierliebe in der Literatur, ehe die Sprecherin zur vollen Stunde für die Nachrichten aus der Region unterbrach.

Keine Staus. Keinerlei Verkehrsunfälle. Ich atmete schon erleichtert durch, da ich mir eine harmonische Fahrt nach München vorstellte, als die angenehme Stimme weiterredete.

„Heute Vormittag gab es den dramatischen Absturz eines Paragleiters auf der Hochries. Augenzeugenberichten zufolge soll der junge Mann völlig planlos mit einem unsachgemäß zusammengelegten Schirm hundert Meter neben der offiziellen Absprungmatte in die Tiefe gestürzt sein. Der Stoff des Schirms verfing sich im Hang, sodass der Mann mit lebensgefährlichen Verletzungen in die Klinik geflogen wurde. Er schwebt zurzeit immer noch in Lebensgefahr. Die Polizei schließt einen versuchten Suizid nicht aus. Das Wetter…"

Mit einem Ruck lenkte ich den Wagen an den Straßenrand. Ich spürte, wie sich unzählige winzige Schweißperlen den Weg durch die Haut suchten. Als ich in den Rückspiegel sah, waren meine Stirn und mein Nasenrücken feucht. Zitternd kramte ich nach meinem Handy und wartete ein paar Minuten, bis ich wieder halbwegs normal atmen konnte, dann wählte ich die Zentrale der Klinik an. Als Ärztin hatte ich natürlich Zugang zu allen Daten, welche die Patienten unserer Klinik betrafen. Ich atmete ein paar Mal tief durch, um meiner Stimme einen festen Klang zu geben.

„Hallo, Dr. Kira Gmeiner hier. Ich habe eine kurze Frage. Ich benötige den vollständigen Namen einer

Notaufnahme in der Unfallchirurgie heute Vormittag. Ein Paragleiter, der abgestürzt sein muss. Haben wir so jemanden reinbekommen?"

„Hallo, Frau Dr. Gmeiner. Müssen Sie wieder ihren Patienten hinterherrecherchieren? Verstehe! Nochmal einer ohne Versichertenkarte, stimmt's? Immer das Gleiche! Einen kleinen Moment bitte. Ich schau' sofort."

Das endlose Tippen auf der Tastatur strapazierte meine Nerven. Ich traute mich kaum, zu atmen, so gespannt war ich auf die Antwort. Noch hoffte ich auf einen fremden Namen. Einen, den ich noch nie zuvor in meinem Leben gehört hatte.

„Also wir haben hier tatsächlich einen derartigen Unfall. Er wurde gegen Mittag mit dem Helikopter gebracht. Ein gewisser Herr Nicola Serra."

Oh nein! Mein schlechtes Gefühl hatte sich bestätigt. Es war Nick. Verdammt, dachte ich. Er hatte sich aufgrund des Unfalls schon in einer Ausnahmesituation befunden und wir hatten ihn mit unserer Anschuldigung derart in die Enge getrieben, dass er keinen Ausweg mehr gewusst hatte. Der Alkohol hatte seinen Verstand zusätzlich manipuliert. Was hatten wir nur angerichtet?

„Danke! Verbinden Sie mich mit der Intensivstation! Oder warten Sie", bat ich. „Sie brauchen mich doch nicht verbinden. Ich bin sowieso gleich da. Danke für die Information." Ich drückte das Gespräch weg.

„Oh Mist, Mist, Mist!", fluchte ich. Ich konnte nicht weinen, dafür war ich zu geschockt. Aber ein Schuldgefühl presste meine Schultern nieder und es schien sekündlich zu wachsen. Wenn ich doch vor Simon die Klappe gehalten hätte. Ich hätte mit Nicola unter vier Augen reden können.

Hätte, hätte, Fahrradkette. Es war, wie es war. Ich konnte die Vergangenheit nicht ändern.

„Mama?"

Meine Mutter war sofort am Apparat. Ich kam mir schlecht vor und überlegte einige Sekunden lang, wie ich ihr die Lage am plausibelsten erklären konnte. Sie kam mir zuvor.

„Ein Notfall in der Klinik oder ein Mann? Du sagst ab, stimmt's?"

„Beides. Ein junger Mann, den ich kenne, hatte einen Unfall." Die Einzelheiten behielt ich für mich.

„Ach du Schreck! Aber doch hoffentlich nicht Simon?"

Meine Mutter kannte Simon aus meinen und Sarahs Erzählungen. Genau wie meine Schwester wartete sie insgeheim darauf, dass wir endlich zusammenkamen.

„Nein. Nicht Simon", beruhigte ich sie. „Dem geht es wie immer blendend. Es tut mir so leid. Wir holen das nach, ja?"

„Ach schade, aber da kann man nichts machen. So ist das mit den Ärzten." Man hörte an ihrer Stimme, dass sie ehrlich enttäuscht war. Ihr Seufzen kam aus dem Herzen.

„Ich kenne das ja", fügte sie samariterhaft hinzu.

Auch dieses Mal ging ich nicht auf die Aussage, die zwischen den Zeilen schwebte, ein. Im Gegenteil.

„Grüß Papa von mir", sagte ich. „Er fehlt mir. Ihr fehlt mir."

Obwohl ich das Gebäude gefühlt schon tausend Mal betreten hatte, erschien es mir heute fremd. Die Abendsonne ließ die graue Fassade in einem goldenen Licht erscheinen. Wieso schien überhaupt die Sonne? Müsste der Himmel nicht dicke Tropfen weinen?

„Treulose Tomate", murmelte ich in meinem Blick nach oben gerichtet. „Du könntest wenigstens heulen, wenn einer deiner Anhänger abstürzt."

Das war das Absurde am Schicksal. Es traf dich hart und die Welt drehte sich weiter, als hätte es dich nie gegeben oder wie in Nicks Fall – als spieltest du keine Rolle. Der Himmel lachte. Mit dir oder ohne dich. Ich lauschte. Wenigstens die Vögel schienen Nicks Unfall zu betrauern.

Der Abendgesang der Amseln klang von den Bäumen zu mir hinunter und sie sangen so traurig und wunderbar, dass mir noch schwerer ums Herz wurde, als sowieso schon. Ich horchte der Melodie ihrer immer wiederkehrenden Strophen. Es sind die Männchen, die so schön singen, hatte Nonno Giulio, Matteo, Sarah und mir erklärt. „Hier in Italien nennt man sie Merli. Die Amselweibchen rufen nur. Ihre Laute haben keine Bedeutung." Er hatte Matteo zugezwinkert. „Wie bei den Menschen. Wenn wir Männer mal ausnahmsweise sprechen, bringen wir es auf den Punkt. Frauen plappern nur, ohne etwas zu sagen. Merk dir das Matteo! ‚Blablabla, blablabla' äffte er die Amselweibchen nach, während Matteo lachend in Nonnos Geläster miteinfiel und Sarah und ich uns ebenfalls kaputtlachten. Der alte Giulio war so ein Macho. Ob seine Hündin Birba noch lebte? Wahrscheinlich nicht. Ich erinnerte mich an das süße Fellknäuel, das zwischen uns im Wald herumgetollt war.

Mit einem Mal sehnte ich mich nach meiner Familie. Mein Herz begann schmerzhaft zu ziehen, während ich mich zurücksehnte zu den unbeschwerten Tagen. Warum musste mit dem Erwachsenwerden alles so kompliziert enden? Als ich klein war, gab es kein Morgen und kein Gestern. Ich lebte die Momente, wie sie mir begegneten, gehalten von der Geborgenheit und Liebe meiner Familie. Erst am Tag von Matteos Tod begann für mich eine neue Zeitrechnung. Plötzlich zählte die Vergangenheit mehr als die Gegenwart. Jeden Moment, den ich mit meinem Bruder erlebt hatte, wog ich in Gold auf.

„Ach Mama", murmelte ich.

Normalerweise wäre ich gerade in München und würde mit ihr über Gott und die Welt reden. War es überhaupt richtig, dass ich hier stand? Ich sah mich selbst im Glas der Eingangstür. In diesem Moment erkannte ich, dass ich nicht als Ärztin hier war, sondern als Privatperson Kira. Deswegen fühlte es sich so fremdartig an. Mit einem Mal nahm ich die Situation aus Sicht der Angehörigen wahr, die ihre Liebsten hier besuchen kamen.

„Schönen Abend, Frau Dr. Gmeiner! Nachtschicht?"

Zwei Kolleginnen grüßten freundlich, ehe sie getrennt voneinander auf der gepflasterten Weggabelung ihrem Feierabend entgegenliefen. Eine nach rechts in Richtung Stadtmitte, die andere links herum zu den Parkplätzen. Ob sie Familien besaßen? Ich stand immer noch ziemlich unentschlossen vor der Klinik. Es fiel mir schwer, durch die gläserne Drehtür zu treten. Meine Phantasie spielte mir einen Streich, indem sie mir verstörende Bilder von Nick schickte. Da ich wenig bis gar nichts über den Grad seiner Verletzungen in Erfahrung gebracht hatte, besaß ich eine Wissenslücke und die füllte meine höchst verunsicherte Psyche mit den unangenehmsten Illusionen aus. Wie würde er auf meine Anwesenheit reagieren? Die letzte Zusammenkunft war unschön ausgegangen.

„Schluss jetzt", stoppte ich mich selbst. In wenigen Minuten würde ich wissen, was los war. Um unnötigen

Fragen aus dem Weg zu gehen, ging ich zuerst in mein winziges Büro mit Spind, welches ein echtes Privileg darstellte, tauschte die Straßenschuhe gegen meine weißen Chiro-Clogs und zog mir den Arztkittel über, während in meinem Kopf immer dieselben Gedanken kreisten. Inwieweit war ich in Nicks Situation involviert? Wieso konnte ich nicht den Mund halten, wenn es darauf ankam? Weshalb habe ich Simon von der Alkoholfahne erzählt, die ich bei Nick gerochen hatte? Warum musste Simon ihm mit der Wegnahme der Lizenz drohen? Wäre Nick nicht gesprungen, wenn wir ihn nicht in die Enge getrieben hätten?

Ich schloss Knopf für Knopf meines Kittels und rückte mein Namensschild gerade. Gleich darauf fühlte ich mich ein wenig besser. Die Rolle der Ärztin schützte mich. Frau Dr. Gmeiner würde sich der Sache annehmen. Nachdem ich mehrmals tief durchgeatmet hatte, loggte ich mich mit meinem Computer in unsere Patientensoftware ein und suchte nach Nick, um die medizinische Dokumentation, oder zu Deutsch, seine Diagnose, zu sehen. Was ich las, war alles andere als ermunternd. Wenn man die lateinischen Fachbegriffe übersetzte, hieß es nichts anderes, als dass Nick viele großflächige Schürfwunden und einen komplizierten Schädelbruch erlitten hatte. Einen, den man sofort operiert hatte, da Liquor, also Gehirnwasser aus Nase und Ohren getreten war. Ein Vermerk zum Schluss bedeutete, dass er im Koma lag. Ich hielt die Luft an, weil ich merkte, dass ich viel zu schnell und zu oberflächlich Luft geholt hatte. Was ich las, klang so unwirklich. Jeden Tag wurde ich mit den verschiedensten Diagnosen konfrontiert und trotzdem nahm mich Nicks Befund mehr mit, als ich auszudrücken vermochte. Mein Mitleid brachte ihm rein gar nichts, aber vielleicht konnte ich als Ärztin etwas für ihn tun, nahm ich mir vor. Ich horchte in mich hinein, ob ich mit diesem Vorhaben nur mein schlechtes Gewissen beruhigen wollte. Nein! Ich litt zwar ohne Zweifel unter Schuldgefühlen, doch helfen wollte ich ihm als Ärztin, die einen Eid geleistet hatte. Oder als Freundin? Wir kannten uns kaum, sodass mir der Begriff ‚Freundin‘ nicht passend erschien. Trotzig klappte ich den Deckel des Laptops hinunter.

„Ich kann nicht erklären wieso, aber ich fühle eine besondere Verbindung zu dir. Ich lasse dich nicht alleine und wenn alles überstanden ist, kannst du mich immer noch zum Teufel jagen“, flüsterte ich und stand auf.

Ein Koma war keine Erkrankung, aber ein besorgniserregender Zustand. Nicks Herz schlug zwar noch, aber er befand sich im Moment meilenweit weg von seinem Bewusstsein. So, als ob er schlief. Es gab verschiedene Schweregrade. Wenn er Glück hatte, bekam er einiges von seiner Außenwelt mit. Wenn nicht, und das wäre sehr traurig, war er in seiner eigenen Bubble von Einsamkeit gefangen. Er würde weder auf Schmerzreize reagieren, noch auf grelles Licht.

„Du wirst zu den anderen gehören", sagte ich entschlossen. „Und du wirst wieder aufwachen." Das Gehirn schützte sich vorübergehend selbst, indem es seine gesamte Funktion hinunterfuhr. Sobald der Hirndruck abnahm, ginge es ihm von Tag zu Tag besser. Das Wichtigste war, dass er keine bleibenden Schäden davontrug. Ich kannte Patienten, die im Koma lagen und mit einem schnelleren Herzschlag reagierten, wenn geliebte Menschen sprachen oder sie berührten.

„Egal, was die Kollegen denken", murmelte ich. „Ich werde auf jeden Fall für dich da sein, Nicola Serra."

Mit forschem Schritt trat ich aus dem Zimmer auf den Flur. Immer, wenn mir eine Schwester oder ein Pfleger entgegenkam, wusste ich meinen speziellen *Dr.-Gmeiner-ist-in-Eile-Blick* geschickt einzusetzen. Das war nicht schwierig. Ich spannte sämtliche Muskeln an und lief einfach etwas schneller. Dabei schaute ich den Entgegenkommenden nie direkt in die Augen, sondern gezielt auf einen Punkt am Ende des Ganges und grüßte nur kurz und oberflächlich, so, als ob ich dringend erwartet würde. Ich hoffte ebenso inständig, dass die Visite vorüber war, ehe ich die Intensivstation betrat. Die diensthabende Intensivschwester verwickelte ich in ein nettes Gespräch unter Medizinern, bevor ich ihr eine Kaffeepause vorschlug und erklärte, die Lage unter Kontrolle zu haben und noch einmal in Ruhe den Grad des Komas zu diagnostizieren, in welchem Nick sich befand. Schließlich konnte sich der Zustand stündlich ändern und wir wollten doch nichts versäumen, nicht wahr?

„Haben sich seine Verwandten schon gemeldet?", fragte ich nach, ehe die Schwester den Kopf schüttelte. „Sieht so aus, als ob er niemanden hat. Wir haben versucht, irgendjemand ausfindig zu machen. Seine Eltern sind wohl verstorben. Traurig", antwortete sie und zog resigniert die Schultern hoch. „Vielleicht vermisst ihn bald noch jemand. Er liegt ja erst seit wenigen Stunden hier."

„Wirklich überhaupt niemand hat nach ihm gefragt?", fragte ich ungläubig.

„Keine Menschenseele."

„Seine Frau und sein Kind sind vor kurzem gestorben. Autounfall", sagte ich leise, damit er es nicht mitbekam.

„Oh, wie furchtbar! Auch das noch. Hat er deshalb versucht sich…" Sie flüsterte ebenfalls und sah mich ängstlich an, ehe ich abwiegelte.

„Das wissen wir ja noch nicht. Alles wird sich klären, wenn er aufwacht. Er wird auf jeden Fall psychologisch betreut werden", erklärte ich, während ich insgeheim betete, dass es sich um einen Unfall und nicht um einen Suizidversuch, für welchen ich mich mitverantwortlich fühlte, handelte.

Ich wartete noch einen Moment, bis ich ungestört war, dann überwand ich mich und schaute ihn an. Hämatome zeichneten das vormals so schöne Gesicht. Sein Kiefer war nicht symmetrisch. Er schien wenige Millimeter verschoben und die rechte Wange war stark angeschwollen. Einzig die langen, wunderschön geschwungenen Wimpern ließen erkennen, dass es sich bei dem Menschen, der dort dick verbunden und an piepende Monitore angeschlossen lag, um Nicola Serra handelte. Seine Lider waren fest verschlossen. Sein Brustkorb hob und senkte sich ruhig im Rhythmus, als ob er schlafen würde. Während ich ihn betrachtete, öffnete sich ein Raum in meinem Herzen, von dem ich, bevor ich Nicola getroffen hatte, nicht einmal gewusst hatte, dass er für einen Mann existierte. Ich bemerkte eine spezielle Form von Liebe. Nicht nur Feuer wie für Mr. Right, den man auf einer Party traf und auf der Stelle vernaschen wollte. Nein, das hier fühlte sich zusätzlich anders an. Es handelte sich dabei um die leisere Sorte von Liebe, eine Verbundenheit, die ich ebenfalls für meine Familie empfand. Ich wollte in seiner Nähe sein, als ob ein Magnet mich zu ihm hinzog und gleichzeitig mochte ich gerne, dass es ihm gut ging.

„Kannst du mich hören, Nicola Serra? Ich bin Kira. Die Ärztin, mit der du schon zweimal geflogen bist." Ich drehte mich zur Tür, um sicherzugehen, dass uns niemand hörte.

„Es tut mir leid, wie das heute gelaufen ist. In der Panik entscheidet man vieles unüberlegt. Ich hatte ganz schön Angst dort oben, aber mit Abstand weiß ich ganz sicher, dass du uns nicht wirklich in Gefahr gebracht hättest. Dafür bist du zu lange Profi." Ich überlegte einige Sekunden, bevor ich meine Hand sachte auf seinen Handrücken sinken ließ, der sich braun von dem weißen Laken abhob. Was für kräftige Hände er besaß. Winzige goldene Härchen standen von seiner Haut ab. War das übergriffig, dass ich ihn berührte, obwohl er so gut wie nichts von mir wusste? Oder täuschte ich mich und ich erwies ihm einen liebevollen Dienst, weil er sich in seiner Ohnmacht nicht alleine fühlen musste? War es nicht tröstlich, jemanden in einer schweren Stunde an seiner Seite zu wissen? Ich streichelte viele meiner Patienten, um ihnen die Angst zu nehmen. Nie hatte ich dabei Unbehagen oder Unsicherheit empfunden. Wieder unterschied sich mein Gefühl. Wieder war ich mir nicht im Klaren, ob es richtig war, was ich tat. Unwillkürlich schluchzte ich auf.

„Es tut mir so leid für euch. Für dich und deine Frau und euer Kind. Das Leben kann fies sein." Noch einmal horchte ich, ob auf dem Flur vor der Station Schritte zu hören waren.

„Nicht, dass du dich wunderst, dass ich hier bin. Dein Schicksal hat mich mitgenommen und da dein Unfall ein wenig verkettet scheint mit unserem Sprung, möchte ich dich um Verzeihung bitten. Hätte ich gewusst, in was für einer Situation du dich befindest, dann wären wir nicht gesprungen und wir, also Simon und ich, hätten dich nicht fertig gemacht. Vielleicht hätte ich dir angeboten, zu reden. Man braucht jemanden zum Reden, wenn so etwas passiert, oder?" Ich wischte mir mit dem Handrücken über die Wange.

„Du musst dich sehr alleine fühlen. Ich werde ab heute öfters bei dir vorbeikommen. Vielleicht bekomme ich heraus, wer deine Freunde sind oder welche Lieblingsmusik du hörst. Das hilft beim Gesundwerden."

Schweren Herzens verließ ich den Raum, nachdem sich die Intensivschwester zurückgemeldet hatte.

„Und? Welchen Grad hat er nun?", rief sie mir in den Rücken.

„Grad eins oder höchstens zwei", riet ich und rang mir ein Lächeln ab. „Er wird das packen! Ganz sicher!"

Bevor ich nachhause fuhr, fotografierte ich Nicks Adresse aus der Krankenakte ab und sendete Simon eine WhatsApp.

Nicola Serra. Er ist es. Wahrscheinlich Suizidversuch.

Fuck!! Dann hattest du Recht mit deiner Vermutung! Wo bist du? Bist du nicht in München bei deiner Mutter?

„Stell dir vor, nein", sagte ich laut und warf das Handy, ohne schriftlich auf Simons Frage einzugehen, auf den Beifahrersitz, ehe ich die Adresse von Nick in die Spracherkennung meiner Navigation diktierte.

„Samerberg 1", sagte ich und betonte die Silben, während ich ungeduldig darauf wartete, dass sich endlich die Karte auf dem kleinen Monitor öffnete. In weniger als zehn Minuten stand mein Auto vor einem bescheidenen Hofgebäude mit Stallungen, das für diese Gegend so typisch war. In der Abenddämmerung konnte ich nicht viel von der Umgebung sehen, aber ich nahm an, dass es hier tagsüber ziemlich idyllisch aussah. Stallgeruch schlug mir entgegen, als ich die Fahrertür öffnete. Ich horchte zuerst, da mich ein wenig die Angst vor einem wachsamen Hofhund plagte, aber alles blieb still. Nur die Ketten der angebundenen Rinder rasselten und der Ruf eines Käuzchens ertönte in unregelmäßigen Abständen aus dem Wald. Hinter einem der Fenster brannte Licht. Ich hörte meine eigenen Schritte, als ich zur Haustür ging. Ein Bewegungsmelder schaltete das Licht an und gleich darauf huschte ein Schatten durch den Fensterausschnitt. Mein Besuch war nicht unbemerkt geblieben. Ich fühlte, wie mein Puls hochging. Noch während ich umsonst nach einer Klingel oder Glocke suchte, öffnete sich im Zeitlupentempo die schwere hölzerne Tür. Ich trat automatisch einen Schritt zurück. Zwei graue Katzen entwichen ins Freie. Eine Reihe

Gummistiefel in verschiedenen Größen stand aufgereiht im Flur. Alle in Gelb und picobello sauber geputzt. Ich hob den Kopf und sah in ein faltiges Frauengesicht, welches von Kummer zerfressen war. Ihre Augen sahen irgendwie erloschen aus. Wenn jemand nach der symbolischen Darstellung für Sinnlosigkeit suchte – in diesen Pupillen war sie zu finden.

„Ja?" Ihre Stimme klang energielos.

„Entschuldigen Sie bitte vielmals die Störung. Ich bin Frau Dr. Kira Gmeiner aus der Klinik Rosenheim", begann ich vorsichtig sprechend. Die Mimik der Frau änderte sich in keiner Weise. Wie versteinert stand sie im Türrahmen. Ein Mann trat hinzu. Wahrscheinlich ihr Ehemann. Er zeigte sich ebenso wenig gesprächig wie die Frau. Wer sie wohl waren? Ich überlegte, in welcher Beziehung sie zu Nicola standen. Beide sahen mich an. Ich kam mir vor wie ein Fremdkörper, der störte.

„Ein Nicola Serra liegt bei uns in der Klinik im Koma. Er ist hier gemeldet. Ich nehme an, sie kennen ihn? Ist er ihr Schwiegersohn?" Das Schweigen, das mir entgegenschlug ließ mich frösteln. Der Mund des Mannes öffnete sich.

„Nein! Was wollen Sie?"

Ich drehte mich halb zu meinem Wagen um, ohne der Sehnsucht nachzugeben, die ich verspürte. Nämlich von diesen Leuten Abstand zu nehmen und wieder wegzufahren wäre das, was ich mir wünschte. Aber so schnell gab ich nicht auf. Ich versuchte, an Nicola zu denken. Für ihn war ich hier.

„Menschen, die im Koma liegen, hilft es, wenn man mit ihnen spricht, ihnen vorliest oder ihre Lieblingsmusik vorspielt", erklärte ich. Plötzlich spürte ich eine Berührung am Bein. Eine der Katzen rieb sich ihr Fell an meiner Hose. Dann warf sie ihren Schnurrapparat an, was irgendwie einen Trost darstellte in dieser Tristesse. Ich bückte mich kurz und spürte ihr weiches Fell unter meiner Handfläche, als ich ihr über den Rücken fuhr.

„Sie würden wirklich Nicola helfen, wenn Sie ihn besuchen und sich mit ihm befassen. Wenn sie vorher einen Corona-Test machen, dann wäre ein Besuch kein Problem."

„Gehen Sie!", befahl der Mann, bevor er die Frau am Arm zurückzog. Wie eine alte, zerbrechliche Puppe folgte sie seiner Aufforderung und verschwand hinter ihm in der tristen Dunkelheit des Hausflurs.

„Unsere Tochter und unser Enkelkind sind tot. Zu Nicola haben wir keine Verbindung. Und mit einem vermeintlichen Selbstmörder wollen wir nichts zu tun haben. Wir sind christliche Leute."

„Dann war die Polizei schon bei Ihnen? Eine Vermutung ist eine Vermutung", sagte ich. „Die Polizei ist sich nicht sicher. Vielleicht war es am Ende doch ein Unfall. Ich möchte Ihnen nachträglich mein Beileid aussprechen. Ich habe von einem Kollegen von dem tragischen Autounfall gehört. Es tut mir leid, was Sie alles mitmachen müssen." Ich überlegte einen Moment. Die Leute würden sich nicht umstimmen lassen und sie schienen keine gute Beziehung zu Nicola zu haben. Außerdem waren sie von einem furchtbaren Schicksalsschlag gezeichnet und ich konnte nicht verlangen, dass sie sich kümmerten.

„Ob sie mir vielleicht seine Wohnung aufschließen könnten?", wagte ich den Versuch. „Wenn es Ihnen keine Umstände macht, würde ich ihm ein paar Dinge in die Klinik bringen. Seine Musik oder ein Bild, das er liebt." Erwartungsvoll schaute ich dem Alten in die Augen. Ob es daran lag, dass ich ihm eine Last abnahm oder daran, dass er mich endlich loswerden wollte. Ich wusste es nicht einzuschätzen, doch er griff neben sich an die Wand und zog einen Schlüssel vom Brett, den er mir hinhielt.

„Gegenüber vom Stall", sagte er und vollführte eine Bewegung mit dem Arm, die mir wohl die Richtung anzeigen sollte.

„Sie können den Schlüssel hier in den Postkasten schmeißen, bevor Sie wieder gehen." Mit einem Rumms schlug die Tür zu, doch immerhin hatte ich erreicht, was ich wollte. Nachdem ich mich orientiert hatte, lief ich hinüber zur Wohnung, nahm die drei Stufen nach unten und schloss auf. Ich spürte die Blicke der beiden, die sich vom Fenster aus in meinen Rücken bohrten. Ein leicht modriger Geruch empfing mich und ich überlegte, ob es Schimmel war, der so roch. Trotz der Jahreszeit strahlten die Wände so eine Kälte ab, dass ich unbewusst die Arme um den Körper schlang. Als ich den Blick hob, sah ich in den Ecken einzelne dunkle Flecken. Also doch Schimmel. Sie waren nicht groß, aber groß genug, um dringend saniert zu werden. Schimmelsporen waren hochgradig gesundheitsgefährdend.

Mein Gott, dachte ich. Unter welchen Bedingungen manche Menschen leben müssen. Gegen meine Designerbude war das hier ein dunkles, feuchtes Loch, das nach Kuhstall roch. Es gab nur zwei Zimmer. Ein abgewohntes Schlafzimmer mit altbackenen Holzmöbeln aus den 60er-Jahren und ein Wohnzimmer, auf dessen Sofa sich benutzte Bettdecken türmten. Die Einrichtung war spartanisch und eher praktisch ausgerichtet. Deko oder aufgehängte Bilder waren Fehlanzeige. Eine alte abgewetzte Hundeleine hing über der Heizung. Der Karabiner war in ein ziemlich weites Lederhalsband eingeklinkt, an dem ein kleiner silberner Knochen baumelte.

„Sam", las ich und flüsterte: „Du musst ein großer Hund sein, Sam. Wenn dein Halsumfang mit dem des Halsbandes übereinstimmt, bist du mindestens ein Schäferhund, wenn nicht ein Bernhardiner."

„Seltsam", murmelte ich. Von einem kräftigen Rüden war hier weit und breit nichts zu spüren. Ob er drüben im Haus lebte? Dann hätte er doch angeschlagen! Doch es gab ja auch ruhige Hunde, die sich nichts anmerken ließen, wenn Besuch kam.

„Hm, schwierig", überlegte ich. „Was könnte ich mitnehmen? Was von diesen Dingen würde Sinn machen?"

Dann entdeckte ich es. Ein Regal voller Kochbücher. Hatte er nicht erzählt, er sei von Beruf Koch? Na klar! Das war die Lösung! *„Das Aromenbuch"*, las ich laut und nahm es in die Hand. Ich musste trotz allem ein wenig schmunzeln. War es möglich, einem Komapatienten Rezepte vorzulesen? Kochbücher beinhalteten keine furchteinflößenden Passagen wie Krimis oder Thriller. Obwohl, dachte ich, als ich den mit Schokolade überzogenen Blumenkohl auf Seite 18 entdeckte – das war mehr als gruselig. Wenn Nicola Kochen und Essen wirklich so liebte, wie sie es tat, wäre es gar keine schlechte Idee. Ich entschied mich für weitere zwei Bücher mit den Titeln *Koche, was du selber erntest* und *Italien trifft die vegane Küche,* die ich mir unter den Arm klemmte, bevor ich diesen ungemütlichen Ort verließ.

Mutter

„Mama?" Erstaunt stieg ich aus dem Auto. Ich hatte sie an ihrer Silhouette sofort erkannt. Meine Mutter höchstpersönlich stand vor dem Haus, in dem ich wohnte. Besorgt hielt ich Ausschau nach irgendwelchen Koffern, die neben ihr stehen könnten, aber sie war augenscheinlich mit leichtem Gepäck unterwegs. Der Gehsteig war leer. Ich schloss daraus, dass sie entweder spontan von zuhause geflüchtet war oder ich übersah nur das Taxi, welches darauf wartete, dass ich ihre sieben Gepäckstücke aus dem Kofferraum hob und hinauftrug. Unsicher schaute ich mich um, ehe sie erwartungsvoll auf mich zuschritt.

„Da bist du ja, mein Engel. Wie heißt es so schön? Wenn der Prophet nicht zum Berg kommt..."

„Mama!", rief ich. „Muss ich mir Sorgen machen?" Ich schaute auf die Uhr. Es war nach acht Uhr. „Was tust du denn um diese Zeit hier bei mir? Ist was passiert? Hast du Streit mit Papa?" Eigentlich sah sie richtig gut aus. Wie das blühende Leben.

„Mir ging es nie besser! Dein Vater und ich streiten schon lange nicht mehr. Aber ich mache mir ernsthaft Sorgen um dich. Deshalb dachte ich, ich schaue mal nach dem Rechten." Ihre hellen Augen blitzten fröhlich und erst jetzt bemerkte ich, dass sie einen prall gefüllten Rucksack trug, den sie nun mit Schwung absetzte.

„Na los, schließ auf", befahl sie. „Ich habe Essen mitgebracht."

„Was? Wirklich?" Augenblicklich verspürte ich das Loch in meinem Magen. Ich hatte den ganzen Tag vergessen zu essen. „Halt mal!" Ich drückte ihr die Bücher in die Hand und schloss uns auf.

„Kochbücher? Jetzt kapiere ich gar nichts mehr. Ich dachte, du schiebst Überstunden wegen dieses jungen Mannes?"

Mein Lachen hallte durchs Treppenhaus. „Ich befürchte, wir haben uns eine Menge zu erzählen", sagte ich und fand es auf einmal schrecklich schön, dass sie da war. Oben angekommen, zauberte sie tatsächlich zwei Servietten, eine Tüte geriebenen Parmigiano und eine Frischhaltedose mit selbstgemachtem Porcini-Risotto hervor, worauf ich entzückt ausrief: „Das ist ja fantastisch. Du bist wirklich die Beste!"

„Dein Magengrummeln hat man bis nach München gehört. Da bin ich gleich hergekommen", gab sie trocken zum Besten, ehe ich einen Topf auf den Herd stellte, das Risotto hineingab und meine Mutter anwies, umzurühren, während ich die besondere Flasche Rotwein aus dem Schrank zauberte. Spontanität war eigentlich nicht ihre Stärke, wunderte ich mich. Doch die Zugverbindung zwischen München und Rosenheim war ausgezeichnet und meine Mutter hatte, falls sie mit dem EC angereist war, etwas mehr als eine Stunde gebraucht, um zu mir zu fahren.

„Hast du die Schüsseln extra vom Bahnhof bis hierhergeschleppt?", fragte ich in einem Anflug von Sorge. „Ich hätte dich abholen können."

„Wie kommst du denn darauf?" Sie lachte. „Ich hatte einen sehr netten Chauffeur, der mich bis vor die Haustür gefahren hat."

„Aha", sagte ich. „Und wer ist dieser sehr nette Chauffeur?"

Der Funken, der ihre Pupillen zum Leuchten brachte, ließ mich aufhören. „Sag bloß, du hast einen heimlichen Freund!", rief ich entsetzt aus und sah sie streng an.

„Mein Gott, natürlich nicht. Ich doch nicht! Aber lassen wir einfach das Thema. Ich werde dir beizeiten von ihm erzählen."

Ich zwang mich, keine weiteren Fragen zu stellen. Sie war erwachsen und konnte tun und lassen, was sie wollte. Obwohl es mich natürlich schon neugierig machte, mit wem sie ihre Zeit verbrachte.

„Also gut, lasse ich dir deine kleinen Geheimnisse. Solange du Paps nicht hintergehst, ist es mir egal", grinste ich. „Heute ist der richtige Anlass für meinen wohlgehüteten Vino Rosso aus Alba" fügte ich hinzu und suchte nach dem Korkenzieher. „Ein Geschenk von Nonno. Darauf kannst du dir echt was einbilden", lachte ich mit dem Auge zwinkernd.

„Ich fühle mich geehrt", antwortete sie. „Aber noch geehrter würde ich mich fühlen, wenn du mir während des Essens erzählst, was dir dein Herz schwer macht. Ich merke doch, dass es dir nicht gut geht."

Ich vermochte es nicht, ihrem prüfenden Blick standzuhalten. Mütter durchschauten einen innerhalb von Sekunden. Man konnte schauspielern oder witzig sein. Sie beherrschten die Kunst, einem hinter die Fassade, direkt in die Seele zu gucken. Vielleicht, weil man so lange Zeit in ihrem Körper verbracht hatte. Niemals ist man einem anderen Herzen so nahe, wie als Embryo dem schlagenden Herzen der Mutter. Ich erschrak. Was wohl der kleine Embryo im Bauch seiner verunfallten Mutter gedacht hatte, als es plötzlich still wurde um ihn?

Ich verscheuchte den schlimmen Gedanken, drängte die Tränen zurück, bevor meine Mutter merkte, dass ich weinen musste und widmete mich unserem Festmahl. Im Nu roch es in meiner Wohnung so herrlich nach feinem Essen. Wir setzten uns gemütlich an den gedeckten Tisch, zündeten eine Kerze an und ich fragte mich, warum ich ihr die ganzen Wochen aus dem Weg gegangen war. In dieser Aura der Geborgenheit, die nur eine Mutter ausstrahlen kann, traute ich mich, mich zu öffnen, und erzählte ihr alles, was mich in der letzten Zeit beschäftigte. Von meiner stressigen Arbeit mit den ungezählten Überstunden, von der missglückten Narkoseeinleitung, von Simon, der sich zeitweise so cool und dominant gab und dann wieder nicht und auch von der Angst, etwas mit Nicolas Verletzungen zu tun zu haben. Die Sätze sprudelten nur so aus mir heraus und als sie auf einmal ihren Stuhl nach hinten rückte und aufstand, um mich zu umarmen, brach ich in Tränen aus und der ganze Druck, der sich in mir angestaut hatte, floss aus mir heraus auf ihre beigefarbene Seidenbluse. Ich begriff, dass mein Problem größer, weiter und tiefgründiger war, als ich es mir eingeredet hatte. Es ging gar nicht um Überarbeitung oder Pech mit Männern. Es betraf mich persönlich. Etwas in mir stand sich selbst im Weg. Ich konnte es noch nicht fassen, erst recht nicht beschreiben. Nur fühlen.

„Kind!" Meine Mutter hielt mich bei den Schultern. Wieso lädst du dir das alles auf?" Sie reichte mir ein Taschentuch und zeigte danach auf die Kochbücher.

„Du sagtest, dieser junge Mann, der im Koma liegt, ist Koch? Hängt das mit diesen Büchern auch mit deinem Helfersyndrom zusammen? Oder wie darf ich das verstehen?"

„Hör auf, sonst fühle ich mich noch schlechter", antwortete ich und strich mit der Handfläche über das *Aromenbuch*. Den Einband zierte ein Foto von einer gegrillten Ananas neben einem Stängel Koriander und einer Gabel Erdnussreis. Was für eine seltsame Kombination, dachte ich. Aber irgendwie auch lecker.

„Wie soll ich es erklären?" Ich schaute hilflos an die Decke. „Es ist, als ob eine innere Kompassnadel mir die Richtung vorgibt. Sie weist mir den Weg, ihm zu helfen. Nicola Serra meine ich. Dabei kenne ich ihn, und das ist das Seltsame, nur oberflächlich und er war, wenn ich ehrlich bin, auch nicht sonderlich offenherzig mir gegenüber."

„Alles ergibt Sinn im Leben", murmelte meine Mutter. „Meistens begreift man den erst hinterher." Ein warmer Ausdruck lag in ihren Augen.

„Er sieht wohl sehr gut aus? Italiener?"

„Ja, er hat die schönsten schwarzen Locken der Welt und seine Augen erst... aber das allein ist es nicht. Ich fühle mich nicht nur als Frau zu ihm hingezogen, ich mag ihn auch wie...wie einen Bruder." Ich erschrak. Was tat ich? Sowas durfte ich nicht sagen! Nicht einmal denken! Die Blässe, die sich um den Mund meiner Mutter legte, bestätigte mir meinen Fauxpas.

„Es tut mir leid! Das war dumm von mir."

„Nein, nein", sagte sie ruhig. „Man kann sich in der Mathematik verrechnen, aber verfühlen kann man sich ganz sicher nicht. Vertrau deinem Spürsinn. Er hat meistens Recht. Die eigentliche Frage ist, wieso du derartige Gefühle für ihn hegst. Es scheint, dass du Matteos Tod noch immer nicht verwunden hast. Wer von uns hat das schon? Unser kleiner Matteo…"

Ein Schluchzen entwich ihrem Brustkorb, dann wurde ihr Gesichtsausdruck hart.

„Dieser Mann ist nicht Matteo. Niemand kann ihn uns wiedergeben, hörst du? Wenn du diesen Mann aus reiner Sehnsucht nach deinem verstorbenen Bruder vergötterst, dann tust du ihm großes Unrecht. Keiner will mit einem Toten verglichen werden. Ich warne dich! Lass die Finger von ihm! Sonst stürzt du dich in den Abgrund und uns alle mit."

Erstaunt sah ich sie an. Was war denn in meine Mutter gefahren? Das klang ja schon fast wie eine Drohung.

„Entschuldige Mama, ich bin über 30 Jahre alt, da werde ich mir von dir nicht vorschreiben lassen, mit wem ich zu tun habe und mit wem nicht. Also wirklich!" Ich schüttelte den Kopf, ehe ich aufstand, um das Geschirr abzudecken. „Außerdem bin ich mir über meine Gefühle nicht im Klaren." Das absichtlich laute Klappern sollte ihr zeigen, wie sauer ich war. Tief in mir wusste ich, dass an ihren Sätzen ein Hauch von Wahrheit existierte. Ich erschrak über mich selber. Jagte ich der Liebe eines verstorbenen Menschen nach? Es hatte bisher keinen Tag in meinem Leben gegeben, an dem ich nicht an meinen Bruder Matteo dachte und an die Ungerechtigkeit des Schicksals. Als ich klein war, hatte ich mich in den Gedanken verliebt, das Schicksal könne eines Tages verkleidet als Fee zu mir kommen und sich für die bodenlose Gemeinheit, mir meinen Bruder weggenommen zu haben, entschuldigen.

„Sorry, das war wirklich ein riesengroßer Irrtum, Matteo in den Himmel zu schicken. Tut mir leid." Ich stellte mir vor, wie die Fee den verdutzten Matteo ein Stückchen nach vorne schubsen würde, in meine Richtung, damit er endlich begriff, wieder zuhause zu sein. In meinen Gedanken trug sie ein weißes Kleid aus zartem Stoff und natürlich trug sie ihre langen blonden Locken offen. Nachdem sich mein Traum nicht zu verwirklichen schien, veränderte die Fee ihr Aussehen. Ihr Haar wurde stumpf und unansehnlich, das Kleid fleckig und überhaupt mutierte sie zu einer ziemlich schrecklichen Person, die aussah wie eine böse Hexe. Meine Mutter hatte mir damals erklärt, dass es im Grunde genommen kein Schicksal in Form von guten oder bösen Feen gab, sondern, dass es die furchtbare Krankheit war, welche Matteo überwältigt hatte. Sie hatte von mutierten Zellen, Umwelteinflüssen und Genen gesprochen, während ich nur die Hälfte verstand und auch gar nicht verstehen wollte. Das hörte sich so erwachsen an. So fernab von dem kindlichen Glauben an guten Zauber und die Erfüllung von magischen Wünschen. Mit ungefähr 14 oder 15 Jahren verfluchte ich meine kindliche Vorstellung und gab der rationalen Wissenschaft eine Chance, um die Lücke in meinem Herzen wenigstens zu verstehen, wenn auch nicht zu akzeptieren. Ich las im Internet alles Wissenswerte, was ich über die Entstehung von Karzinomen finden konnte und lernte so deren Ursache, Symptome und unterschiedliche Wege der Behandlung. Ich fand heraus, dass Matteo an einer akuten lymphoblastischen Leukämie gestorben war, die eigentlich als besiegt gegolten hatte, jedoch innerhalb eines halben Jahres zurückgekehrt war. Bei einem solchen Rückfall sanken die Heilungsaussichten um ein Vielfaches, vor allem dann, wenn er zu einem frühen Zeitpunkt, das heißt, noch vor Ablauf eines Jahres, passierte. Es kam mir vor wie gestern: Vor meinem inneren Auge sah ich uns Mädchen in den lichten Wäldern von Alba herumspringen. Es war Spätsommer. Trüffelzeit. Diesen unverwechselbaren Geruch nach Blättern, Moos und Pilzen rieche ich immer noch, wenn ich an Alba denke. Matteo setzte sich alle paar Meter auf einen umgefallenen Baumstamm oder einen Felsbrocken. Er stocherte lustlos mit einem Stock im Erdreich, schaute aber nicht hin. Zusammengesunken, jegliche Körperspannung war gewichen, beobachtete er uns. Er atmete schwer und seine Augen sahen komisch umrändert aus. Er erinnerte mich an eine Comicfigur von Disney. Seine Pupillen erschienen in dem schmalen, blassen Gesicht unnatürlich groß und dunkel, was das dünne, raspelkurze Kopfhaar, das die einstmals dicken Locken nach der ersten Chemo abgelöst hatte, noch unterstrich.

„Los Matteo, komm", rief ich ungeduldig und wartete darauf, dass er, wie gestern, mit uns über den Waldboden tollte. Er schüttelte nur den Kopf und sagte, dass er nachhause wolle, um sich hinzulegen, was mich wütend machte, weil ich es gerade so herrlich fand. Ich nahm eine Handvoll Blätter und warf sie in seine Richtung.

„Hör auf damit", knurrte er, ehe ich begriff, dass es ihm wirklich schlecht zu gehen schien. Ich wies Sarah an, bei ihm zu bleiben und machte mich auf zu Nonno, der 500 Meter weiter unter einer Eiche Löcher in den bemoosten Waldboden grub. Ich hörte, wie er Birba anfeuerte.

„Los, mein Mädchen! Such! Sei la migliore, du bist die Beste! So ist es fein! Brava!"

Ich musste ihn mehrmals kräftig an der Jacke ziehen, bis er mir endlich Aufmerksamkeit schenkte. Danach steckte er ein Ästchen in die Erde und band sein Stofftaschentuch drum, damit er die Stelle später wiederfand.

„Matteo? Was hast du gemacht?", rief unsere Mutter sofort, als wir wenig später zu viert mit Nonno Giulio durch die Tür des alten Steinhauses traten. Nonno hatte ihn die letzten Meter getragen, weil er so schwach war, und setzte ihn nun auf einen der hölzernen

Küchenstühle. Mit einem Satz war Mutter bei Matteo, ging vor ihm auf die Knie und begutachtete seine Beine, die in kurzen Jeanshosen steckten, während Sarah und ich uns fragend ansahen.

„Was sind das für blaue Flecken auf deinen Schienbeinen? Bist du hingefallen?" Ihre Stimme zitterte, weil sie sich so sehr die Bestätigung auf ihre zweite Frage wünschte. So sehr. Mehr als alles andere auf der Welt. Unser Bruder, der die Anspannung spürte, sagte kein Sterbenswörtchen, bis ich den Mund aufmachte. „Matteo hat sich nicht gestoßen. Er hat die ganze Zeit auf dem Waldboden gesessen und gesagt, dass er müde ist."

Sämtliche Blicke ruhten auf mir. Die Stille, die sich im Raum ausbreitete, war so laut, dass ich keine Luft mehr bekam. Nicht einmal Nonno sagte etwas. Ich war noch ziemlich klein, ungefähr zehn. aber plötzlich verstand ich, welche schreckliche Frage im Raum stand.

„Leg dich ins Bett", befahl Mutter Matteo in liebevollem Ton. „Du hast nur ein wenig Fieber. Wahrscheinlich geht ein Virus im Dorf rum."

Der italienische Kinderarzt, der ihn am darauffolgenden Tag untersuchte, überwies ihn in die Kinderonkologie in München, weshalb wir früher als geplant abreisten. Rezidiv hieß das böse Wort, dessen Anwesenheit sich in München bestätigen sollte. Ich saß hinten auf der Rückbank mit Matteo und hielt ihm einen Spuckeimer unter die Nase. Sarah saß vorne neben Mama auf dem Beifahrersitz. Papa war sowieso in München geblieben und erwartete uns in der Klinik. Die ersten Kilometer bis zur Autobahn ging es über Land bergauf und bergab auf Serpentinen und Matteo musste sich übergeben.

Acht Wochen später, nach einer erneuten kräftezehrenden, aber erfolglosen Chemotherapie, verabschiedete sich die Seele unseres Bruders von seinem gepeinigten Körper. Wir waren bei ihm. Die ganze Familie. Mama, Papa, Sarah Oma Reni, Giulio und ich. Mama und Papa hielten seine Hände und ich hatte meine über die Bettdecke auf seine Brust gelegt. Sarah stand zwischen uns und hielt sich an Papa fest, der durchgängig den Kopf schüttelte. Heute, aus Sicht der erwachsenen Ärztin, denke ich, er litt zusätzlich unter der Absurdität als erfolgreicher Doktor dem eigenen Kind nicht helfen zu können. Hinter ihm stand Oma Reni, die ihm eine Hand auf die Schulter gelegt hatte. Nonno Giulio rannte ab und zu nach draußen, auf den Gang, wo man ihn auf Italienisch fluchen hörte. Er debattierte mit sich selbst und, so hörte ich es heraus, mit der Jungfrau Maria und ich dachte, dass sein sonst so fester Glaube an Gott, den Barmherzigen, in diesem Moment wirklich gestört war. Im Hintergrund stand eine Schwester bereit, die den Vorgang dezent „überwachte". Es war eine sehr unwirkliche Szene, denn Matteo lag ganz still, aber durch das Fenster hörten wir Menschen lachen, die im Klinikpark spazierten. Ein Hund kläffte. Spatzen tschilpten. All diese lebendigen Geräusche drangen zu uns herein. Bis zum Schluss hoffte ich auf ein Wunder, so, wie ich es aus dem Fernsehen oder aus Märchenbüchern kannte. Er würde die Augen aufschlagen, aus dem Bett springen und wir würden zusammen nachhause fahren und ihm sein Leibgericht kochen: Spaghetti Bolognese mit extra viel Käse. Doch er rührte sich nicht. Einmal hustete er ganz komisch. Kurz danach nickte die Schwester Mama zu, die in Tränen ausbrach.

„Flieg, mein kleiner Vogel. Jetzt bist du frei. Wir sehen uns hinter dem Regenbogen wieder!", flüsterte sie weinend. Papa kippte nach vorne und vergrub sein Gesicht im Laken, nachdem er einen komischen Laut von sich gegeben hatte. Wie von einem Tier. Zwei Ärzte betraten den Raum, die Matteos fehlende Vitalwerte bestätigten.

Nach Alba fuhren wir erst wieder, als Sarah und ich erwachsene Frauen waren. Wenn ich heute zurückblicke, kann ich mich nicht erinnern, dass mein Bruder in seinen letzten Tagen noch einen einzigen Satz gesprochen hätte. Nur seine Augen hatten geredet. Ich glaube, er hatte an diesem Nachmittag im Wald, trotz seines jungen Alters, begriffen, was los war.

„Kira?"

Ich schrak zusammen.

„Wo bist du denn mit deinen Gedanken? Ich wollte dich nicht verletzen. Nur warnen."

„Ist schon gut Mama", antwortete ich. „Es tut weh, mit der Wahrheit konfrontiert zu werden, aber eines kann ich dir versprechen." Ich holte Luft. „Wenn ich dahinterkomme, dass ich für Nicola etwas empfinde, weil ich Matteo vermisse, dann werde ich ihn nicht mehr wiedersehen." Ich schluchzte. „Ich werde es hoffentlich bald herausbekommen."

„Und Simon? Was ist denn eigentlich mit deinem attraktiven Chirurgen?"

„Dabei handelt es sich wohl eher um eine sehr einseitige Liebe. Falls Herr Dr. Wacker überhaupt einen Menschen außer sich selbst lieben kann. Das sei noch dahingestellt", murrte ich. „Er ist einfach kein Mann für mich, auch wenn er für dich der geborene Wunschschwiegersohn ist."

Ein resigniertes „Hmm!" folgte aus dem Mund meiner Mutter. „Vielleicht besser so, sonst endest du noch so wie ich."

„Mama, hör auf damit. Du hättest jederzeit deinem Beruf als studierte Innenarchitektin nachgehen können. Papa hat dich nicht gezwungen, zuhause zu sitzen und auf ihn zu warten."

„Aber seine Hemden wollte er schon gebügelt", wehrte sie sich.

„Es gibt einen Bügelservice, den ihr euch leisten könnt."

Das Gespräch nahm eine ungute Wendung und ich musste aufpassen, dass ich die Kurve bekam, deshalb schnitt ich ein ganz anderes Thema an.

„Sarah und ich möchten dieses Jahr zu Nonno nach Alba fahren", erzählte ich. „Die Zeit ist so schnell vergangen und ich will Giulio unbedingt wiedersehen."

„Alba... Gott, wie herrlich", antwortete sie und nahm einen Schluck Wein. „Dieses Dorf ist verzaubert. Jedes Mal, wenn ich dorthin komme, denke ich, die Zeit ist stehengeblieben. Die engen Gassen und die warmen Mauern, an denen Pötte voller Blumen stehen." Ihr Blick bekam einen verträumten Ausdruck.

„Ja so geht es mir auch. Komm doch mit", lud ich sie ein, nicht ohne den Hintergedanken, Sarah ein wenig zu entlasten. Die Zwillinge würden uns sowieso 24 Stunden lang auf Trab halten, da war jede erwachsene Hand zu gebrauchen und Nonno hatte sicher nicht mehr die Nerven, mit zwei vorwitzigen Mädchen durch die Wälder zu ziehen."

Wir sprachen noch eine Weile über Italien, insbesondere über die fantastische Küche, als meine Mutter auf die Uhr schaute und dann, als es kurz hupte, unruhig zum Fenster ging.

„Was ist? Musst du los?" Interessiert trat ich hinter sie. Ein Wagen parkte vor dem Haus. Soweit ich es beurteilen konnte, ein Geländewagen mit ziemlich dicken Reifen. Als sich die Fahrertür öffnete, setzte mein Atem aus. Ein ansehnlicher Kerl um die 20, höchstens 27, mit langem Haar als Zopf zusammengefasst, winkte nach oben, ehe meine Mutter lachend zurückwinkte, ihm eine Kusshand zuwarf und ihm das Zeichen gab, kurz zu warten.

„Ich werde jetzt abgeholt." Kichernd leerte sie ihr Glas. „War schön, dich mal wieder gesehen zu haben, Kira."

„Wer ist er? Du gehst fremd? Der ist doch keine 30." Ich war wirklich erstaunt, auf wen sie sich da einließ.

„Weiß Papa das?", bohrte ich weiter.

„Hör auf, mir den Moralapostel zu spielen." Sie zeigte auf die leere Weinflasche. „Fotografier' mir das Etikett ab. Den muss ich unbedingt mit Maurice trinken. Er steht auf Rotwein."

„Anscheinend steht er auch auf dich, obwohl er mindestens 25 Jahre jünger ist als du", sagte ich trocken und sah, wie dieser Maurice sich eine Zigarette anzündete. „Und rauchen tut er auch noch."

„Mein Gott", widersprach sie. „Musst du mich an mein Alter erinnern? Gönn mir doch ein wenig Spaß. Dass das nichts ewiges wird, weiß ich selbst." Sie kicherte noch einmal. „Ich muss jetzt runter. Er wird sich schon wundern, wo ich bleibe."

Ich konnte nicht anders und lachte über ihren verschmitzten Blick. „Dann hoffe ich mal, du weißt, was du tust."

„Keine Sorge! Es hat mir übrigens gutgetan bei dir und im Grunde habe ich es dem Schicksal von diesem Nicola zu verdanken, dass wir hier zusammen schöne Stunden genießen konnten. In jedem Unheil steckt ein Fünkchen Positives", philosophierte sie und drückte mich zum Abschied an sich.

Ich lag noch lange wach an dem Abend. Obwohl ich mich hin und her wälzte, fand ich einfach nicht die richtige Schlafposition. Meine Gedanken spielten verrückt. Was war nur in meine Mutter gefahren? Ob Sarah von der Liaison wusste? Maurice. Was für ein aufgeplusterter Name! Als ob mein Kopf nicht schon genug voller Überlegungen wäre, dachte ich nun an den Paragleiter. Wie konnte ich Gewissheit darüber gewinnen, um was für Gefühle für Nicola es sich bei mir handelte? War es der erwiesene Funken, den man verspürte, wenn man auf den Traummann des Lebens traf? Immerhin sah er super aus und ich wollte schließlich nichts verpassen. War es einfach nur Bewunderung, weil er als Paragleiter durch den Himmel flog? Handelte es sich um Mitleid, aufgrund seiner tragischen Geschichte oder doch um schwesterliche Fürsorge, weil er Matteo so verdammt ähnlich sah? Diese Variante passte mir gar nicht, weil sie die sofortige Nick-Abstinenz zur Folge hätte.

„Kannst du nicht blonde Haare haben und blaue Augen", murrte ich und wusste, dass ich mich selbst belog. Sein südländisches Aussehen, die seidig langen

Wimpern und der dunkle Teint waren es, die mich anzogen. „Verflucht!" Ich schwitzte und warf die Decke von mir. Aber ich konnte doch nicht im Vorhinein alle Italiener, Spanier, Südfranzosen und übrigen Kerle mit dunklen Locken und langen Wimpern aus meinem Beziehungsleben ausschließen! Ich setzte mich auf und stampfte wütend über den Holzboden zum Fenster, das ich aufriss, um frische Luft hereinzulassen. Den Rest der Nacht fand ich keinen Schlaf. Um emotional zur Ruhe zu finden, mied ich Nicola die nächsten Tage und stürzte mich in meine Arbeit.

Simon

„Kira? Kommst du mal?"

Ich schaute aufmerksam zu Simon, der mir die Frage gestellt hatte. Sein grün beschirmter Kopf lugte durch die Schleuse des Vorbereitungssaals, in welchem ich gerade die Instrumente zurechtlegte. Ich legte den neuen OP-Rasierer und die Hautmarker, die ich auf ihre Funktionsfähigkeit getestet hatte, zur Seite und folgte ihm nach draußen.

„Da ist jemand für dich", sagte er kurz angebunden und hob leicht die Hand. „Ich muss dann auch mal wieder." Eine sachte Berührung im Vorbeigehen ließ mich überlegen, ob es seine Absicht gewesen war oder Zufall. Seit dem Paragleiten war er verändert. Er stalkte mich nicht mehr, schrieb mir keine Nachrichten und noch etwas war anders. Ich überlegte. Was war das nur? Dann fiel es mir wie Schuppen von den Augen. Sein Blick. Seine Pupillen leuchteten nicht mehr auffordernd, wenn er mich anschaute. Eher neutral, vielleicht sogar ein wenig desinteressiert. Ich hatte gestern Abend zum ersten Mal keinen Gute-Nacht-Smiley bekommen und heute Morgen kein Guten-Morgen-Herz. Verdutzt über seine Eile schaute ich ihm nach, bevor ich mich der Person zuwandte, die etwas verschämt guckend abseits stand und die mich anscheinend sprechen wollte.

Als sie nähertrat, erkannte ich in ihr die junge Intensivschwester von Nicola, was mein Herz kurz aus dem Takt brachte. Eine aufflackernde Angst, dass sein Zustand sich verschlechtert haben könnte, nahm mir den Atem.

„Frau Dr. Gmeiner", begann sie. „Wir haben uns doch letzte Woche über Herrn Serras Verwandtschaft unterhalten."

„Ja?", antwortete ich und sah sie fragend an.

„Ich glaube, es gibt doch jemanden, den wir ausfindig machen können. Vielleicht wissen Sie etwas oder können mir zumindest helfen."

„Aha?"

Ich wartete einen Augenblick, bis sie weitersprach.

„Herr Serra murmelt ab und zu einen Namen. Immer denselben. Ein Männername. Sam!" Sie nestelte in ihrer Kitteltasche und steckte sich dann ein Pfefferminz hinter den Mundschutz in den Mund. „Wollen Sie auch? Die klimatisierte Luft ist hier so unerträglich trocken. Ich habe das Gefühl, keine Schleimhäute mehr zu besitzen", lachte sie. „Und die Masken tun ihr Übriges."

„Nein, danke! Sam ist übrigens ein Hund", sagte ich, während ich zugleich kopfschüttelnd das Bonbon ablehnte.

„Ach so, schade! Nur ein Hund. Woher wissen Sie denn das? Seiner? Wahrscheinlich vermisst er ihn."

Ich überging ihre erste Frage. „Wahrscheinlich! Ist er denn endlich wach?"

„Ich würde sagen, er befindet sich in einem Dämmerzustand kurz vor dem Erwachen, kann aber durchaus reagieren. Zumindest ab und zu. Seine Augen sind geschlossen. Es hört sich an, als würde er im Traum reden. Mehr als dieses eine Wort hat er aber noch nicht gesagt."

Sie schaute mich bittend an. „Vielleicht können Sie sich ihn noch einmal ansehen. Wegen des Komagrades meine ich. Als er sich geäußert hat, habe ich jemanden geholt, aber dann, als sie vor seinem Bett standen, war er wieder meilenweit weg."

„Natürlich kann ich nachher vorbeikommen! Bis zur Stunde haben wir nur geplante OPs, und wenn das so bleibt, kann ich nachher zwischen den Narkosen ein paar Minuten freischaufeln. War denn heute keine Visite bei ihm?"

„Zwei Minuten lang." Ihr Missmut war nicht zu überhören. „Alles, was sie sagten war: unverändert! Das stimmt aber nicht!"

Wenn es wahr war, was sie sagte, könnte es durchaus nützlich sein, ihm aus den Kochbüchern vorzulesen, überlegte ich für mich. Mir war noch ein spontaner Gedanke gekommen, der zugegebenermaßen ein wenig absurd klang, den ich aber dennoch für umsetzenswert hielt. Das winzige Trüffelglas, welches ich meiner Mutter schenken wollte, ruhte in meiner Tasche. Sie hatte vergessen, es mitzunehmen. Trüffel roch bekanntlich sehr eigen und stark und wenn ich es Nicola geöffnet unter die Nase hielte, würde er sich vielleicht regen.

Einen Versuch war es wert. Außerdem hatte ich mir nach der Warnung meiner Mutter eine Strategie überlegt. Punkt 1 war: solange Nicola Serra als Patient in der Klinik lag, in der ich arbeitete, unterlag er meiner Fürsorge als Ärztin. Alle privaten Gefühle zählten hier nicht. Es ging einzig und allein um die erfolgreiche Genesung meines Patienten. Und dafür wollte und musste ich alles tun, was in meiner Macht stand. Punkt 2 trat erst in Kraft, wenn er entlassen würde. Erst dann konnte ich feststellen, was ich als Privatperson und Frau für ihn empfand. Und da wir weder eine Bindung aufgebaut hatten, außer der zwei Flüge, noch Berührungspunkte besaßen, außer der gemeinsamen Vorliebe fürs Kochen und das Paragleiten, ach ja und der Liebe für Italien, war Punkt 2 hinfällig. Wir kannten uns quasi gar nicht. Fast nicht. Also nur ein bisschen.

Nach seiner Entlassung würde er in seinen Alltag und somit aus meinem Blickfeld entschwinden. Ich hätte mir ganz umsonst den Kopf zerbrochen, denn uns als Paar würde es nie geben. Es war nicht ich, sondern meine Mutter gewesen, die in meine rein professionelle Verbindung zu Nicola etwas ganz und gar Illusionäres hineininterpretiert hatte. Und dass ich für ihn stärkere Gefühle empfand, als für manch anderen Patienten? So what? Manche Menschen konnte man nicht verknusen, manche mochte man von Anfang an leiden, bei wieder anderen verspürte man die gleiche Wellenlänge und glaubte, sie schon ewig zu kennen. Das war ganz normal. Basta!

Als mein Handy eine Nachricht ankündigte, hätte ich schwören können, es wäre Simon. Doch ich irrte mich. Die *green woodpeckers*, um genau zu sein Tessa, lud den Rest der Crew auf einen Drink zu sich nach Hause ein. Es gab etwas zu feiern. Ich steckte das iPhone weg, um erst einmal abzuwarten, wie die Resonanz war.

„Eigentlich richtig cool von ihr. Werde ich mir noch ein wenig offenlassen", murmelte ich. Da Simon dieselbe Nachricht erhalten hatte, würde ich ihm spätestens dort über den Weg laufen. Tessa wohnte in einem Außenbezirk in Großkarolinenfeld in einem *Tiny House*, woraus sich schließen ließ, dass die Party draußen, im wilden Garten, zwischen den Apfelbäumen stattfand. Sie hatte uns während eines der letzten Treffen Bilder von ihrem Häuschen gezeigt, welches bei mir einen wahnsinnig gemütlichen Eindruck hinterlassen hatte. Während ich meine Utensilien für die nächste Narkoseeinleitung bereitlegte, gefiel mir der Gedanke immer besser, mir heute eine Auszeit in Form eines geselligen Abends zu genehmigen. Wenn Sanne und Tim auch kämen, würde es sicher lustig werden.

Ich war auf dem Weg aufs Land, nach Großkarolinenfeld, und sehr gespannt, wie Simon auf Tessas Leben im *Tiny House* reagieren würde. Während mich die Vision reizte, mit weniger auszukommen, konnte es sich der verwöhnte Simon bestimmt nicht vorstellen, sein Wohnen auf einen Raum, der kleiner als 30 Quadratmeter war, zu zwängen. Ich war wirklich gespannt auf Tessas Erfahrung, wie es sich konkret anfühlte, in solch einem winzigen Häuschen zu leben. Inzwischen war es ja zum Trend geworden, sich zu verkleinern und zu verzichten. Minimalismus nannte sich dieser Lebensstil, bei dem Menschen sich nicht nur von unnötigem Ballast trennten, sondern auch probierten, die Umwelt zu schonen, indem sie ihren ökologischen Fußabdruck verkleinerten.

Mein Herz öffnete sich aufgrund des einmaligen Bergpanoramas, welches sich am Horizont emporhob. Die Abendsonne ließ die Bergwände in einem hellen Orange leuchten und ich vermisste einmal mehr meine abenteuerlichen Wanderungen, die ich damals, kurz nach meiner Ankunft in Rosenheim, unternommen hatte.

Der Weiler, durch den ich fuhr, lag ruhig und sonnig am Waldrand und alle paar Meter warnte ein buntes Schild vor spielenden Kindern oder querenden Kühen. Ich liebte diese ländliche Idylle. Nach einigen Kilometern hielt ich an einem kleinbäuerlichen Biohof mit angeschlossenem Laden an, um Tessa ein Geschenk zu besorgen. Als ich ausstieg, begrüßte mich bellend ein schwarzer Hund; auf der Weide neben dem Hof grasten Mutterkühe mit ihren Kälbchen. Es war Frühsommer und überall begegneten einem Tierkinder wie staksige Fohlen, kuschelige Babyhasen, Küken oder Kälbchen. Durch das Geläut der Kuhglocken fühlte ich mich fast wie auf einer Alm. Vor der offenen Scheune tummelten sich eine Handvoll Hühner, drei Minischweine und ein zotteliges Wesen, dass ich als junges Alpaka identifizierte. Es beäugte mich neugierig. Als ich die Hand nach ihm ausstreckte, lief es davon. Eine Sehnsucht, so zu leben, stieg in mir auf. Ich stellte mir vor, wie das Paar, dem der Hof gehörte, gemeinsam inmitten dieser unsagbar schönen Natur die Tiere versorgte, immer im Blickfeld die wundervollen Berge. Wie sie die verschiedenen Nutzpflanzen im eigenen Biogarten pflegten, ernteten und dann verkauften, während sie mit den Kunden schwatzten und auch mal gemeinsam mit ihnen eine Tasse Kräutertee auf der Bank vor dem Hof tranken, während sie das Gesicht in die Sonne streckten. Alles ganz still und friedlich. Ohne Hektik.

Ich betrat den mit Blumen dekorierten Laden und redete ein paar Minuten mit den freundlichen Besitzern, die sich genauso gaben, wie ich sie mir vorgestellt hatte. Ich erstand einen kräftigen Weinstock, den Tessa, so stellte ich mir das vor, an das Vordach ihres Häuschens pflanzen konnte. Ich erinnerte mich daran, dass sie von hängenden Weinreben über ihrem Kopf geträumt hatte und falls sie bereits einen Rebstock besaß, konnte ein zweiter nicht schaden.

Tessas Haar leuchtete schon von weitem im gewohnten Hennarot, während sie mich heranwinkte und mir den Parkplatz zuwies. Auf der gemähten Wiese standen zwei Bierbänke um eine neu erstellte Feuerstelle. An den Apfelbäumen hingen solarbetriebene Lampions, die im Wind sachte hin und her schwangen. An den Wänden um das *Tiny House* herum wuchsen pastellfarbene Stockrosen in den Himmel und es duftete nach frischgebackenem Brot.

„Hallo, Tessa", begrüßte ich sie. „Darf ich fragen, was wir heute feiern? Das war deiner Einladung nicht zu entnehmen. Hast du Geburtstag?" Ich drückte sie kurz an mich, während die ganze Szenerie auf mich wirkte. Tessas Strahlen ließ sie für mich das erste Mal attraktiv erscheinen. Sonst hatte ich ihre alternative Ader stets abgetan, doch heute, und in dieser natürlichen

Umgebung, erschien sie mir in einem ganz anderen, neuen Licht.

„Willkommen in meinem kleinen Paradies. Ich feiere seit vier Jahren den Tag meiner Scheidung, ohne die ich das Ganze hier nicht genießen könnte", erklärte sie lachend.

„Oh", war alles, was ich hervorbrachte. „Du warst also verheiratet?"

Sie nickte vielsagend. „Sieben unglückliche Jahre lang. Eingesperrt in einer sterilen, grauen Reihenhaussiedlung. Erst im sogenannten verflixten siebten Jahr hatte ich den Mut, zu gehen. Danach ist das Glücksbarometer meines Lebens steil nach oben gewandert." Ihr Grinsen reichte ihr fast bis zu den Ohren. „Das Fest erinnert mich jedes Jahr daran, wie wichtig es ist, sein Schicksal selbst in die Hand zu nehmen, auch wenn man dabei jemanden verletzen könnte."

„Hört sich gut an! Und du hast vollkommen recht", antwortete ich, ehe Tessa auf das Haus zeigte. „Mein Exmann hat mich damals gezwungen, innerhalb weniger Wochen auszuziehen, ich war in Panik, wusste nicht wohin und da ist mir die Annonce von diesem *Tiny House* begegnet." Sie seufzte. „War Liebe auf den ersten Blick!"

„Es passt auch sehr gut zu dir", sagte ich gerade, als Tessa mit dem Arm wedelte. „Da kommen die anderen!"

Nach einer gefühlten Ewigkeit des Durcheinandersprechens und Lachens saßen wir endlich auf den Bänken, während Tessa und Sanne rein und raus rannten, um mehrere Platten herrlicher Tapas, die sie vorbereitet hatten, aufzutischen. Simon klopfte laut kommentierend einen Hahn in das Bierfass und füllte jedem, der es wollte, einen Krug voll Gerstensaft. Wir hatten, nachdem wir die Gruppe gegründet hatten, ausgemacht, alle beruflichen Themen außen vor zu lassen, sodass ich mich auf einen ungezwungenen Abend freute. Es gab Melonenspalten mit Parmaschinken umwickelt, Oliven, selbstgebackenes Brot und Hackfleischbällchen mit so viel Knoblauch darin, wie ich es liebte. Sanne hatte einen Rhabarberkuchen mitgebracht und Tim Kräuterbutter für das Brot. Simon setzte sich mit seinem Bierglas neben Tessa und prostete uns zu. Täuschte ich mich oder ging er absichtlich mit ihr auf Tuchfühlung? Zwischen die beiden passte kein Blatt, und Tessa, die ihm einen Teller voll Köstlichkeiten füllte, schickte ein herzallerliebstes Lächeln in seine Richtung, während sich ihre Hüften, Arme und Schultern berührten. Ok! Ich schwankte zwischen Fassungslosigkeit und Ironie. Es war kein Geheimnis, Tessa war schon immer heiß auf Simon gewesen, aber diese Situation passte nicht so ganz in mein Konzept, weil er dieses Mal darauf einging. War das ein Spielchen? Wollte er mich bewusst eifersüchtig machen? Ich sah ihn an, während er zuckersüß zurücklächelte und dabei den Arm um Tessa legte. Ich tat so, als würde mich das nicht weiter tangieren und verwickelte Sanne in ein Gespräch über ihren Kuchen. Nach dem Essen stand ein Teil der Gruppe auf, um zu rauchen, und Simon vertrat sich die Füße, indem er alleine im Garten herumspazierte. Tessa deckte ab. Ich schob ein paar Teller übereinander und folgte ihr ins Häuschen, wo ich sie neben der Spüle abstellte, dann ging ich zu Simon. Wir standen weit genug weg von den anderen, sodass niemand meine Frage hörte.

„Gibt es vielleicht etwas, was du mir sagen möchtest?", begann ich, während sein Blick einen süffisanten Ausdruck annahm.

„Ich dir?" Er lachte gekünstelt auf. „Liebe Kira, ich denke nicht, dass wir uns noch irgendetwas zu sagen hätten."

„Was soll das?" Ich atmete etwas schneller, weil ich plötzlich so ein unsicheres Gefühl hatte, was er von mir wollte. Was hatte ich denn verbrochen?

„Ich erkläre es dir gerne. Weißt du, ich habe die Schnauze gestrichen voll, dir hinterherzurennen. Seit Jahren versuche ich dich für mich zu gewinnen. Hast du eine Ahnung davon, wie sich das anfühlt, immer wieder auf Granit zu beißen? Wie selbstverachtend, wenn ich in der Nacht nach dem Sex gehen musste?" Er sah kurz in die Ferne und dann erneut zu mir. „Du hast mit mir dein Bett geteilt, aber nie dein Herz." Seine

Stimme färbte sich dunkel und ich hatte das Gefühl, dass er auch ein wenig leidend klingen wollte. Weinerlich hatte ich ihn noch nie erlebt. Ich ließ ihn reden.

„Richtig begriffen habe ich es an unserem Ausflug. Als wir Paragleiten waren." Er schien sich zu erinnern, denn er schaute wie nach innen und schüttelte dabei traurig den Kopf. „Wie du ihn angesehen hast. Deine Augen haben gestrahlt, deine Körperhaltung war aufrecht und deine Stimmung glücklich. Ich kam mir vor wie Beiwerk."

Ich schluckte und spürte, wie mein Puls schneller ging, wenn ich an Nicola dachte. „Das bildest du dir ein! Bist du ihn deswegen so grob angegangen? Weil du eifersüchtig warst?"

„Nein! Es ist mir schnurz, was du für den kaputten Typen empfindest. Ein Alkoholiker!" Er lachte auf. „Als ob du das nötig hättest. Trotz alledem wird er sich sowieso nicht für dich begeistern, nachdem er seine Frau und sein Kind verloren hat. Aber eines weiß ich jetzt: Mich liebst du nicht und du wirst es auch nie können."

„Ich habe dir nie Liebe versprochen. Unsere Abmachung war doch die, dass wir erst testen, ob wir zusammenpassen", wehrte ich mich. „Ich habe dich immer vor vollendete Tatsachen gestellt."

„Ja, genau! Das hast du! Ich habe mich jahrelang herabdegradiert, nur um deine Liebe zu erhalten. Aber

Gefühle empfindet man oder eben nicht. Man kann sie nicht an- und ausknipsen." Er schnippte mit den Fingern vor meinem Gesicht, was mir lächerlich vorkam. Aber er war noch nicht fertig. „Ich wollte es lange nicht wahrhaben. Mein Gott, Kira! Ich hätte dir den Himmel auf Erden bereitet." Seine Lippen zitterten. Zum ersten Mal erlebte ich ihn verletzlich. Sein Kopf drehte sich zu Tessa, die uns zuwinkte. „Nach diesem fürchterlichen Ausflug konnte ich nicht mehr und habe mich lange mit Tessa unterhalten. Sie kennt das Thema und wusste aus eigener Erfahrung sofort, wovon ich spreche."

Daher wehte der Wind! Jetzt konnte ich meinen Zynismus nicht mehr unterdrücken. Wut keimte in mir auf.

„Oh, da sitzt ihr ja beide im selben Boot. Herzlichen Glückwunsch!"

„Sorry, aber auch wenn du es nicht hören willst… das zwischen uns ist ein für alle Mal passé, du hattest deine Chance und ich bin Tessa unglaublich dankbar dafür, dass sie mir die Augen geöffnet hat."

„Dann könnt ihr ja jetzt jedes Jahr gemeinsam feiern. Sogar das Datum passt! Hast du es mir deshalb ausgerechnet heute auf ihrer Scheidungsparty gesagt?" Die Menge an Verachtung, die ich im Augenblick für ihn und diese Ökotante Tessa empfand, konnte ich gar nicht ausdrücken. Wahrscheinlich würde Tessa ihm nun, nachdem sie ihm die Augen geöffnet hatte, auch seine Jeanshose öffnen, überlegte ich gehässig, sprach es aber nicht aus. Mir war nicht nach Eskalation. Eine Welle Übelkeit überkam mich und ich konnte nicht anders, als zielgerichtet zu meinem Auto zu laufen und ohne ein weiteres Wort an Simon oder eine Verabschiedung, wie es sich als Gast gehört hätte, wegzufahren.

Vater

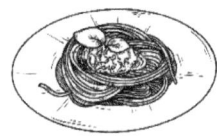

Ich musste nicht einmal weinen, während ich durch die sternklare Nacht nachhause fuhr. Er hatte ja Recht, mit allem, was er gesagt hatte. Ich war der Arsch! Ich hatte ihn ausgenutzt, wenn mir danach war; mir nette Stunden bereitet, ihn aber nie ernsthaft geliebt. Doch er hatte mitgemacht und das auch nicht ganz uneigennützig. Und wer wollte schon auf diese Weise, wie er es gerade mit mir getan hatte, bloßgestellt werden? Das traf mich und das hätte er sich wirklich sparen können! „Simon und Tessa", murmelte ich. „Die würden ein richtiges Traumpaar abgeben!" Ich erschrak. Am Straßenrand duckte sich ein Fuchs in das magere Grün. Seine Augen leuchteten unnatürlich im Scheinwerferlicht. Aus Angst, er könnte auf die Fahrbahn laufen, drosselte ich stark die Geschwindigkeit und schaltete das Fernlicht aus. Gott sei Dank rührte er sich nicht und ich nahm mir vor, den Rest der Strecke aufmerksamer zu sein. In meinem Kopf schwirrten Namen: Simon und Tessa, Mutter und Maurice, Nicola, Tessa und Simon…

Mir war klar, dass sich mein Gedankenkarussell die nächsten Stunden nicht abstellen ließe, deshalb fuhr ich nicht, wie ich es hätte tun sollen, nach Hause, um ins Bett zu gehen, sondern kurzentschlossen in die Klinik.

„Wenn ich schon nicht schlafen kann, schenke ich dir ein wenig meiner Zeit", murmelte ich und machte mich, nachdem ich angekommen war, auf den Weg zur Intensivstation.

„Ach, Sie? Sie sind heute Mittag gar nicht gekommen, obwohl Sie es mir versprochen hatten."

Ich traute meinen Augen nicht, als ich die junge Intensivschwester an Nicolas Bett wiedererkannte. Ihre Lider waren dick geschwollen und ihre Stimme hatte sich leise, aber rau angehört.

„Ich hatte bedauerlicherweise doch keine Zeit. Tut mir leid. Jetzt bin ich ja da. Wieso sind Sie nicht im Feierabend? Haben Sie geweint?", fragte ich vorsichtig und suchte ihren Blick.

„Kollegin ausgefallen." Sie klang so verzweifelt, ehe sich in ihren Pupillen Tränen sammelten. Ich schätzte sie auf Mitte 20. Ein halbes Kind. Blass und unglücklich stand sie vor mir, die langgliedrigen Arme bunt tätowiert. Rosa Schmetterlinge, die sich an ihrem Handgelenk puppten, auf einer Blume die Flügel ausbreiteten und schließlich in Höhe ihres Ellenbogens davonflogen und im Ärmel ihres weißen Shirts verschwanden. Ich überlegte, in welchem Stadium der Metamorphose ihres Lebens sie sich wohl gerade befand und konnte gar nicht anders, als sie kurz in den Arm zu nehmen.

„Ich kann nicht mehr!" Eine Träne benetzte den Stoff meines Kittels.

„Nicht weinen! Gehen Sie heim zu ihrer Familie! Ruhen Sie sich aus! Ich bleibe hier und passe auf ihn auf."

Ihre Augen wurden groß, was sie noch kindlicher aussehen ließ. „Aber... aber, das kann ich doch nicht annehmen", stammelte sie.

„Doch, das können Sie. Keine Widerrede! Ich kenne Ihre Situation aus eigener Erfahrung. Ich kann heute irgendwie nicht schlafen und bin hellwach. Gehen Sie schon und machen Sie sich keine Gedanken! Ich hätte es Ihnen nicht angeboten, wenn es mir nicht ernst damit wäre", unterstrich ich meinen Vorschlag.

Sie zeigte auf Nicola: „Er hat wieder das Wort gesagt."

„Sam?"

Sie nickte.

„Sein Hund wird ihm sehr wichtig gewesen sein, wenn er ihn aus seiner Ohnmacht heraus ruft", überlegte ich. „Ich werde versuchen, ihn noch mehr aus der Reserve zu kitzeln. Vielleicht haben wir Glück und er wacht bald auf."

„Und deswegen lesen Sie ihm aus Kochbüchern vor?", fragte sie zaghaft und zeigte auf den Stapel, den ich auf seinem Nachttisch abgelegt hatte.

„Verrückt, oder?"

„Verrückt nicht. Vielleicht außergewöhnlich, aber Sie sind eben auch eine außergewöhnliche Ärztin", sagte sie im Gehen. „Danke!"

„Gute Nacht!"

Ich griff, nachdem ich einen Stuhl an sein Bett herangezogen hatte, nach dem *Aromenbuch* und blätterte ein wenig orientierungslos darin herum. „Welches Rezept dieser erlesenen Köstlichkeiten lese ich dir denn vor?", fragte ich in die Stille. Ruhig und mit geschlossenen Lidern lag er, angeschlossen an Monitore, in seinem Bett. Seine Blutergüsse schienen langsam aber sicher die Farbe zu wechseln. Die Ränder der violetten Flecken gingen in ein grüngelb über und sein Kiefer war Gott sei Dank abgeschwollen. Ich kontrollierte kurz die Vitalwerte, die mir auf den Bildschirmen angezeigt wurden, ehe ich mich wieder den Seiten des Buches widmete. Es war unterteilt in Suppen, Salate, Gemüse, Fisch, Fleisch, Gebäck und Desserts.

„Fleischgerichte fallen weg", erklärte ich. „Ich bin Vegetarierin, musst du wissen. Deswegen wäre es schlau, wir fangen mit Gemüse an." Ich blickte in sein schönes Gesicht, wie bei einem Kind, bei dem man sich vor dem Lesen die Aufmerksamkeit einholt. Es war ein seltsames Gefühl, so zu tun, als sei er wach und konzentriert, doch ich ließ mir nichts anmerken und tat so, als würde ich ihm von diesem unwiderstehlichen Rezept von gebackenen Zucchini unbedingt erzählen müssen.

„Also Nicola, dieses Rezept hört sich grandios an, denn es scheint sehr einfach und doch lecker! Ich glaube, ich werde es mal nachkochen", sagte ich und überlegte, ob es nicht generell eine schöne Idee wäre, dem einen oder anderen Rezept, das ich ihm vorlas, eine Chance zu geben.

„Zuerst rührst du drei Esslöffel saure Sahne und einen Becher Joghurt zusammen, gibst den Saft einer ausgepressten Zitrone dazu, frischen Dill und ein wenig Knoblauch. Sagen wir mal eine Zehe. Salz und Pfeffer nach Bedarf. Die fertige Soße stellst du in den Kühlschrank und widmest dich dem Teig für die Zucchinischeiben. Dafür brauchst du zwei Eier, drei Esslöffel saure Sahne, vier Esslöffel Mehl und geriebenen Käse, je nach Geschmack und Bedarf. Ich würde kräftigen Parmigiano nehmen. Die Gemüsescheiben werden in dem Teig gewälzt und dann in heißem Fett ausgebacken. Und jetzt kommt's! Du nimmst eine Bio-Zitrone und raspelst die Schale ganz fein über die fertigen Zucchini. Wirklich lecker!", beendete ich meinen Monolog und sah ihn stolz an.

„Und gesund ist das Gericht auch, wenn man mal vom Ausbacken absieht. Zucchini enthalten, wie andere Kürbissorten auch, viel Wasser, sind kalorienarm, vitaminreich und leicht verdaulich. Das wäre eine prima Vorspeise und weißt du was? Gerade habe ich die Idee, sie meinen kleinen Nichten zu kochen, wenn sie mich das nächste Mal besuchen kommen. Sie hassen Gemüse, aber so verzauberte Zucchini im Teigmantel mögen sie bestimmt. Man kann sie sicher mit den Fingern essen", lachte ich. „Wahrscheinlich denken die Mädchen auf den ersten Blick, es seien Chicken Nuggets." Während ich seine rechte Hand in meine nahm, um sie zu massieren, sprach ich weiter: „Ich bin zu neugierig, was du so Gutes kochst oder was du gerne isst. Naja, als Italiener sicherlich Saltimbocca oder Risotto. Das liebe ich auch. Das Risotto meine ich. Vom Saltimbocca liebe ich nur das gebratene Salbeiblatt."

Die Wärme seiner Hand elektrisierte meine Finger. Ich spürte die Sehnen unter seiner Haut. Sie fühlte sich nicht so glatt und weich an, wie bei einer Frau, sondern rauer. Muskulös. Er besaß kräftige Männerhände, die zupacken konnten und als ich sie vorsichtig umdrehte, erkannte ich auf den Innenseiten einige schwielige Stellen, die darauf schließen ließen, dass er ab und zu hart arbeitete. Vielleicht hatte er Holz gehackt oder schwere Gegenstände geschleppt. Einmal erschrak ich, weil er seine Hand aus eigener Muskelkraft für einen kurzen Moment zur Faust schloss und dann wieder öffnete. Die Stimulierung seiner Handnerven schien ihm gut zu tun. Die andere Hand konnte ich leider nicht massieren, da sich ein venöser Zugang auf dem Handrücken befand, also begann ich, jeden einzelnen seiner Finger zu beugen und wieder zu strecken und versuchte, die Bewegungen, die ich unternahm, ganz sachte und ruhig zu vollziehen. Es sollte sich angenehm für ihn anfühlen.

„Heute bin ich nicht direkt als Ärztin hier", sagte ich ihm in die Stille. „Also schon als deine Ärztin, aber ich habe keinen Dienst und deswegen Zeit. Das fühlt sich sehr schön an, für dich da zu sein. Ohne Zeitdruck und Stress." Ich seufzte. Schließlich griff ich in meine Kitteltasche nach meinem eigenen kleinen Igelball, den ich oft bei mir trug. Ich benutzte ihn als Antistressball, wenn ich überarbeitet war. Jetzt fuhr ich damit kreisförmig erst über seine nackten Beine, dann über die Schultern und während ich das tat, sprach ich von Alba und witzigen Begebenheiten, die mir über Giulio einfielen. Ich erzählte von den reichen Böden voller Trüffel und den treuen Hunden, die danach stöberten. Dann legte ich den Ball zurück und nahm das Gläschen, ehe ich mit einem Plopp den Deckel öffnete. „Nun kommt eine olfaktorische Einlage", erklärte ich. „Riech mal, wie herrlich. Stell dir vor, du wärst mit mir in Alba und Sam hätte einen Trüffel gefunden. Einen echten, wertvollen weißen Sommertrüffel." Ich lachte, weil ich es mir selber so wahnsinnig schön vorstellte mit Nicola und dem Hund dort zu sein. Meine Härchen stellten sich auf und ich bekam eine Gänsehaut bei der Vorstellung, diese Illusion könnte wahr werden. Ich sah, wie seine Nasenflügel sich ein wenig regten, während er den Trüffelduft einsog. Dann geschah etwas Wundervolles. Er bewegte nicht nur die Nase, sondern zuckte mit den Lidern, als ob er sie gleich öffnen würde. Seine Lippen öffneten sich und ich nahm wahr, dass er seinem Bewusstsein ganz nahe war. Es fehlte nicht mehr viel und er würde erwachen.

"Nicola?" rief ich ihn leise aber bestimmt. „Wach auf, Nicola!" Ich unterdrückte meine kindliche Freude und hielt das Glas eisern unter sein Riechorgan während ich einfach weiterredete. Sein Mund verzog sich zu einem Lächeln, wie man es bei Säuglingen im Schlaf beobachtet. Und dann sagte er: „Sam!". Klar und deutlich hatte er den Namen ausgesprochen.

„Wunderbar!" Ich klatschte in die Hände und hörte mich selbst lachen. Es war so wundervoll, ein Lebenszeichen von Nicola zu erhalten. Ich spornte ihn an, weiterzusprechen, als ich außerhalb der Station ziemlich störende Laute vernahm. Ausgerechnet jetzt. Ich wartete noch einen Moment. So schnell wollte ich nicht aufgeben. Innerlich fluchend schwenkte ich das Gläschen hin und her und beobachtete Nicola noch einige Minuten. Nichts passierte. Seit der Störung war er wieder völlig in sich gekehrt. Draußen schrie und weinte irgendjemand; eine andere Stimme klang ziemlich streng. „Gehen Sie bitte. Wir können nichts für Sie tun!", rief irgendwer, ehe das Weinen wiederbegann.

„Also das geht so nicht!"

Ich verschloss das Glas, legte Nicolas Hand zurück auf das Laken und lief nach draußen auf den Gang. Vor dem Einlass zur Intensivstation standen zwei Männer. Augenscheinlich ein Besucher sowie ein Arzt, dessen Namen ich nicht kannte.

„Hier liegt ein Komapatient, der Ruhe benötigt. Was ist das hier für ein Lärm? Kann ich Ihnen behilflich sein?", fragte ich, ehe ich den Kollegen fordernd ansah. „Dr. Gmeiner", fügte ich noch hinzu, um seinen Namen ebenfalls zu erfahren, doch er schüttelte nur den Kopf und zeigte auf den Mann, der tränenüberströmt vor ihm stand.

„Der Herr sieht nicht ein, dass ich ihm keine Auskunft geben darf."

„Meine Tochter liegt da drin", erklärte der mir auf meinen fragenden Blick hin. Er trug eine ausgebeulte Sporttasche bei sich und die verstrubbelten Haare, die ihm feucht vom Kopf abstanden, unterstrichen seinen aufgelösten Zustand. Der Schnürsenkel seines linken Schuhs stand offen. Er musste überstürzt aufgebrochen sein.

„Sie sind nicht der Vater, ergo bekommen Sie keine Auskunft. Wenn Sie etwas Sinnvolles zur Situation beitragen möchten, sorgen Sie dafür, dass die leibliche Mutter des Kindes informiert wird."

„Meine Partnerin ist auf Kur in Helgoland. Ich kenne das Mädchen seit vier Jahren. Ich bin seit Langem der Freund ihrer Mutter. Sie sagt Papi zu mir", weinte der arme Mensch. „Sagen Sie mir verdammt nochmal, wie es ihr geht! Das ist doch nicht zu viel verlangt!" Jetzt schrie er wieder. Ich nahm ihn sanft beim Ellbogen und drehte ihn zu mir, bis ich mir seiner Aufmerksamkeit sicher war. Die Äderchen um seine Pupillen waren gerötet, seine Iris tränenverschleiert. „Kommen Sie, ich besorge Ihnen ein Glas Wasser und danach rufen wir gemeinsam ihre Partnerin an. Sie sind ja völlig durcheinander", beruhigte ich ihn und zwinkerte ich ihm heimlich zu, doch er war viel zu aufgeregt, um das wahrzunehmen.

„Ich helfe Ihnen", flüsterte ich so leise wie möglich, doch der Arzt hatte uns bereits den Rücken zugewandt und verschwand, nachdem er die gläserne Schleuse zur Intensivstation passiert hatte, kurz vor der Gabelung des Flurs in einem Raum. Ich führte den Mann zu einem Stuhl.

„Ich bringe Ihnen Wasser und Sie erzählen mir, was los ist. Vielleicht kann ich Ihnen dann helfen."

„Du wirst ihm ganz sicher nicht helfen, Kira", sagte eine Stimme in mir. Die eindringliche Warnung ignorierend, hörte ich mir an, was er zu erzählen hatte und lief dann besorgt vor den Raum, in welchem ich den Arzt vermutete. Ich holte Luft, drückte meinen Rücken gerade und trat erhobenen Kopfes ein.

„Er hat es endlich kapiert und ist gegangen", log ich.

„Diagnose?" Ich zeigte auf das etwa fünfjährige Mädchen, während mein Herz davongaloppierte. Sie schien entweder bewusstlos oder zu schlafen, ehe sie durch meine Stimme wach wurde und uns mit großen Augen beobachtete. Sie schien völlig unverletzt. Ein riesiger Felsen fiel von meinen Schultern.

„Erstverdacht auf Hypoxie hat sich nicht bestätigt. Weder zerebral noch generalisiert."

Eine Hypoxie war nichts anderes, als ein Sauerstoffmangel, verursacht durch Beinahe-Ertrinken.

„Das Kind trieb im Wasser. Ein anwesender Badegast hat sie rausgezogen. Sie war wohl zum Schwimmkurs im Hallenbad angemeldet und hat sich unbemerkt von der Gruppe entfernt. Sagt jedenfalls der Schwimmlehrer."

„Na der kann sich ja wohl warm anziehen", antwortete ich erbost über dessen Verantwortungslosigkeit. Der Arzt zuckte mit den Schultern. „Die Eltern sitzen meistens dabei und passen auf. Das hat wohl in diesem Fall nicht geklappt. Sie hatte jedenfalls Glück und wir hoffen, dass ihr Fortuna weiterhin hold ist." Ich nickte. Es gab den Zustand des zweiten Ertrinkens, des *secondary drowning*. Das bedeutete, dass das Kind noch Stunden

220

später ersticken konnte. Allerdings hielt ich das in diesem Fall für höchst unwahrscheinlich.

„Ich muss wieder", erklärte ich. „Komapatient!"

Zurück auf dem Flur atmete ich tief durch. Das künstliche Licht begann mich erneut zu quälen und ich begriff den Widerspruch, dass ich zwar ständig über mein stressiges Leben debattierte und normalerweise gar nicht hier wäre und es doch tat. Freiwillig. Das ergab keinen Sinn. Was war ich nur für ein Freak?

„Entwarnung", rief ich, nachdem ich die Schleuse passiert hatte und hob den Daumen, ehe der besorgte Vater vom Stuhl aufsprang und auf mich zuging. Die Angst, die in seinen Augen stand, tat mir in der Seele weh und ich würde ihn nun endlich erlösen.

„Sie ist wach und hat sogar gelächelt. Kein Hirnschaden, kein Sauerstoffmangel der Organe. Die nächsten Stunden benötigt sie Beobachtung, um Komplikationen wie Spätfolgen auszuschließen, aber ich denke, Sie können ganz beruhigt nachhause fahren."

„Danke!" Ein Schluchzen der Erleichterung brachte seinen Körper zu Beben. „Ich dachte, sie ist tot!" Er breitete weinend die Arme aus und umarmte mich ohne Vorwarnung. „Danke! Danke!", rief er immer wieder. „Ich bin so froh!"

„Schon gut", erwiderte ich erschrocken und wich einen Schritt zurück, um wieder räumliche Distanz herzustellen. „Ich verstehe Ihre Erleichterung und ich will auch nicht kleinlich sein, aber Sie tragen keine Maske und wir haben hier strenge Vorschriften. Bitte wahren Sie wenigstens Abstand!"

„Entschuldigung! Natürlich!" Er trat sofort einen Schritt zurück. Während ich mich unsicher umsah, begriff ich, dass wir von dem Kollegen durch das Glas der Tür beobachtet wurden. Wie lange, davon hatte ich keine Ahnung. Eine Sekunde lang betete ich, dass er wegging und so tat, als wäre nichts geschehen, doch er kam näher. Die Schleuse öffnete sich wieder mit ihrem schleifenden Geräusch.

„Haben Sie ihm etwa gerade, entgegen der gesetzlichen Vorschriften, Auskunft über die Diagnose des Mädchens gegeben? Waren Sie deswegen bei mir im Raum?"

„Da hast du den Salat", sagte die strenge Stimme in mir. „Selbst schuld, Kira! Selbst schuld!", lachte Simon in mir.

Seine Worte aus der Trattoria hallten in mir nach. „Wenn wir alle so empathisch wären wie du, könnten wir den Laden dicht machen. Du darfst keine Gefühle in einen Patienten investieren. Das wird dir große Schwierigkeiten bereiten. Und komm dann nicht angerannt. Ich habe dich gewarnt. Wir alle haben dich gewarnt."

Ich schluckte.

„Nein, das hat sie nicht! Sie hat sich absolut vorschriftsmäßig verhalten und hat mich gerade darauf hingewiesen, eine Maske zu tragen", versuchte der erlöste Vater mich in Schutz zu nehmen. Seine Gesichtszüge hatten sich entspannt. Fast machte er einen glücklichen Eindruck.

„Lassen Sie gut sein. Sie brauchen mich nicht zu rechtfertigen. Ich stehe zu den Dingen, die ich tue. Gehen Sie beruhigt nachhause. Alles Gute! Ich freue mich wirklich sehr für Sie und Ihre Tochter", verabschiedete ich ihn und sah daraufhin dem unsympathischen Arzt fest in die Augen: „Ja ich habe ihn über den Zustand des Kindes informiert. Machen Sie ruhig ein Fass auf, wenn Sie möchten. Ich stehe dazu!"

„Kommen Sie bitte mit", bat er und ich folgte ihm in das Schwesternzimmer, wo er an der Wand über der Kaffeemaschine mit dem Zeigefinger auf dem Dienstplan für heute Nacht herumfuhr, bis er das richtige Feld gefunden hatte.

„Intensivschwester Estelle?" Unsicherheit durchzuckte seine Pupillen und er musterte mich, um nichts Falsches von sich zu geben. „Aber Sie sind doch keine Schwester, sondern Ärztin. Er suchte mit den Augen mein Namensschild. „Dr. Gmeiner. Wieso steht hier nichts von ihrem Dienst? Wo ist Schwester Estelle?" Das völlig unnütze Klopfen seines Fingers auf dem Plan löste Aggression aus, aber ich versuchte, ruhig zu bleiben. Wie wichtig er sich nahm. Ein Gefühl der Verachtung breitete sich in mir aus. Gleichzeitig fühlte ich mich ertappt. Unangenehme Wallungen durchfuhren meinen Körper, sodass ich nervös von einem Bein auf das andere trat. Den würde ich so schnell nicht loswerden.

„Ich habe Schwester Estelle nachhause geschickt und ihre Schicht übernommen", beendete ich das Ratespiel.

„Sie haben was?" Sein Blick durchbohrte mich. „Ich bin hier der Stationsarzt, niemand anderes."

„Hören Sie", sagte ich. „Schwester Estelle war überarbeitet. Ich habe Zeit und Kraft. Also wo ist das Problem? Ich muss wieder gehen, sonst ist mein Patient zu lange alleine."

Er rührte sich nicht. Dann öffnete er den Mund. „Ich kann doch nicht so tun, als ob nichts wäre."

„Ich habe, ohne um Erlaubnis zu fragen, den Dienst getauscht und danach einem Vater die Diagnose seiner Tochter verraten. Machen Sie was Sie wollen. Schwärzen Sie mich beim leitenden Oberarzt an. Ist mir egal. Tschüss!" Ich blies genervt die Luft aus. Das war der zweite Mann, den ich heute Nacht stehen ließ, bemerkte ich nüchtern und lief zu Nicola, um ihm noch ein Rezept vorzulesen. Leider wiederholten sich seine körperlichen Reaktionen nicht, sodass ich mir unbedingt Plan B ausdenken musste. Ich fühlte mich gestresst und erst, als ich an meinem Spind die Kleider wechselte, bemerkte ich, dass meine Faust immer noch den Igelball umgriff.

Der nächste Morgen begann auch nicht besser als die Nacht geendet hatte. Schlaftrunken von einer einzigen Stunde Schlaf, in welcher ich mich nur hin und her gewälzt hatte, nahm ich das Gespräch an. Die Vorwahl und das Ende der Nummer verrieten mir, dass es die Klinik war, sonst hätte ich es einfach weggedrückt.

„Sekretariat der Direktion, Klinikum Rosenheim. Guten Morgen, Frau Dr. Gmeiner. Ich soll Ihnen einen Termin bei Herrn Direktor Prof. Dr. Freilechner durchgeben. Freitag nächste Woche, 10 Uhr. Ich soll Sie darüber aufklären, dass gegen Sie ein Strafverfahren im Raum steht: Verstoß gegen die ärztliche Schweigepflicht nach § 203 StGB. Falls Sie an diesem Termin verhindert sein sollten, könnten wir jetzt einen neuen Zeitpunkt finden. Bis dahin sind Sie vom Dienst freigestellt und sollten unser Haus auch aus privaten Gründen nicht betreten", betete sie herunter, während mir schwarz vor Augen wurde. Träumte ich noch oder hatte sie das gerade wirklich gesagt? Strafverfahren? Suspension vom Dienst?

„Ich komme an dem Termin", quetschte ich hervor, drückte das iPhone aus und ließ mich nach hinten fallen. Die nächsten Stunden erlebte ich als surreal. Ich glaubte mich in einem Film und nicht in meinem eigenen Leben. Das konnte doch nicht wahr sein? Dann rief auch noch mein Vater an. Er hatte mich in den letzten fünf Jahren nicht ein einziges Mal von sich aus kontaktiert, deswegen glaubte ich den Grund zu kennen, weshalb er mich nun unbedingt sprechen wollte.

„Papa?"

„Kiki! Wie geht es dir?", redete er um den heißen Brei herum.

„Wie du dir denken kannst, geht es mir scheiße", kam ich auf den Punkt. Mein rational veranlagter Vater konnte knappe und direkte Aussagen vertragen.

„Ein Strafverfahren wegen einer Schweigepflichtverletzung? Verletzung der Sorgfaltspflicht während einer Narkoseeinleitung? Außerdem ignorierst du die Hierarchien der Klink und löst Personalfragen auf eigene Faust? Kiki? Was ist los mit dir?"

„Ah! Du bist informiert. Ich habe nur das getan, was ich für richtig hielt und weißt du was? Ich würde es genauso wieder tun", trotzte ich. Am liebsten hätte ich mir die Ohren zugehalten, aber dafür war ich inzwischen zu erwachsen. Leider.

„Dir ist klar, dass ein Strafverfahren im schlimmsten Fall in einer Verurteilung endet. Eine Geldstrafe würden wir in den Griff bekommen, aber Gefängnis...!"

„Jetzt mal den Teufel nicht an die Wand. Das waren doch Lappalien!"

„Kiki, Kiki, sei nicht naiv! Alleine die Erhebung einer Anklage und die eventuelle Durchführung einer öffentlichen Hauptverhandlung beschert dir einen gewaschenen Image- und Reputationsverlust, der sich auch bei einem Freispruch nicht gänzlich revidieren lässt. Ganz Rosenheim bekommt das mit. Stell dir das vor! Die wirtschaftlichen Auswirkungen für dich. Willst du das wirklich? Ärger mit Ärztekammer oder der Approbationsbehörde aufgrund deines berufsunwürdigen Verhaltens? Ich bin ernstlich enttäuscht, Kikimaus!"

Ich vernahm sein ärgerliches Schnauben.

„Nenn mich nicht Kikimaus! Ich werde schon nicht im Knast landen und wenn ich für Empathie mit Freiheit oder Geld bezahlen muss, dann ist Ärztin der falsche Beruf für mich."

„Es gibt verdammt nochmal Regeln, an die du dich zu halten hast!" Er machte keinen Hehl aus seinem Zorn über seine erbärmliche Tochter.

„Deswegen rufst du an?", folgerte ich. „Weil du nämlich Angst um deinen eigenen Ruf hast, falls die Wellen bis nach München schwappen. Es geht dir nicht um mich, stimmt's?" Ich stieß einen Laut des Empörens aus, als er nicht gleich antwortete. „Na also. Da habe ich den Nagel auf den Kopf getroffen! Nie meldest du dich! Die ganze Zeit war ich dir egal. Hauptsache ich funktioniere!"

„Bleib mal schön auf dem Teppich! Ich rufe an, um dich zu retten", erklärte er, während ich ihn für seine Niederträchtigkeit verachtete. „Ich werde dir den besten Anwalt besorgen, der sich in Ärztestrafrecht auskennt. Geld ist kein Thema. Zusammen bekommen wir das hin."

„Danke, ich verzichte!", schrie ich ins Telefon. „Es wäre wirklich schön gewesen, wenn du dich mal unter anderen Umständen gemeldet hättest. An meinem Geburtstag vielleicht oder einfach so. Weil du eine Tochter namens Kira in Rosenheim hast. Lass mich bloß mit deinem Anwalt in Ruhe! Bezahle ihn eben dafür, dass meine Vergehen deinen glänzenden Lack nicht zerkratzen!" Damit legte ich auf. Was war los mit meinem Vater? Redeten Väter und Töchter nicht über die Dinge, die sie wirklich bewegten? Dann hätten wir über Matteo gesprochen. Wie sehr er uns fehlte. Wir würden überlegen, warum Mama einen Maurice brauchte und ob es nicht sinnvoll wäre, sie liebevoller zu behandeln, weil sie sonst nämlich ging. Warum schwärmten wir nicht zusammen von Alba oder lachten über seinen Vater? Wieso nicht?

Sam

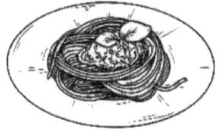

Ich fand Sam, nachdem ich sämtliche Tierheime der Umgebung abgeklappert hatte. Nicolas unfreundliche Vermieter hatten mir, nachdem ich ein weiteres Mal aufdringlich geworden war, eröffnet, dass sie den unnützen Rüden weggegeben hätten. Wohin, wollten Sie mir erst nicht sagen, doch ich hatte es geschafft, ihnen die Rasse zu entlocken, und dass er in einem Tierheim saß. Nun stand ich vor einem der Zwinger und entdeckte den traurigsten Hund auf der Welt. Während die Kameraden rechts und links von ihm bellend um Aufmerksamkeit bettelten, lag der hübsche Australien Cattledog apathisch auf dem Betonboden seines Auslaufs und schaute demonstrativ weg. Auch, wenn ich kein Hundeversteher war, sah ich, dass es ihm schlecht ging. Dass er trauerte. Sein weißes Fell mit den lustigen rotbraunen Punkten wirkte stumpf und struppig. Nicht einmal, als ich seinen Namen rief, wollte er sich erheben.

„Wir dachten erst, er ist taub", sagte ein Mitarbeiter des Tierheims. „Der Tierarzt bewies uns das Gegenteil. Sein Gehör ist in Ordnung. Er hat sich dazu entschieden, nichts zu hören."

„Frisst er denn gut?"

„Nicht wirklich. Er macht uns große Sorgen. Diese Rasse ist sehr auf seinen Besitzer fixiert. Sie zeigen mehr Emotionen als andere Rassen. Wenn Sie mich fragen, ist der Rüde depressiv."

„Ach Kumpel", sagte ich in Sams Richtung. „Ich verstehe dich! Wie oft möchte ich nur noch daliegen und mir die Ohren zuhalten. Aber so funktioniert es nicht." Ich ging in die Hocke. „Wollen wir eine Runde laufen?"

„Trauen Sie sich das zu? Ach was! Versuchen Sie es einfach. Er ist ein ganz ruhiger Charakter. Absolut friedlich. Wenn Sie ihn nicht ableinen, kann nichts passieren. Bleiben Sie die ersten zehn Minuten auf dem Gelände."

Meine Faszination für Sam wuchs von Sekunde zu Sekunde. Er war, als ich ihm die Leine an das Halsband geknipst hatte, bereitwillig aufgestanden und an meiner Seite aus dem Gehege gelaufen. Ohne sich provozieren zu lassen, und mit viel Persönlichkeit, passierte er sämtliche Zwinger, bis wir die kleine Wiese erreicht hatten, die zum Tierheim gehörte. Dahinter befand sich der Ausgang. Als Sam bemerkte, dass ich nicht vorhatte, das Tierheim zu verlassen, suchte er zum ersten Mal meinen Blick. Er blieb stehen und ließ sich durch nichts bewegen, auch nur einen Schritt weiterzulaufen. Alles Zureden, kein Leckerli half.

„Du bist ein schlauer Hund, Sam. Du glaubst, ich hole dich hier raus, nicht wahr?" Als ich ihm über den Kopf streichelte, schnupperte er nach oben und ab diesem Moment geriet Leben in ihn. Sein Schwanz wedelte und ich spürte seine Aufregung. Er tänzelte um mich herum und plötzlich schien dieses athletische Kraftpaket ganz leicht auf den Pfoten. Alle Trägheit war verschwunden. Ob er Nicola roch? Ich hatte geduscht und eigentlich war es unmöglich, dass noch irgendwo Geruchsmoleküle an mir hingen. Dann fiel es mir wie Schuppen von den Augen. Der Igelball! Ich fingerte in meiner Jackentasche und zog ihn hervor. Sams Nase wanderte sofort zu dem gelben Gummibällchen, dann sah er mich an und bellte auffordernd.

„Du riechst Nicola. Er vermisst dich sehr, Sam! Vielleicht kann ich dir ein Kleidungsstück von ihm besorgen, dass du dich nicht alleine fühlst", sagte ich. Zurück im Zwinger legte ich den Ball in seinen Korb. Ohne zu zögern, rollte er ihn mit der Nase nach vorne, platzierte sich und schob seine Schnauze genau vor das Gummi. Rührender konnte ein Hund sich nicht benehmen. Er tat mir so leid und ich nahm mir vor, ihn ab heute jeden Tag zu besuchen.

„Er scheint Sie sehr zu mögen", sagte der Tierpfleger, der sich zu uns gesellt hatte. „Ich denke, er wird bald vermittelt werden. Diese Rasse ist sehr selten und teuer. Wenn jemand spitzbekommt, dass wir einen waschechten Cattledog im Tierheim sitzen haben, dann sind seine Tage hier gezählt. Erschrocken hielt ich inne.

„Aber er gehört doch jemandem. Sein Herrchen ist in der Klinik", erklärte ich.

„Das ist ja interessant! Was wissen Sie über Sam? Hier wurde mir gesagt, ein älterer Mann hätte ihn abgegeben, weil er ihn finanziell nicht mehr versorgen könne."

Ich erzählte alles, was ich wusste. Dann unterschrieb ich eine Patenschaft, mit welcher ich die laufenden Tierheimkosten für Sam übernahm. Ich stellte sicher, dass der Rüde nicht herausgegeben wurde und verabschiedete mich mit dem Versprechen, morgen wiederzukommen. Auf der Rückfahrt wurde mir klar, dass ich in der Stunde mit Sam weder an meine eigenen Probleme gedacht, noch Stress oder Unruhe empfunden hatte. Die Anwesenheit des Rüden hatte meinen Körper ruhig werden lassen.

„Das ist ja ein Ding!", murmelte ich. Aber dann fiel mir ein, dass Birba, der Trüffelhund von Nonno, bei mir als Kind dasselbe bewirkt hatte. „Ich bin wohl mehr Hundefreundin als ich dachte", sagte ich zu mir selber, ehe ich auf den Parkplatz des Supermarkts einbog, um alle Zutaten für gebackene Zucchini mit geriebener Zitronenschale und Joghurt-Dip zu besorgen.

Bis zum Abend konnte ich mich ablenken. Ich kochte das leckere Rezept nach, öffnete mir eine Flasche Wein und schaltete das Radio ein, um nicht auf dumme Gedanken zu kommen. Aber dann kam die Nacht. Eine unendliche Einsamkeit erfasste mich, begleitet von dem Gefühl, alles im Leben falsch gemacht zu haben. Ich befand mich am falschen Ort, mit den falschen Menschen. Wo war die Kira von früher? Die Kira, die in der Natur die Zeit vergessen hatte, das Mädchen, welches nicht darauf geachtet hatte, ob ihre Jeans Flecken bekam, wenn sie sich ins Gras gesetzt und das Gesicht der Sonne entgegengestreckt hatte?

Sarah nahm nach dem dritten Klingeln ab. Schlaftrunken fragte sie mich, ob etwas Schlimmes passiert sei. Und ich? Ich heulte einfach los.

„Was wollte ich als Mädchen immer werden?", fragte ich meine Schwester, bevor ich die Nase hochzog. Wir wussten alles voneinander, also antwortete sie prompt: „Erst Räuber im Wald von Alba, wofür du dir schon extra ein Lager aus Moos und Ästen errichtet hast. Matteo und ich sollten deine Räuberbande sein und du natürlich die Räuberchefin, und dann später, als deine Gehirnzellen voll ausgebildet waren, träumtest du davon, Sterneköchin oder Winzerin mit eigenem Weinberg zu sein. In Alba selbstredend."

Ich schniefte. „Und warum zum Geier bin ich dann Ärztin in Rosenheim geworden? Wegen Matteo, oder?"

„Na ich denke eher, weil die kleine süße Kikimaus dem Papi einen Gefallen tun wollte", knallte sie mir die harte Antwort vor die Füße. „Köchin oder Winzerin fand er nicht en vogue."

„Scheiße", sagte ich.

„Aber sowas von", antwortete Sarah, bevor sie weiterredete: „Ich merke schon eine Weile, dass du nicht glücklich bist. Du kannst es ändern. Ist nicht einfach, aber es geht. Was glaubst du, was er über mich als Hausfrau und Mutter denkt? Du bekamst die 1 im Abitur, von der ich nur träumen konnte. Bei mir war Hopfen und Malz verloren und unser Bruder Matteo war nicht mehr hier", sagte sie. „Und als du dann nach Matteos Tod in deinem kindlichen Eifer erwähntest, dass du unbedingt Ärztin werden willst, hat sich Papa mit seinem Stolz regelrecht auf dich gestürzt und du konntest gar nicht anders, als Medizin zu studieren. Auf eine Art war ich froh darüber, dass er so auf dich fokussiert war."

„Ein bisschen wollte ich es wirklich wegen Matteo", flüsterte ich. „Ich hatte es mir anders vorgestellt. Menschlicher."

„Menschen sind nicht menschlich." Sarah gähnte. „Sie handeln oft egoistisch, kaltherzig und berechnend. Das liegt in unserer Natur."

Im Hintergrund erklang Gejammer. Anscheinend waren die Zwillinge aufgewacht und hingen, so vermutete ich, nun schlaftrunken, aber unglücklich an Sarah.

„Verstehst du jetzt, was ich meine?", lachte Sarah. Die kleinen Kröten benutzen unser Telefonat als Alibi, um aus dem Bett zu steigen und mir meine Nerven zu rauben.

„Du warst laut!", hörte ich Kaja rufen.

„Ich glaube, dieses Dilemma habe ich ausgelöst", entschuldigte ich mich. „Warum bin ich auch so blöd, dich so spät anzurufen? Aber ich konnte nicht anders. Sag ihr, die Tante ist schuld."

„Die Tante Kira ist schuld", hörte ich Sarah sagen. Sie tat es wirklich. Ich schmunzelte über meine Schwester und eine warme Woge Liebe füllte mein Herz aus.

„Ach so", antwortete Kaja. „Dann geh ich wieder ins Bett."

Wir lachten und ich wischte die Reste meiner Tränen mit dem Handrücken weg.

„Wieso hast du eigentlich angerufen? Weil du die falsche Berufswahl bereust?"

„So in etwa. Jetzt geht es mir viel besser", sagte ich. „Danke, Schwesterherz! Ich melde mich morgen noch einmal."

Von dem Verfahren und dem Zwangsurlaub hatte ich Sarah bewusst nichts erzählt. Ich wollte es in Ruhe mit ihr besprechen. Auch das Thema mit Simon, mit Maurice und Mama und das mit Nicola. Es gab so viel zu sagen.

„Es ist nie zu spät", murmelte ich, während ich mich unter die Decke kuschelte. „Solange ich existiere, kann ich mein Leben auch ändern, wenn ich möchte." Mit diesem Mantra schlief ich endlich ein.

Eine neue Freundschaft

Es war, als hätte Sam auf mich gewartet. Er stand am Gitter und schaute mir entgegen, als ich den geschotterten Weg des Tierheimes auf ihn zulief. „Sam", rief ich schon von Weitem. „Guten Morgen, mein Junge!"

In dieser Blase von Leere und Unsicherheit, in der ich mich gerade befand, schätzte ich Sam wie einen neuen Freund. Auch er hatte sein Leid zu tragen und wir beide würden uns die nächste Zeit, bis Nicola über den Berg war, zusammen gute Augenblicke bereiten. Ich durfte ihn heute mit nach draußen in die Natur mitnehmen und freute mich auf eine gemeinsame Wanderung in die umliegenden Berge. Das komische Gefühl, Zeit zu haben, begleitete mich seit gestern. Es erschien mir so surreal, während ich vor dem Zwinger stand.

„Atme!", sagte ich mir. „Du hast Pause! Niemand erwartet heute etwas von dir. Du bist frei!"

Ich schaute mich nach dem freundlichen Tierpfleger um, der noch nirgends zu sehen war und streckte die Hand durch das Gitter. Ich spürte Sams warmen Atem und die samtweiche Schnauze, die sich an meine Hand drängte.

Simon meldete sich nicht mehr. Auch das war so eine Sache. Fast vermisste ich seine nervtötende Art, seine ständigen Anspielungen. Die Nachrichten, die er mir noch vor einer Woche täglich zugeschickt hatte, waren Vergangenheit. Damals hatten sie mich gestört. Jetzt fehlten sie mir plötzlich. Mein Körper schien immer noch durchseucht mit Adrenalin. Innerlich zuckte ich alle paar Stunden zusammen, in der Panik, einen wichtigen Termin zu verpassen, der nur in meiner Illusion existierte oder in der Angst, mit dem Notfall-Pieper in die Klinik abgefordert zu werden. So richtig losgelassen hatte ich demnach nicht. Ich schaute auf Sam. Wie ein jahrelang eingesperrtes Tier musste ich erst lernen, was Freiheit bedeutet. Wie oft hatte ich meinen Patienten heruntergebetet, dass chronischer, beziehungsweise toxischer Stress Körper und Psyche dauerhaft belastete? Nun befand ich mich selbst in dieser unangenehmen Situation. Wo war er hin? Der riesige Ozean meiner Träume. Er existierte nur noch als trübe Pfütze, auf deren Grund ich nicht sehen konnte, weil ich mir anscheinend das falsche Ziel gesetzt hatte.

Ein warmes Gefühl holte mich zurück in die Gegenwart. Sam leckte über meine Hand, ehe er mich aufmerksam ansah. Und dann kam endlich auch jemand, der das hässliche Gitter aufschloss, sodass ich ihn anleinen konnte.

„Muss ich irgendetwas Wichtiges beachten?"

„Dieser Hund ist mit Artgenossen verträglich. Wir kennen ihn wie gesagt als lieben und ruhigen Charakter. Halten Sie sich einfach an die gängigen Regeln. Im Wald angeleint lassen. Besser auch erst einmal die ganze Strecke. Wenn er Sie kennt, dann können wir auch mal mehr wagen."

Ich nickte, als ihm doch noch etwas einzufallen schien.

„Ich glaube, es wäre gut, wenn Sie den Ball mitnehmen. Seit gestern bewacht er ihn wie einen Schatz."

Wie auf Kommando trabte Sam zurück zum Korb und nahm den Ball zwischen die Zähne.

„Du bist ein Schlauer! Na dann mal los", sagte ich und schritt mit dem Rüden zielstrebig durch das von Efeu überwucherte Tor des Tierheims.

„Na, wie fühlt es sich an, das Gefängnis zu verlassen?", fragte ich Sam und irgendwie auch mich. „Wir machen uns einen tollen Tag. Ich habe sogar Futter dabei und die vom Tierheim wissen, dass es später werden kann."

„Und Hopp!", kommandierte ich, nachdem ich auf dem Beifahrersitz die alte Decke ausgebreitet hatte. Als hätte Sam nie etwas anderes getan, sprang er mutig ins

Wageninnere, kugelte sich auf der flauschigen Decke ein und wartete geduldig, bis ich neben ihm saß. Nun war ich die typische Hundeläuferin.

Es war ein sonniger Tag und die Luft ganz frisch und klar. Wir begannen die Bergwanderung unweit eines Dorfes im Tal am Fuße des majestätischen Wilden Kaisers. Sam, der neben mir lief, schien die neue Freiheit zu genießen. Ein Pfad führte durch einen lichten Lerchenwald. Außer unseren Schritten und Sams Hecheln war nichts zu hören. Ab und zu zwitscherte ein Vogel und manchmal, wenn ein Windstoß in die Bäume führ, antworteten die biegsamen Äste mit einem Rauschen oder Knistern. Dieser Geruch nach Holz und Sand... Ich spürte, wie meine Sinne sich beruhigten. Nach einer gefühlten Stunde bergauf traten wir aus dem Wald auf eine Lichtung. Ein Bergsee glitzerte in der Sonne und ich gab Sam die Chance zu trinken und sich ein wenig auszuruhen, ehe ich mich selbst am Ufer des Sees auf einen großen Stein setzte.

„Das ist so schön", murmelte ich und atmete tief ein. Die Aussicht war gleich doppelt spektakulär, denn im Wasser spiegelten sich die umliegenden Gipfel. Als Sam plötzlich die Ohren spitzte und sich seine Muskulatur anspannte, entdeckte auch ich die Gruppe Haflinger, die seelenruhig und ohne Zaun näherkamen. Ab und zu senkten sie ihre Köpfe und rupften das frische Grün vom Wiesenhang. Die Sonne ließ ihr Fell golden schimmern und plötzlich fühlte ich mich frei und voller Energie.

„Schau dir das an, Sam", flüsterte ich. „Was haben wir für ein Glück, hier sein zu dürfen!"

Die Natur hier war atemberaubend und ich konnte gar nicht anders, als mich mit ihr verbunden zu fühlen. Dankbar für diesen Moment der Schönheit und der Ruhe. Ich schmiegte mein Gesicht in Sams Fell und weinte – ganz still und anders als sonst. Eher erleichternd, wie ein Fluss, strömten der Stress, die Überforderung und die Ängste der letzten Monate und Jahre aus mir heraus. Ich saß ganz still da. Mein Zeitgefühl hatte sich verabschiedet und wenn Sam nicht auffordernd mit seiner Schnauze an meinem Rucksack gestöbert hätte, hätte ich mich wohl auch die nächsten Stunden nicht gerührt.

„Sag bloß, dein Appetit ist zurückgekehrt?", fragte ich ihn. „Eigentlich hast du Recht. Das hier ist der perfekte Ort für ein gemeinsames Picknick."

Ich kramte eine Dose Hundefutter hervor und eine Plastikschüssel, die ich zuhause immer für Obst verwendete, und für mich ein Baguette, belegt mit Frischkäse, frischen Avocadoscheiben, Tomate und Basilikum.

„Hau rein, Junge!"

Ich genoss das köstliche Aroma, das mich an Italien erinnerte und überlegte, wann ich mich das letzte Mal so glücklich gefühlt hatte.

„Mit Nicola im Himmel", murmelte ich und stellte mir vor, wie er in diesem Zimmer voller Geräte lag. „Werd' schnell gesund, Nicola!" Bei dem Namen Nicola hielt Sam mit dem Fressen inne und sah mich verdutzt an.

„Du siehst ihn bald wieder, das verspreche ich dir!"

Ich beobachtete eine grüne Libelle, die elegant über das Schilf des Ufers tanzte. Dann und wann landete sie und tauchte zwischen den Stängeln im Schilf unter, vielleicht um Nahrung zu suchen, oder um sich auszuruhen. Sie war nur ein Insekt und mir doch um Längen voraus. Ich wollte das auch! Ich benötigte Zeit für mich! Ich wollte mich nicht nur heute, sondern auch in Zukunft auf Aktivitäten konzentrieren, die mein Wohlbefinden steigerten, wie zum Beispiel Kochen oder Zeit in der Natur zu verbringen. Endlich erkannte ich, dass es nicht genügte, von Träumen nur zu träumen. Ich musste lernen, sie umzusetzen! Mir die Dinge zurückerobern, die mich entspannen und die mir Lebensqualität schenkten.

„Ich muss endlich mein Leben ändern", murmelte ich und legte mich zurück ins Gras, um den Wolken zuzuschauen, die am blauen Himmel vorbeizogen.

Abends war ich erfüllt von meinen Erlebnissen. Wenn ich die Augen schloss, sah ich keine Monitore, auf denen sich ein roter Strich bewegte oder hässliche Leuchtstoffröhren. Ich hörte kein warnendes Piepen, wenn es einem der Patienten schlechter ging. Nein! Ich sah einen Hund, wie er fröhlich im Wasser plantschte, Wildblumen, die sich mitsamt dicken Hummeln darauf im Wind bewegten. Ich sah die sanften Augen der Pferde, alles begleitet vom Gesang der Natur. Bussarde, die langgezogene Schreie ausstießen, pfeifende Murmeltiere, das Plätschern des Wassers.

Meine Haut prickelte, weil ich es nicht mehr gewohnt war, so lange am Stück in der Sonne zu sein.

Nur Sam im Tierheim zu lassen, das war verdammt schwer! Ich hatte über den Tag eine Bindung zu ihm aufgebaut und war traurig, ihn wieder abzugeben. Die Verabschiedung hatte mich Kraft gekostet. Sein Blick, seine Haltung, alles an ihm schrie danach, nicht an diesem Ort alleine zu bleiben. Ich schwankte innerlich, ob ich ihn nicht einfach mitnehmen sollte. Meine Wohnung war nicht ausgerichtet für einen Hund in Sams Größe und ich wusste nicht einmal, ob Tiere im Haus erlaubt waren. Ihn im Tierheim zu lassen, war im Moment die beste Entscheidung für seine Sicherheit und sein Wohlbefinden. Eins war mir noch einmal klar geworden seit ich Sam kannte. Hunde hatten Gefühle und waren in der Lage, eine breite Palette von Emotionen zu erleben, ähnlich wie wir Menschen. Sam hatte mir bewiesen, dass er sogar auf meine eigenen Emotionen Rücksicht nahm, indem er mich schon an unserem ersten gemeinsamen Tag am See getröstet und unterstützt hatte. Mir wurde bewusst, wie eng seine Bindung zu Nicola sein musste.

„Hören Sie, Estelle", sagte ich in den Lautsprecher meines iPhones. „Wenn Herr Nicola Serra aufwacht, soll er sich keine Sorgen machen! Sein Hund Sam, von dem er so oft spricht, ist im Tierheim in Kolbermoor untergebracht. Am besten schreiben Sie ihm das auf einen Zettel, damit er ihn gleich liest, wenn er aufwacht. Er kann ihn dort abholen. Ich habe dafür gesorgt, dass er nicht an Fremde rausgegeben wird. Können Sie das für mich erledigen?" Ich hatte in der Klinik angerufen und mich mit der Intensivschwester Estelle verbinden lassen. „Wie ist denn sein Zustand?", fragte ich sie und hoffte, dass die Neuigkeiten über meine Person noch nicht bis zu ihr vorgedrungen waren. Das schien nicht der Fall zu sein.

„Er bewegt sich immer öfter. Das MRT von heute Morgen hat ergeben, dass er keine bleibenden Schäden davontragen wird. Der Bruch heilt sehr gut und schnell. Hirndruck ist kaum mehr vorhanden. Die Psychologen, die wir hinzugezogen haben, meinen, es könnte ein psychisches Problem, wie eine Depression dahinterstecken, weshalb er nicht aufwachen will."

„Erzählen Sie ihm von Sam!", bat ich. „Ich glaube, dann wird er wieder Verbindung zum Leben aufnehmen wollen. Sagen Sie ihm, dass es dem Hund gut geht und dass er auf ihn wartet."

„Kommen Sie denn die nächste Zeit nicht mehr in die Klinik?"

„Eher unwahrscheinlich", sagte ich. „Urlaub", fügte ich hinzu und das war nicht einmal gelogen, wenn man das Wort Zwang wegließ.

„Ich hätte eine letzte Bitte", überfiel ich Estelle, die mir daraufhin erklärte, dass sie mir sowieso noch einen Gefallen schuldig sei und alles tun würde, was ich verlangte. Ich lachte.

„Rufen Sie mich an, wenn Herr Serra aufgewacht ist?"

„Sie mögen ihn, habe ich Recht? Ich habe gesehen, wie liebevoll Sie ihn anschauen. Ist er ein Bekannter von Ihnen?"

„Ja", gab ich zu. „Ich kenne ihn und er ist mir auch wichtig. Ich würde mich freuen, wenn Sie mir Bescheid geben."

„Na klar!", versprach Estelle, ehe wir uns verabschiedeten.

Die Tage vergingen wie im Flug. Morgens holte ich Sam aus seinem Zwinger und abends brachte ich ihn dorthin zurück, wo er das gelbe Igelbällchen bewachte, bis ich wiederkam. Es hatte sich so etwas wie eine Routine zwischen uns entwickelt und unser gegenseitiges Vertrauen wuchs von Tag zu Tag. Er fraß wieder regelmäßig und gut und seine Lethargie war verschwunden.

„Du musst wissen", sagte ich ihm am Abend vor dem Kliniktermin beim Direktor, „ich vertrete nur Nicola, bis er sich wieder um dich kümmern kann. Ich glaube, das wird bald der Fall sein. Ich weiß nicht, wohin mich das Schicksal verschlagen wird. Ob ich in eine andere Klinik versetzt werde oder was auch immer. Morgen wird sich das klären, deshalb komme ich etwas später", endete ich, als ob der arme Hund auch nur eine Silbe verstanden hätte. Trotzdem wedelte Sam mit dem Schwanz und ich tätschelte ihm ein letztes Mal den bulligen Kopf. Als ich an mir heruntersah, musste ich lachen. Meine Jeans war übersäht mit braunen Pfotenabdrücken, auf meinem rechten Knie prangte ein Grasfleck und meine Schuhe sahen aus, wie die eines Waldarbeiters, so lehmig war die Sohle. Ich hatte seit einer Woche kein Make-up benutzt und als ich in den Rückspiegel meines Autos sah, um mein Haar zu sortieren, entdeckte ich ein ganz neues Glitzern in meinen Pupillen. Meine Haut strahlte in einem frischen Teint, meine Wangen waren gesund gerötet.

Dann war er da, der Termin, vor welchem ich ziemlich Bammel hatte. Erst hatte ich überlegt, mich vorzubereiten, mir Ausflüchte und Erklärungen einfallen zu lassen, aber davon war ich inzwischen abgekommen. Ich würde, auch wenn ich viel lieber mit Sam unterwegs gewesen wäre, zu meinen Fehlern stehen, egal was die Konsequenz sein würde.
„Guten Morgen, Frau Dr. Gmeiner!" Er reichte mir entgegenkommend die Hand, was mich verwunderte.

„Guten Morgen, Herr Prof. Dr. Freilechner."

Er sah mich über den Rand seiner Brillengläser hinweg väterlich an. Keine Spur von Zorn oder Vorwurf.

„Kaffee?"

Ich lehnte dankend ab.

„Wie Sie wissen, gab es eine Beschwerde gegen Sie. Leider müssen wir Ihnen vorwerfen, gegen die Schweigepflicht verstoßen zu haben." Er holte Luft. „Ein Kollege war Zeuge, wie Sie einem Besucher Informationen über eine Patientin gegeben haben, die nicht für ihn bestimmt waren. Das ist ein klarer Verstoß gegen unsere internen Vorschriften und zieht normalerweise rechtliche Konsequenzen nach sich. Auch, wenn der Kollege ein wenig übereifrig gehandelt hat." Er zog seine Brauen nach oben. „Naja, ich muss nun der Sache nachgehen, ob ich will oder nicht. Was haben Sie dazu zu sagen, Frau Dr. Gmeiner?"

Ich räusperte mich. „Der Mann, dem ich die Information gegeben habe, war der Ersatzvater des Mädchens. Er war aufgelöst vor Sorge, deswegen habe ich ihn informiert."

„Aber Sie wissen, dass das nicht rechtens war?"

Ich nickte. „Natürlich! Ich kenne die Paragrafen."

„Des Weiteren haben Sie, ohne Rücksprache zu halten, eine Mitarbeiterin in den Feierabend geschickt."

„Schwester Estelle schien mir überarbeitet und ist es nicht sicherer, ausgeruhtes Personal auf der

Intensivstation zu haben? Ich fühlte mich fit und habe ihre Schicht kurzfristig und unbürokratisch übernommen", erklärte ich.

„Frau Dr. Gmeiner, ich hoffe, wir können das Thema damit abschließen, dass Sie mir versprechen, sich in Zukunft an die Regeln zu halten. Ich halte viel von Ihnen." Sein Blick suchte den meinen, während ich mich fragte, ob er es wirklich dabei belassen sollte. Nur eine verbale Verwarnung? Das war ungewöhnlich.

„Ich kenne Ihren Vater, Prof. Dr. Antonio Gmeiner. Toller Arzt. In der ganzen Gegend bekannt."

Ich horchte auf. Nicht doch mein Vater!

„Hat mein Vater Sie angerufen, um ein gutes Wort für mich einzulegen?" Meine Finger krampften sich derartig um meine Tasche, dass meine Gelenke weiß hervorstachen. Meine Laune sank rapide, weil mich das so aufregte. Überall musste er sich einmischen. Womöglich hatte er sogar mit einem Anwalt gedroht.

„Wir telefonieren dann und wann mal." Er winkte ab. „Ich zähle auf Sie, Frau Dr. Gmeiner! Sie können gleich heute weiterarbeiten und wir vergessen den kleinen Fauxpas", sagte er lächelnd, ehe er aufstand. Für ihn war die Sache erledigt. Für mich nicht. Der Gedanke an die nächste Narkosevorbereitung ließ mich erschauern. Ich konnte das nicht mehr. Ich wollte kein Kunstlicht mehr sehen. Ich mochte keine störende Maske tragen und ich wollte auf keinen Fall am OP-Tisch Simon gegenüberstehen.

„Ich hatte mit einer Kündigung oder zumindest einer Versetzung gerechnet", sagte ich, um Zeit zu gewinnen. Ich musste eine Entscheidung treffen. Jetzt!

„Die Klinik wäre dumm, wenn sie auf eine Ärztin wie Sie verzichten würde", antwortete Dr. Freilechner und ich überlegte allen Ernstes, ob mein Vater ihm vielleicht eine größere Geldsumme gezahlt hatte, denn ich hatte bisher nicht das Gefühl gehabt, eine besonders geschätzte Ärztin in dieser Klinik zu sein.

„Wenn Sie mir nicht kündigen, dann tu ich es", sagte ich, während mein Puls plötzlich raste. Nun war es raus und es gab kein Zurück mehr.

Ich merkte ihm an, dass er sich sammelte, weil er damit nicht gerechnet hatte.

Nachdem ich ihm einen Moment lang fest in die Augen geschaut hatte, sprach er als Erster: „Ich nehme an, Sie haben sich das genau überlegt und wissen, was Sie tun."

„Absolut", sagte ich, während ich innerlich zitterte wie Espenlaub. Er nahm seine Brille ab und massierte sich die Schläfe.

„Das wird ihrem alten Herrn nicht gefallen!"

Ich lachte auf. „Ich bin eine erwachsene Frau und jeder sollte seine eigenen Träume verfolgen dürfen. Auch ich."

„Da haben Sie Recht." Er erhob sich.

„Ich lasse Ihre Unterlagen fertigmachen. Und wenn Sie es sich anders überlegen, melden Sie sich! Schade! Wirklich sehr schade!"

Ich reichte ihm die Hand. Ein Glücksgefühl gesellte sich zu meiner Aufregung und durchströmte meinen Körper. Ich spürte intuitiv, dass ich richtig gehandelt hatte. Wenn ein Job dazu führte, dass man sich unglücklich, überlastet und gestresst fühlte, konnte dies früher oder später negative Auswirkungen auf die Gesundheit haben. Ich hatte nie eine Work-Life-Balance erreicht und mich in den letzten Jahren weder ausreichend um meine Familie, noch um meine eigenen Hobbys gekümmert. Damit war jetzt endgültig Schluss! Ich schwebte fast über die Gänge der Klinik, so stolz war ich auf mich, ehe mein Lächeln in sich zusammensank. Tessa! Mist! Einen kurzen Augenblick überlegte ich einfach stumm vorbeizugehen, doch wir waren erwachsene Menschen, deswegen riss ich mich zusammen und grüßte freundlich, aber neutral.

„Kira?" Ihr Arm griff in meine Richtung. „Warte einen Moment!"

Unwillig blieb ich stehen.

„Das mit Simon und mir…wir lieben uns wirklich!"

Ich hob entsetzt den Arm. „Um Gottes Willen, Tessa! Bitte keine Rechtfertigungen! Wenn ihr euch verliebt habt, bitte… meinen Segen habt ihr."

„Doof gelaufen, dass er es dir das auf der Party gesagt hat. So ohne Vorwarnung meine ich", sagte sie mit gedämpfter Stimme.

„Ich denke nicht, dass es dafür einen richtigen Zeitpunkt gibt. Mach dir keine Gedanken."

„Du bist also nicht sauer?" Sie schien ehrlich erleichtert.

Ich schüttelte den Kopf. „Zuerst schon, aber jetzt nicht mehr. Er hat ja Recht mit allem. War wohl alles ziemlich einseitig. Ich muss dann auch", erklärte ich und zeigte in Richtung Intensivstation. Ich hatte wirklich keine Lust, ausgerechnet mit Tessa meine Beziehung zu Simon zu zerkauen.

„Herr Serra?" Tessa schaute mich erwartungsvoll an.

„Woher weißt du, dass ich ausgerechnet zu ihm möchte?" Erstaunt guckte ich sie an.

„Simon hat mir vor eurem Ausflug erzählt. Schlimme Geschichte!"

Während ich überlegte, ob ich Simon lieber vierteilen oder lynchen wollte, sprach Tessa unbeirrt weiter. „Er ist seit ein paar Tagen auf Normalstation und geht allen gehörig auf die Nerven."

„Er ist wach?" Ein Stein fiel von meinem Herzen, denn das waren wirklich überaus gute Neuigkeiten. Ich konnte meine Freude kaum verbergen.

„Wieso nervt er euch, wie meinst du das?"

„Genauso, wie ich es sage. Er verweigert jegliche Gespräche mit den Psychologen und eine Reha lehnt er auch kategorisch ab. Nix zu machen! Dabei hätte ich ihm ein besonders gutes Haus an der Ostsee organisiert. Komplett neu renoviert und direkt am Strand. Aber nein! Der Herr scheint ziemlich eigen zu sein. Vielleicht kannst du noch einmal mit ihm reden?"

„Jetzt?" Meine Knie wurden weich.

„Warum nicht? Oder bist du nicht im Dienst?"

Ich wägte kurz ab, bevor ich zustimmte. „Okay, ich mach's!"

Nachdem Tessa mir das Stockwerk und die richtige Zimmernummer verraten hatte, lief ich los. Er war wach! Endlich! Wie Nicola wohl auf mich reagieren würde? Mein Magen drehte sich bei der Vorstellung um, ihm gegenüberzutreten. Gleichzeitig bedeutete es, dass meine Ausflüge mit Sam gezählt waren. Doch was mich traurig stimmte, bedeutete für den braven Rüden Weihnachten und Geburtstag gleichzeitig.

Als ich den Raum betrat, sah ich als Erstes den unglaublichen Körper von ihm. Nicola stand oberkörperfrei mit dem athletischen Rücken zu mir am Waschbecken und wusch sich die Hände. Seine Muskeln bewegten sich bei jeder seiner Bewegungen unter der gebräunten Haut. Er trug eine lockere Jogginghose und drehte sich nun langsam zu mir um. Es war toll, ihn so lebendig zu sehen. Meine Härchen stellten sich auf und mein Körper reagierte mit einem Kribbeln, obwohl ich das nicht wollte. Seine Bewegungen schienen noch etwas verzögert und sein ehemals aufrechter Gang war noch nicht zurückgekehrt, aber abgesehen von dem Kopfverband schien er ziemlich unversehrt. Sogar die Hämatome waren verschwunden. Meine Wangen pochten, weil mir das Blut in den Kopf schoss. Als er mich erkannte, und die Überraschung darüber überwunden hatte, wandte er sich abrupt ab und lief ein paar Schritte von mir weg zum Fenster, so, als ob er mich nicht sehen wollte. Ich stutzte und trat einen Schritt in seine Richtung. Ich suchte nach Worten.

„Hallo, Nicola!" Meine Stimme klang unsicher. „Ich freue mich, dass es dir besser geht." Ich merkte sofort, dass er mir nicht verziehen hatte. Sein Gesichtsausdruck war hart und kalt und ich spürte, wie mein Herz schwer wurde. Was hatte ich erwartet? Dass er mir dankend um den Hals fiel? Er wusste ja gar nicht, dass ich ihn gepflegt hatte und von Sams und meinen Ausflügen hatte er ebenfalls keinen blassen Schimmer.

„Hau ab!"

Ich erstarrte.

„Ich weiß, dass ich dich verletzt habe. Ich wollte nicht, dass du deine Lizenz verlierst. Ich bereue das wirklich und ich will nicht, dass du mich hasst. Warum hast du nur diese Dummheit begangen?"

Nicola sah mich einen Moment schweigend an, bevor er schließlich voller Verachtung sprach. Er spuckte die Worte fast aus. „Hat leider nicht geklappt, die Dummheit! Versager auf ganzer Linie! Nun ja, vielleicht klappt es ja das nächste Mal." Er musterte mich von oben bis unten. „Eine versnobte Frau wie du kann nicht begreifen, wie es ist, jemanden zu verlieren, den man liebt oder wie es sich anfühlt, am Existenzminimum zu leben. Durch eure Aktion habe ich das Letzte verloren, was mir noch Freude bereitet hat in meinem Leben. Und jetzt hau endlich ab. Ich möchte dich nie mehr sehen."

Ich spürte seine Aggression körperlich.

Als ich den Mund öffnete, um mich zu rechtfertigen, hob er die Hand. „Geh bitte! Wir kommen aus verschiedenen Welten. In meiner Welt kümmert man sich umeinander, verstehst du. Ihr mit euren teuren Autos und Häusern, gesponsert von Daddy… ein Haufen Egos seid ihr. Ich durfte nicht einmal meinen Sohn beim Sterben begleiten." Eine Zornesader bildete sich auf seiner Schläfe. „Das muss man sich mal vorstellen. Mein Junge musste ohne seine Eltern sterben. Alleine. Das Einzige, was er von der Erde mitbekommen hat, waren ein greller OP-Tisch und Schmerzen. Ich war doch da! Sein Vater war da!", schrie er. „Zehn Meter entfernt von ihm! Ich habe seine Angst durch die Wände gespürt! Er hatte Angst, verdammt nochmal, und ich konnte nicht zu ihm! Und dann wagt ihr es, einen Flug bei mir zu buchen?" Seine Stimme überschlug sich und fast sah es so aus, als würde er weinend zusammenbrechen, aber dann hob er erneut den Kopf. „Du denkst, ich habe deinen empathielosen Arztfreund am Berg nicht erkannt? Dass du ausgerechnet ihn angeschleppt hast!"

„Aber ich wusste doch nicht…" Erschrocken hielt ich inne.

„Das war doch keine Absicht!"

„Ich werde ihn bis an mein Lebensende verachten, für das, was er mir und meinem Sohn angetan hat. Morgen bin ich sowieso hier raus. Also spar dir deine falsche Anteilnahme und richte deinem eingebildeten Typen aus, er kann mich mal. Auf Nimmerwiedersehen!" Seine Augen blitzten. Mir stand wirklich der Mund offen. Was bildete sich dieser Kerl ein? Für all die grausamen Dinge, die er aufgezählt hatte, war ich schließlich nicht ich persönlich verantwortlich. Vielleicht stellvertretend für die Klinik, für Simon und die Kollegen. Ja, das schon. Ich zwang mich, ruhig zu bleiben. Er war mehr als verletzt. Ob sein gebrochenes Herz je wieder heilen würden? Nachdem ich ihn nun so erlebte, war ich mir da nicht mehr sicher. Er hatte weit mehr erlebt, als er ertragen konnte. „Es ist doch alles ganz anders", wollte ich rufen. „Ich hätte dich zu deinem Kind gelassen und mit Simon ist es aus", wollte ich schreien, tat es aber nicht.

„Es tut mir sehr leid, Nicola! Alles! Du verkennst mich! Aber ich respektiere deine Meinung und wünsche dir aus ganzem Herzen alles Gute!" Langsam ging ich zur Tür. Alles in mir sträubte sich, doch ich hatte keine andere Wahl.

„Ja, danke, schönes Leben noch!", hörte ich ihn rufen. Dann, ich hatte die Türklinke schon in der Hand, fiel mir ein, was ich Tessa versprochen hatte. „Schau wenigstens mal in die Prospekte von den Rehakliniken", sagte ich in den Raum, aber er hörte mir gar nicht mehr zu.

Ich denke, das war der Moment, in dem ich begriff: Nicola hatte absolut kein Interesse daran, mich näher kennenzulernen und vielleicht hatte ich diesen Tritt in den Hintern auch gebraucht, um zu begreifen, dass ich mich in etwas verrannt hatte. Ich schämte mich ein wenig, weil ich meine Fürsorge während seines Komas im Nachhinein als distanzlos und überstülpend empfand. Ob er meine Stimme erkannt hatte und deswegen nicht aufwachen wollte?

„Jetzt mach mal einen Punkt, Kira", sagte ich zu mir selber. „Es war ein Akt der Menschenliebe und von heute an lässt du ihn in Ruhe. Es gibt rein gar nichts, wofür du dich schämen müsstest. Außerdem hast du dich um seinen Hund gekümmert. Und der hat das hundertprozentig genossen." Apropos Sam! Ich fuhr ein letztes Mal zum Tierheim, um unseren Abschied mit einem langen Spaziergang zu zelebrieren. Heute regnete es in Strömen und die Berge waren in den grauen Wolken verschwunden. Die Luft fühlte sich feucht und kühl an. Wir waren wohl die einzigen Helden, die dem ungemütlichen Wetter trotzen, denn wir begegneten keiner Menschenseele. Nur die Kühe standen triefendnass und mit gesenkten Köpfen auf der Weide. Irgendwie mochte ich das. Es passte zu meinem Tag, aber ich fühlte mich nicht melancholisch, sondern spürte die erfrischende reinigende Wirkung des Regens, der auf uns herabprasselte. Mystische Schleier waberten über der Wiese. Sie dampfte sogar, weil der Boden von den vorherigen Sonnentagen noch warm war. Am liebsten wäre ich ohne Ziel immer weitergelaufen und ich konnte mir nicht vorstellen, meine nächsten Tage, Wochen und Monate ohne diesen Hund zu verbringen. Der einzige Trost war, dass Nicola ihn bald zu sich holen würde. Ich verbot mir, die Gedanken weiterzuspinnen, denn seine Vermieter machten nicht den Eindruck, Nicola jemals wieder in die Wohnung lassen zu wollen. Meiner Auffassung nach wollten sie nichts mit ihm zu tun haben. Und Sam hatten sie im Tierheim entsorgt, das sagte ja schon alles!

„Es ist nicht dein Problem", murmelte ich und zwang mich, an etwas anderes zu denken. Zurück im Tierheim knuddelte ich den Rüden, nachdem ich ihn mit einem Handtusch abgerubbelt hatte, ein letztes Mal. Es war mir egal, dass er nach nassem Hund roch und ständig versuchte, sich an meiner Hose trocken zu reiben. Ich schluckte schwer und kniete mich vor ihm hin. Sam klemmte den Schwanz zwischen die Hinterläufe, als ob er spürte, dass heute etwas anders war als sonst. Seine Augen wirkten auf einmal fragend.

„Ich werde dich so unendlich vermissen, mein Junge", sagte ich und streichelt ihm über den Kopf. Er leckte mir ohne Vorwarnung über das Gesicht und legte seine Pfote auf meine Schulter. Ich fasste in meine Jackentasche.

„Fast hätte ich es vergessen! Hier ist dein Ball."

Sam nahm ihn vorsichtig zwischen die Zähne.

„Ich liebe dich wirklich, Sam!" Dann stand ich auf. Ich spürte, dass er mir nachsah und ich fluchte innerlich, dass man einem Hund nicht erklären konnte, was los war. Dann wäre es einfacher für uns beide.

Als ich abends die Nachricht von Sanne auf meinem iPhone entdeckte, war ich verwundert, dass sie mir nicht über die *woodpeckers* schrieb, sondern an meinen Privataccount.

„Tessa ist im 4. Monat schwanger. Ich dachte es ist besser, wenn du das weißt!"

Ich starrte ungläubig auf die Zeilen. Ein Aprilscherz? Es war immerhin schon Juni. Eine Welle Übelkeit erfasste mich, weil ich innerhalb einer weiteren Sekunde begriff, dass dies kein Witz war und weil ich vermutete, den Erzeuger zu kennen.

„Simon?????"

Sanne schickte ein schluchzendes Emoji und einen Daumen nach oben.

„Tut mir leid für dich. Ich weiß es aus zuverlässiger Quelle."

Simon hatte mir einen Heiratsantrag gemacht, während er gleichzeitig Tessa schwängerte? Wahrscheinlich aus Versehen, so vermutete ich. Die Ökotante nahm sicher nicht die chemisch hergestellte Pille, sondern maß regelmäßig Temperatur, um ihre unfruchtbaren Tage zu errechnen. Da hatte sie sich wohl grob verrechnet. Das Würgegefühl wurde unerträglich und mein Mageninhalt stieg gefährlich hoch in meinen Hals, sodass ich mir die Hand vor den Mund hielt. Simon war monatelang zweigleisig gefahren? Mit Öko-Tessa? Und ich dumme Kuh hatte nichts gemerkt? Im Nachhinein erinnerte ich mich an die eifersüchtigen Blicke von Tessa, wenn er mir während unserer Treffen auf die Pelle gerückt war. An ihre einschmeichelnde Art, wenn Simon mit von der Partie war und an die extreme Freundlichkeit, die sie seit meiner Trennung zu Simon mir gegenüber hegte. Bei allen Schwierigkeiten, die wir miteinander erlebt hatten – damit hatte ich nicht gerechnet. Er hatte von Liebe gefaselt und mir ins Gesicht gelogen. Puh! Das war krass und ich überlegte, was ich nun tun würde, um es ihm so richtig heimzuzahlen. Doch jeder noch so gemeine Plan eines Attentats auf ihn konnte mir die schlimmste Emotion nicht nehmen: Das Gefühl, ihm nichts wert gewesen zu sein. Ich wischte mir mit dem

Handrücken die Tränen von der Wange. Sarah ging nicht an ihr Handy, weswegen ich ihr meine Nachricht per WhatsApp schickte.

„Hi Sarah, ich fahre ganz spontan zu Nonno nach Alba. Muss dringend mal raus hier. Kommst du mit den Kröten nach? Ich liebe euch!
Kira

Meine Sachen waren schnell gepackt. Ich goss meine Pflanzen und brachte die Koffer zum Wagen. Dann schloss ich die Tür ab und gab die Zieladresse, 12051 Cuneo Alba, ins Navi ein, ehe ich zum nächsten E-Charger fuhr. Fast fluchtartig und viel zu schnell für meine Verhältnisse raste ich über die Autobahn. Erst am Grenzübergang nach Italien wurde ich ruhiger und genoss die Aussicht auf den Luganer See. Endlich begann ich wieder, die wundervolle Umgebung wahrzunehmen. Am Comer See gestattete ich mir eine Pause, und da ich sowieso Strom laden musste, lief ich solange am Ufer des Sees die palmengesäumte touristische Promenade entlang und versuchte nach vorne zu schauen, anstatt in die Vergangenheit. Vor Mailand erwischte mich leider ein Stau, doch dann endlich, nach knappen acht Stunden, wurde auf meiner linken Seite der Fluss Tanaro sichtbar. Ich stellte die Klimaanlage ab und ließ die Fenster herunter. Ein Schwall warme Luft drang ins Innere; dazu das schnarrende, kratzende Geräusch der Zikaden. Es fühlte sich unglaublich an. Mein Fluss der Kindheit, den ich über alles liebte, begleitete die Straße ein Stück. Dann tauchte auch die Stadtmauern von Alba am rechten Ufer des Flusses auf. Die malerische Stadt mit ihren alten Häusern und historischen Türmen war von sanften Hügeln und Weinbergen umgeben. Das kiesige Flussbett des Tanaros hatte an dieser Stelle eine Breite von etwa 40 Metern und mehr und das Wasser floss relativ langsam dahin. Die alten Mauern inmitten der Natur sahen so wunderschön und romantisch aus, als wäre die Zeit stehengeblieben. Die Luft flimmerte und das Ufer war von südländischen Bäumen und Sträuchern gesäumt.

Mittelmeerzypressen, Mandelbäume und mediterrane Eichen boten ein paar Anglern Schatten. Sie saßen geduldig unter den Ästen und hofften auf eine der Forellen, die sich im glasklaren Wasser des Flusses tummelten.

„Alba", flüsterte ich. „Wie konnte ich solange warten?"

Vorsichtig navigierte ich den Wagen durch das Tor der Stadtmauer und dann durch die engen, kopfsteingepflasterten Gassen. Neugierige Blicke schauten mir hinterher, bis ich vor einem urigen alten Haus hielt. „Ristorante Tartufo dall'Orso", las ich laut. Hier war ich richtig. Um Nonno Giulio nicht zu überfordern, hatte ich mir für die nächste Woche ein

Zimmer im Ortskern gebucht. Ich kannte das Tartufo dall'Orso von früher, als wir hier mit der Familie Geburtstage und sogar Hochzeiten gefeiert hatten. Das rustikale Restaurant besaß einige Gästezimmer und war für seine hervorragenden Trüffelgerichte bekannt und hier hatte Giulio seine Trüffel in Bares umgewandelt. Der Besitzer sprach ein wenig Deutsch. Seine beiden Kinder, ein Mädchen namens Valentina und ein Junge namens Danilo, hatten uns manchmal zum Spielen in den Wald begleitet. Aber sie durften sich nie schmutzig machen und ich erinnerte mich, dass es anstrengend gewesen war, wenn sie dabei waren. Valentina hatte immer Kleider mit Rüschen und Blumen darauf getragen und dazu feine Lackschühchen an. Die Haare hatte sie mit Schleifen hochgebunden und eigentlich hatten die beiden nicht viel mehr unternommen, als uns vom Weg aus zuzuschauen, wie wir zu dritt auf Bäume kletterten oder barfuß durch den Fluss wateten. Danilo hatte Valentina dann irgendwann an der Hand genommen und die beiden waren, ohne ein Wort zu uns, nachhause gelaufen. Ich hievte die Koffer aus dem Kofferraum, als sich schon die Tür zum Eingangsbereich öffnete und mir jemand zu Hilfe eilte.

„Ti prendo le valigie!" Ein junger, etwas untersetzter Mann mit Glatze und Bart ging mir entgegen, um mir die Koffer abzunehmen. „Ah, Sie sind Deutsche.

Benvenuto! Willkommen!" Dann endlich schien ihm ein Licht aufzugehen.

„Sei tu Kira?"

Ich lachte. „Natürlich bin ich das! Ciao Danilo! Schön dich zu sehen!"

„Madonna mia, wie lange warst du nicht mehr hier? Wie geht es dir und wo ist Sarah?"

„Es geht mir gut. Ich habe Urlaub und Sehnsucht nach Alba. Sarah und die Kinder kommen vielleicht nach. Es ist schön, wieder hier zu sein."

Danilo zeigte mir mein Zimmer, von welchem aus ich einen phänomenalen Stadtblick über Alba und die Weinberge genießen konnte. Die Einrichtung war ziemlich rustikal und typisch für Norditalien in Stein und Holz gehalten. Ich fühlte mich sofort zuhause und von hier zu Nonno waren es nur ein paar hundert Meter.

„La colazione viene servita dalle 8.00 -10.00."

„Ist in Ordnung, danke, molto grazie, Danilo!"

Nachdem Danilo gegangen war, öffnete ich das Fenster und ließ mich auf das bequeme Bett fallen. Eine hölzerne Madonna stand auf dem Nachttisch daneben. Die Dorfbevölkerung war durchweg gläubig und sehr katholisch. Im Wald stand damals eine kleine Kapelle, an welcher sich Nonno Giulio immer bekreuzigt hatte, wenn wir dort vorbeikamen. Um ihn nicht zu sehr zu überfallen, rief ich ihn an, um ihn darauf vorzubereiten, dass ich morgen zu Besuch kommen würde. Ich hatte gerade aufgelegt, da meldete sich Sarah.

„Sag mal, geht's noch?", begann sie das Gespräch. „Erst kommst du jahrelang nicht mit nach Alba und jetzt preschst du nach vorne und wartest nicht auf mich?" Sie klang wirklich beleidigt.

„Glaub mir, ich habe meine Gründe", erwiderte ich. „Außerdem hoffe ich, dass du nachkommst. Falls du ohne die Mädchen kommen möchtest, in meinem Doppelzimmer ist noch ein Bett frei. Und falls sie mit von der Partie sind, finden wir ein größeres Zimmer für euch. Nonno weiß schon Bescheid."

„Lenk nicht ab! Was heißt das, du hast deine Gründe?"

Ich wusste, dass Sarah genauso neugierig war wie ich. Sie ließ sich nicht so leicht abschütteln. Also konnte ich ihr auch gleich reinen Wein einschenken.

„Sagen wir mal so... eigentlich hätte ich auch eine zehnjährige Weltreise machen können, aber ich kann dich ja nicht so lange alleine lassen", spaßte ich.

„Hä? Zehnjährige Weltreise? Das wäre ganz schön lange, oder?" Dann fiel der Groschen. „Du bist gekündigt? Mach keine Witze!"

„Nein. Ich habe gekündigt. Das ist ein Unterschied! Aber nicht nur das. Simon hat eine Kollegin aus der Klinik geschwängert. Nicola hasst mich, Papa hat meinen Chef bestochen und Mama betrügt Papa. Langt dir das als Begründung, dass ich nach Alba geflohen bin?"

„Oh!"

Ich hörte, wie Sarah einen ihrer Stühle über den Holzboden zog und die Kinder ins Zimmer schickte. „Das ist ja ein Ding! Mein Gott!"

Wenn Sarah nichts mehr zu sagen wusste, dann war das die Gewährleistung dafür, dass etwas ganz und gar aus dem Ruder lief. Sie wusste nämlich sonst immer Rat. In allen Lebenslagen.

„Hat es dir die Sprache verschlagen?", fragte ich.

„Ich überlege nur gerade, was ich am Schlimmsten finde. Und was ich als erstes frage. Also Papa ist ziemlich sauer auf dich und dass du Ärger in der Klinik hast, habe ich auch mitbekommen. Aber mit Mama täuschst du dich!"

Ich hörte am Klang ihrer Stimme, dass sie sich selbst nicht sicher war. „Oder wie kommst du auf sowas?"

„Ich habe ihn gesehen," entgegnete ich ruhig. „Sein Name ist Maurice."

„Maurice? Also, also...", stotterte Sarah. „Das ist doch alles verrückt! Ich werde sie gleich heute Abend fragen. Allerdings, falls du Recht haben solltest, kann ich sie verstehen und ich finde es sogar ein wenig gut, wenn ich genauer darüber nachdenke. Papa hat endlich eine Abreibung verdient, meinst du nicht?"

„Schon", antwortete ich. „Von mir aus kann sie zehn Maurice haben, aber sie sollte mit offenen Karten spielen. Lügen ist nicht okay."

„Apropos Lügen. Kommen wir zu dir! Simon hat dich hintergangen? Bist du sicher? Hast du nicht von einem Heiratsantrag gesprochen?" Ein Seufzen war zu hören. „Das muss sich ganz furchtbar für dich anfühlen. Und du hast gekündigt, weil du ihm nicht über den Weg laufen möchtest?"

„Weniger deswegen. Ich bin zwar froh, ihn nicht sehen zu müssen, aber ich war, abgesehen von Simon, unglücklich in der letzten Zeit. Ich glaube, ich habe eine Weile gebraucht, um zu begreifen, dass Klinikärztin nicht mein Beruf ist. Simon war wohl schon eine ganze Weile mit Tessa zusammen. Mich wundert, dass sie das Spielchen mitgespielt hat, schließlich wusste sie von Simon und mir."

„Vielleicht wollte sie das Spiel gewinnen. Wer weiß das schon? Puh! Aber dass ein Kind daraus entsteht… das ist wirklich hart! Jedes Kind hat es verdient, gewollt zu sein. Eigentlich cool von ihr, dass sie zu der Schwangerschaft steht." Sie wartete einen Moment. „Da hast du wohl einiges in deinem Leben zu sortieren und ich habe ganz schön viel zu verdauen!"

„Weißt du, ob du kommen kannst?"

„Hm, ich hatte eigentlich mit einem Urlaub in den Sommerferien gerechnet. Die Mädchen haben ihre wöchentlichen Termine. Mädchenturnen, Reiten,

Kieferorthopäde und Logopädie sind auch geplant", zählte sie auf.

Ich gab ihr Zeit, um zu überlegen, aber ich wusste schon jetzt, dass sie absagen würde. Sarah war eine Vollblutmutter und plante den Alltag der Mädchen um Wochen im Voraus. Es würde ihr sehr schwerfallen, das über den Haufen zu werfen.

„Wir haben gar nicht über den Paragleiter gesprochen", sagte sie, anstatt Antwort auf die Frage zu geben, die im Raum stand. „Du sagst, er hasst dich? Das heißt, er ist aus dem Koma aufgewacht? Hast du ihn gesprochen?"

Hatte ich die vorherigen Erlebnisse mehr rational als emotional heruntergebetet, so merkte ich jetzt, wie mein Hals eng wurde. Das Thema Nicola nahm mich mehr mit, als ich zugeben wollte. Es verletzte mich sogar mehr als Simons Eskapaden. Ich schluckte, um die Tränen zu unterdrücken, doch als Sarah nachhakte, konnte ich nicht mehr und weinte los.

„Das Furchtbarste ist, dass er mich komplett falsch einschätzt", beendete ich meinen Monolog, nachdem ich Sarah, was Nicola betraf, auf den neusten Stand gebracht hatte.

„Natürlich, wie sollte er auch?", antwortete sie. „Er war ausgeknockt."

„Von mir aus kann er seiner Wege gehen", erklärte ich. „Aber, dass er glaubt, ich sei eine egoistische, empathielose Person, das macht mich echt fertig", schluchzte ich.

„Wie sagt man so schön?", entgegnete meine Schwester tröstend. „Wenn du der Welt etwas Gutes gibst, dann wird dein Karma mit der Zeit gut sein und du wirst Gutes erhalten."

„Ich soll jetzt also darauf hoffen, dass das Karma zurückschlägt? Na bravo!"

„Was anderes wird dir wohl nicht übrigbleiben", antwortete Sarah, ehe ich eine Tür klappen hörte und kurz darauf fröhliches Kindergeschrei. „Du kannst ihm schließlich keine Liste schicken, mit den Dingen, die du für ihn getan hast. Ich muss dann aufhören. Die Bande hat Hunger!"

„Alles klar! Besser wir lassen das Thema. Überlege dir mal, ob ihr kommt", erinnerte ich sie an Alba. „Tschüss und Grüße an die Family!"

„Ich fasse es nicht", murmelte ich, während ich auf das Display meines Handys starrte. Simon besaß tatsächlich die Frechheit sich zu melden.

Hi Bella, wo bist du? Ewig nicht gesehen! Lust auf ein Tête-à-Tête mit einem alten Freund?

Kümmere dich um die zukünftige Mutter deines Kindes!

Schwierig! Können wir reden? Sag mir, wo du steckst und ich komme!

Der hatte sie wohl nicht mehr alle! Fast tat Tessa mir leid, auf diesen, wie sich nun herausstellte, charakterlosen Typen hereingefallen zu sein. Ich überlegte eine Sekunde lang, sie zu informieren und dachte an das arme Baby, welches sich seinen Vater nicht heraussuchen konnte. Doch dann verwarf ich den Gedanken. Das mussten die beiden selber regeln.

Um die schöne Aura meines Aufenthaltsortes nicht zu gefährden, stellte ich mein Handy ab und nahm mir vor, doch noch heute bei Nonno Giulio vorbeizuschauen. Nonno wohnte mit seiner inzwischen verwitweten Schwester Vincenza im selben Haus wie damals, zu meiner Kinderzeit. Vincenza war ein paar Jahre jünger als Giulio und Mutter von sieben, inzwischen erwachsenen Männern. Wenn jemand wusste, wie man ihn zu nehmen hatte, dann sie. Ihre feste Umarmung, als ich unter dem von Wein umrankten Vordach stand, war so herzlich, dass mir ganz warm ums Herz wurde. Ich spürte, ich war mehr als willkommen. Ein Aroma von Knoblauch und frischem Brot strömte aus dem Inneren der Wohnung.

„Komm rein Mädchen! Benvenuto! Ich koche gerade für uns. Giulio ist nicht mehr so gut zu Fuß. Er sitzt in seinem Sessel. Komm! Komm! Vieni!" Sie schob mich vor sich her ins Wohnzimmer. Nichts hatte sich verändert. Dieselben dunklen Holzmöbel standen an ihrem gewohnten Platz, dieselben schweren Bilder von gejagten Hirschen und Schwarzbären hingen an der Wand, die nun fast vergilbt schien. Nur Birbas Korb, der immer neben dem Kamin gestanden hatte, war weg.

„Nonno", rief ich aus, ehe ich, gleich dem kleinen Mädchen, welches ich einmal gewesen war, zu ihm rannte, um ihn zu umarmen. Ich erschrak, weil der einstmals so kräftige und ungebeugte Mann nicht wiederzuerkennen war. Abgemagert und fast kraftlos saß er in seinem Sessel, kaum fähig die Arme zu heben, während ich ihn begrüßte. Ich begriff, dass es längst an der Zeit gewesen wäre, herzukommen. Er machte mir keine Vorwürfe, sondern tätschelte mir lächelnd den Kopf. Sein Gesicht war von unzähligen Falten und tiefen Linien gezeichnet. Seine trüben Augen leuchteten auf, während er mich musterte. „Sei una bella donna! Du bist eine Schönheit geworden!"

Seine abgenutzte Kleidung schlackerte locker um seine dürren Glieder. Ich betrachtete die von Altersflecken übersäte Hand auf meiner. Trotz seiner Zerbrechlichkeit erkannte ich in ihm den stolzen Mann von damals wieder. Sein gebrochenes Deutsch war mit einem starken Dialekt versehen und ich setzte mich neben ihn, während er begann, mir Geschichten aus längst vergangenen Zeiten zu erzählen. Wie er noch bis vor Kurzem Trüffelsucher war und mit der alten, treuen Birba durch die Wälder gezogen war, um nach den kostbaren Pilzen zu suchen und wie er mit den anderen, jüngeren, aber unerfahrenen Männern um die besten Fundorte konkurrieren musste.

„Ich bin nun alt, aber ich muss das Erbe dieser Region wahren und teilen", sagte er ernst und sah mich dabei an. „Deswegen berichte ich dir davon. Du musst es deinen Kindern weitererzählen und die ihren Kindern. Niemand darf je vergessen, welche Geschichte Alba besitzt. I tartufi sono il patrimonio della regione!"

Ab und zu erschien Vincenza im Türrahmen, nickte zufrieden und verschwand wieder in der Küche. Ich lächelte gerührt in mich hinein, als ich begriff: Der alte Nonno war glücklich. Er konnte auf ein gesegnetes Leben zurückschauen und er war nach wie vor das Familienoberhaupt. Nonno hatte zwar den Wald gegen einen Sessel eingetauscht. Doch Giulios Sessel war sein neuer Thron von dem aus er regierte, während er von seinen Liebsten umsorgt wurde. Und sein geliebter Wald mit seinen Trüffeln im Boden, der Fluss mit seinen bunten Kieseln, der sich wild durch die Landschaft schlängelte und die treue Birba, die längst tot war… all diese wunderbaren Dinge waren nicht fort. Sie existierten weiter in Giulios Kopf.

„Was macht die Liebe?"

Ich erschrak über die Frage, obwohl mir klar war, dass er sie früher oder später gestellt hätte. Bei dem Wort Liebe schoss mir als erstes Nicola durch den Kopf.

Ohne dass ich es beeinflussen konnte, sah ich sein jungenhaftes und doch so männliches Gesicht vor mir und musste unvermittelt schluchzen. Giulio hob entsetzt die Hände.

„Madonna Mia! Du hast Liebeskummer? Bist du deshalb hier?" Er klatschte in die Hände. „Du bist nach Alba geflüchtet, vor einem Mann!"

Ich hob die Schultern. „Der letzte Mann mit dem ich zusammen war, wollte mehr, als ich geben konnte. Ich habe ihn nicht geliebt." Ich schaute zu Nonno, der nickte.

„Gut, dass du nicht mehr bei ihm bist."

„Der Mann, an den ich immerzu denken muss, kann mich nicht leiden." Ich lachte auf. „Er ist Italiener, wie du", erklärte ich. „Ich kann dir nicht einmal sagen, was genau mich an ihm anzieht, außer sein tolles Aussehen. Er kann sehr wortkarg und abweisend sein."

„Amore a prima vista?"

„Leider einseitig", stimmte ich ihm zu.

Nonno Giulio streckte den Zeigefinger in die Höhe, als ob er mir etwas sehr Wichtiges erklären musste.

„Wenn er Italiener ist, ist die Sache klar. Kein Italiener würde eine solche Frau wie dich stehenlassen! No, no, no. Du musst das Bedeutendste verletzt haben, was ein Italiener besitzt. Seinen Stolz! Was hast du mit ihm angestellt, Bella?" Seine Augen blitzten beinahe strafend. „Sag schon!"

Ich schluckte, bevor ich Giulio beschämt die ganze Geschichte erzählte. Vincenza hatte sich zu uns gesellt und schüttelte fortwährend mit dem Kopf. „Du kannst ihn doch nicht unwissend zurücklassen! Du hast ihn gepflegt, dich um seinen Hund gekümmert... wieso kämpfst du nicht um ihn, wenn du ihn gerne magst?"

„Ich dränge mich doch nicht auf", sagte ich, ehe Giulio Vincenza zurechtwies. „Kira hat Recht! Ein echter Italiener will eine Frau erobern und nicht andersherum. Wo leben wir denn?"

„In einer emanzipierten Welt?", fragte Vincenza, ehe sie einen bitterbösen Blick einkassierte und ich lachen musste. Giulios Wangen hatten sich rot gefärbt und man sah ihm an, dass er schwer kämpfte, um nicht zu explodieren. Vincenza tätschelte ihm beruhigend die Schulter. „Denk an deinen Blutdruck, Giulio!", mahnte sie und zwinkerte mir zu.

„Il povero ragazzo! Der arme Junge! Italienische Männer sind normalerweise leidenschaftlich und hingebungsvoll", sagte sie. „Du siehst es an deinem Großvater", lachte sie. „Versuch einen kleinen Funken in ihm zu entzünden, sodass er Lust hat, dich kennenzulernen. Allerdings denke ich, dass er noch zu sehr trauert, um eine neue Beziehung zu wagen. Gib dir und ihm Zeit, während ihr euch kennenlernt. Ich denke, er braucht keine romantische Liebe, sondern einen Menschen, der ihm zuhört. Und jetzt essen wir!

Dein Großvater braucht einen vollen Magen, sonst wird er ungenießbar."

Die Zeit in Alba war wunderschön und sie verging viel zu schnell. Aus Tagen wurden Wochen und bald war ich schon einen Monat hier. Ich sah es als Auszeit, um innerlich zur Ruhe zu kommen. Abends saß ich manchmal bei Danilo an der Bar, während er mir von Valentina und den anderen Familienmitgliedern erzählte. Er freute sich auf die Trüffelmesse im Herbst, wenn die Touristen nach Alba strömten, um seine Trüffelgerichte zu probieren. Sein Umsatz stieg in diesen Monaten um ein Vielfaches und er stellte zusätzliches Personal ein, um den hungrigen Gourmets gerecht zu werden.

Ich frischte mein Italienisch auf und vergrößerte täglich meinen Wortschatz, indem ich so oft wie möglich Begriffe nachschlug und versuchte, grammatikalisch richtig zu sprechen. Sarah vertröstete mich jede Woche mit einer anderen Ausrede und Simon hatte aufgegeben, mich zu kontaktieren. Er ließ mich endlich in Ruhe.

„Der Alte ist ja ziemlich krank", bemerkte Danilo gerade, während er mir ein Glas Rotwein hinstellte. Ich horchte auf.

„Wen meinst du? Giulio?" Erstaunt schaute ich ihn an.

„Hat Vincenza nichts erzählt? Sie wollten dich wahrscheinlich nicht beunruhigen."

„Was hat er denn?", fragte ich besorgt. Durch Danilos Pupillen kroch Trauer. „Krebs im Endstadium. Metastasen in der Wirbelsäule. Hat nur noch ein paar Wochen, höchstens Monate", sagte er.

„Oh!", entfuhr es mir. „Deswegen erscheint er so abgemagert und bleich." Sein sonst so dunkler Teint war kalkig weiß, seine Augen dunkel umrändert. „Ich dachte es sei wegen des Alters."

Danilo nickte. „Er zwingt sich durchzuhalten, damit er nicht ins Hospitale nach Mailand muss. Vincenza wird wohl bald nicht mehr um die Entscheidung herumkommen, ihn wegzugeben. Ich denke nach der Messe wird es soweit sein."

„Nein!", entfuhr es mir. „Man kann Nonno Giulio nicht mehr verpflanzen! Und er soll doch nicht in einer Klinik sterben!"

Die darauffolgende Nacht schlief ich ziemlich schlecht und am nächsten Morgen wanderte ich nicht wie gedacht gemeinsam mit Danilo zum Fluss Tanaro, um delikate Flusskrebse zu fangen, sondern lief schnurstracks hinüber zu Giulio und Vincenza.

„Hört mir zu", sagte ich, als wir bei einem starken Espresso in der kleinen Küche zusammensaßen und die Lage besprachen. „Ich bin Ärztin und ich werde nicht zulassen, dass Nonno in einem sterilen Krankenhaus stirbt. Deswegen bleibe ich hier und kümmere mich um alles. Ich kann Rezepte für Medikamente, auch für

Morphin ausstellen, ich weiß, wie man Injektionen setzt und ich kann sogar eine Chemotherapie durchführen, wenn es nötig sein sollte.

„Ich bin völlig austherapiert", erklärte Giulio. „Es geht nur um die Schmerzen. Ich möchte in diesem Haus sterben. Für alles andere sorgt der Herrgott." Er bekreuzigte sich und sah erst Vincenza an, die nickte, ehe er meinen Blick suchte. „Du würdest das für mich tun?" Tränen sammelten sich in seinen Augen.

„Natürlich würde ich das tun. Und zwar liebend gerne! Wieso habt ihr mir Nonnos Krankheit verschwiegen?", schimpfte ich.

„Du kennst ihn doch, den alten Pascha", erklärte Vincenza, während sie Giulio liebevoll über den Kopf strich. „Nie Schwäche zeigen. Und schon gar nicht vor einer jungen, hübschen Frau."

„Weiß mein Vater davon? Und Sarah?", fragte ich.

Die Stille, die daraufhin folgte, sagte mir, dass keiner aus der Familie Bescheid wusste, wie es um Großvater stand.

„Ihr wisst, dass ich die anderen informieren werde", erklärte ich ruhig, bevor Nonno eingriff. „Una momenta signora! Jetzt mach mal halblang. Noch bin ich nicht tot. Ich bin fitter als ihr denkt. Ich könnte, wenn ich wollte, den ganzen Tag im Wald herumwandern." Er sah zu seiner Schwester. „Nur ihr zuliebe tue ich das nicht. Weil sie sich immer Sorgen macht und ich das Gejammer nicht ertragen kann. Und weil Birba weg ist. Also organisiere bitte kein Familientreffen! Ich muss mich auf die Trüffelmesse vorbereiten. Questo é importante! Molto importante per me!"

„Da hörst du ihn, den alten Sturkopf! Aber es stimmt schon! Nonno Giulio ist Mitglied der Jury, welche die Qualität der weißen Trüffel aus Alba bewertet."

Ich verstand Nonno, nahm mir aber im Stillen vor, Sarah, Oma Reni und meinen Vater zu informieren und würde sie bitten, wenn möglich die Füße still zu halten, bis ich das Zeichen gab.

Die Trüffelmesse in Alba war eine der wichtigsten Veranstaltungen für Liebhaber von Trüffeln weltweit. Sie begann im Oktober und dauerte etwa einen Monat. Während dieser Zeit platzte der Ort aus allen Nähten. Die Altstadt von Alba bot eine Vielfalt von Aktivitäten, es gab Stände, Verkostungen, Kochkurse, kulinarische Workshops und der Höhepunkt war die Auktion der weißen Trüffel aus Alba. Nonnos Job war es, den Wert der Knollen zu beurteilen, indem er an ihnen roch, sie wog und ihre Form begutachtete.

„Wenn mein Körper auch zerfällt", sagte Nonno, „meine Nase funktioniert immer noch wie die eines erstklassigen Trüffelhundes."

Ich erinnerte mich an Birba, als sie den ersten Tag bei Nonno war. Er hatte einen Knochen im Garten versteckt und einen winzigen Tropfen Trüffelöl an die Stelle gegeben, an der Birba den Schatz finden sollte.

Wir Kinder warteten gespannt, ob sie ihn finden würde und tatsächlich, nach weniger als zwei Minuten grub sie ihn unter der lockeren Erde am Olivenbaum hervor. Nonno hatte das lockige Bündel, das aussah wie ein zu klein geratenes Lamm, überschwänglich gelobt und kurz darauf ein Stück Käse an einem anderen Platz versteckt. Wieder in Verbindung mit einem Tropfen Trüffelöl. „Such! Such! Cerca il tartufo, Birba!", feuerten wir sie an. So lernte Birba schnell, dass es sich für sie lohnte, nach dem einzigartigen Aroma zu suchen und innerhalb weniger Wochen war sie der bekannteste und erfolgreichste Trüffelhund Albas und der ganze Stolz von Giulio. Und das, obwohl sie nicht der typischen Rasse Lagotto Romagnolo oder einer anderen Jagdhundrasse angehörte, welche man eigentlich zur Trüffelsuche verwendete. Ich schätzte, sie war ein gewöhnlicher Pudelmischling. Ein wuscheliger Schoßhund, der sehr verfressen war. Manch einer von Giulios Konkurrenten hatte fünfstellige Summen geboten, um sie ihm abzukaufen, aber Birba war Giulios geliebtes Mädchen. Für kein Geld der Welt hätte er seine kleine Begleiterin verkauft.

„Also gut, abgemacht", sagte ich zu Nonno Giulio. „Ab heute hast du deine eigene Hausärztin und ich will nicht hören, dass du dich meinen Ratschlägen oder meiner Therapie widersetzt, damit das klar ist. Sonst breche ich die Therapie sofort ab", sagte ich streng, während Nonno widerwillig brummte und Vincenza lauthals auflachte.

„Ich bin froh", sagte sie später in der Küche. Giulio schlief, wie jeden Nachmittag, im Wohnzimmer auf der Couch in eine Decke gehüllt. „Würde es dir etwas ausmachen, hierher zu uns zu ziehen? Wir haben zwei leerstehende Gästezimmer und mir wäre wohler, wenn du da wärst, wenn Giulio nachts Schmerzen bekommt."

„Natürlich komme ich zu euch. Ich sage nachher Danilo Bescheid, dass er die Rechnung fertig macht. Kann ich die Kammer bekommen, in der wir als Kinder geschlafen haben?", fragte ich.

„Das versteht sich von selbst!" Sie zwinkerte mir zu.

Und dann kam dieser Anruf. Wir waren gerade dabei, Ravioli selbst zu machen und ich knetete mit Inbrunst den Teig, bestehend aus Mehl, Eiern, Olivenöl und ein wenig Salz zu einer homogenen Masse, als mein Handy klingelte. Ausgerechnet jetzt. Da meine Hände völlig teigverklebt waren, schaute ich auf das Display, ehe ich erstarrte. Nicola Serra ruft an. Ich hatte seine Nummer damals abgespeichert. Die Buchstaben verschwammen kurz vor meinen Augen; Vincenza, die eine Ricotta-Spinat-Sardellenfüllung vorbereitete, sah mich fragend an.

„Wichtig? Soll ich für dich drangehen?" Sie streckte schon die Hand aus, als ich sie zurückhielt.

„Nein, nein!", antwortete ich und sah ihr zu, wie sie Ricottakäse mit geriebenem Parmesan vermengte und nebenher in einer Pfanne Knoblauch in viel Butter anbriet.

„Ich rufe ihn nachher zurück." Niemals würde ich mir die Blöße geben und mich hier vor Vincenza von Nicola fertigmachen lassen. Wer weiß, was er wollte? Wahrscheinlich hatte er den Verlust seiner Lizenz nun schriftlich bekommen und im Postkasten gefunden. Ich tat so, als würde mich der Anruf nicht weiter beschäftigen, während ich innerlich vor Aufregung fast platzte. Ich zwang meinen Kopf, sich auf das Kochen zu konzentrieren.

Vincenza gab eine Handvoll Spinat in die Pfanne und wartete, bis er durch die Hitze zerfallen war. Dann kam die nächste Portion dazu. Es duftete so herrlich, dass ich wohlig aufstöhnte.

„Rollst du den Teig aus? Ich gebe dir gleich die Form, mit der du die Teiglinge ausstichst." Sie beobachtete genau, wie ich mich anstellte. Das Radio spielte italienische Songs und nach einer Weile gesellte sich Nonno zu uns, der es nicht lassen konnte, mit den Fingern ein Stück geschmorten Spinat zu klauen. „Mehr Muskat", sagte er, ehe Vincenza ihn aus der Küche trieb. „Mach dich lieber nützlich und geh' Salbei holen!"

„Hier!", Vincenza hielt mir ein Wasserglas hin. „Damit stichst du Kreise aus. Der Teig muss dünner sein. Rolle ihn noch einmal aus."

Ich tat wie mir geheißen, dann gaben wir je einen Teelöffel Füllung jeweils auf die eine Seite der sechzehn Kreise und klappten die andere Teighälfte darüber. Nun musste ich mit einer Gabel die Ränder zusammenkleben, was dem Ganzen ein schönes Muster verlieh. Wir rösteten die Salbeiblättchen, die Nonno aus dem Kräuterbeet geerntet hatte, in aufgeschäumter Butter und gaben die Ravioli in kochendes Salzwasser.

Es waren die besten Ravioli, die ich in den letzten Jahren gegessen hatte. Das zweite Glas Rotwein löste meine Zunge, sodass ich frei von der Leber redete.

„Denkt ihr, man kann einen Menschen lieben, den man nicht gut kennt?"

Giulio tauschte einen Blick mit seiner Schwester aus, als ob er ihr den Vortritt lassen wollte.

„Ich denke, man fühlt sich von Menschen angezogen, in denen man sich selbst sehen oder fühlen kann", überlegte Vincenza.

„Und die Pheromone!", mischte sich Giulio ungeduldig ein. „Gegen die kann man sich nicht wehren", lachte er. „Die Natur würfelt zusammen, was zusammengehört, basta! Du musst Glühwürmchen beobachten. Davon gibt es in Alba jede Menge."

„Du denkst, es sind die rein biologische Mechanismen, mit denen unser Körper ausgestattet ist? Wie Antennen, die uns sagen, wer am besten zur Fortpflanzung geeignet ist?", lachte ich. „Da hast du sogar Recht! Ich habe einen Vortrag darüber besucht."

„Si, si! Hormone sind nicht zu unterschätzen", grinste Vincenza. „Aber letztendlich zählen die Gemeinsamkeiten. So ein *Wir* muss sich ja erst bilden, auch wenn sich die Körper schon einig sind. Es braucht eine Basis, auf der man aufbauen kann. Glühwürmchen brauchen keine Basis." Sie sah mich wissend an. „Du denkst an diesen Mann? Den schönen Italiener, der deine Zuneigung nicht beantwortet? Er hat eben angerufen, stimmt's?" Sie suchte meinen Blick. „Gibt es da noch etwas, das dich zurückhält, um ihn zu kämpfen?"

Erschrocken zuckte ich zusammen. Woher wusste Vincenza das? Sollte ich von Matteo erzählen? Von meiner Sehnsucht nach ihm und meiner Hoffnung, ihn irgendwann irgendwo wiederzufinden? In Nicola?

„Ja, Nicola hat eben versucht mich zu erreichen. Wenn ich ihn sehe oder an ihn denke, ist es das gleiche starke Gefühl, wie wenn ich an meinen verstorbenen Bruder denke", schniefte ich, während heiße Tränen meine Wangen überquerten. „Als ob ich ihn mit Matteo verwechsle. Das ist doch nicht normal!" Ich schüttelte mich vor Abscheu vor mir selber. „Ich würde ihm und meinem Bruder großes Unrecht antun!"

„Was soll daran nicht normal sein?" Sie nahm meine Hand in ihre. „Du hast Matteo aus ganzem Herzen geliebt, oder?"

Ich nickte.

„So fühlt sich echte Liebe nun einmal an. Wahrscheinlich hast du sie bisher bei keinem Mann gefunden."

„Meinst du?" Ich überlegte. Es stimmte eigentlich, was sie sagte.

„Zieht er dich als Mann an. Sein Körper? Findest du ihn, zusätzlich zu deiner freundschaftlichen Liebe, auch noch sexy?"

„Er ist einfach unwiderstehlich", antwortete ich leise, ehe Vincenza breit zu grinsen begann.

„Dann liegt die Lösung auf der Hand. Du bist zum ersten Mal richtig verliebt. Das hat mit deinem Bruder Matteo rein gar nichts zu tun, Bella! Auch, wenn er ihm ein wenig ähnlich sieht."

„Stai scappando da una cosa que non vuoi o stai scappando da una cosa que hai paura di volere!", sagte Giulio plötzlich und hob sein Glas.

„Was heißt das? So gut ist mein Italienisch nicht!", wehrte ich mich, bis Giulio noch einmal von Neuem ansetzte. Er schaute ganz wichtig drein, sodass ich innerlich fast lachen musste.

„Das ist ein Zitat. Auf Deutsch: Du rennst vor etwas davon, dass du nicht willst, oder du rennst vor etwas davon, von dem du Angst hast, dass du es willst. Bei dir dreht es sich wohl um die zweite Variante."

„Du verbietest dir selbst, mit ihm etwas anzufangen, meint Nonno", vervollständigte meine Tante das Thema, damit ich es endlich kapierte. „Ruf ihn zurück, Kira!"

Wie betäubt, lehnte ich mich zurück. „Puh! Das muss ich sacken lassen. Danke für eure Meinung! Salute!"

Abends saß ich auf dem Bett, den Finger knapp über Nicolas Nummer. Auf den Fotos, die an den Wänden hingen, lachten fröhliche Kindergesichter. Matteos dunkle Augen leuchteten mit unseren um die Wette. Er saß auf dem Bild zwischen Sarah und mir unter dem großen Feigenbaum im Garten. Zwei dunkelhaarige Kinder mit gebräuntem Teint neben einem weißblonden Geschöpf mit blauen Augen. Ich atmete schwer und als meine Fingerspitze sich senkte, das Display berührte und sich daraufhin der Ruf aufbaute und das erste Klingeln ertönte, durchfuhr mich so viel Adrenalin, dass ich das Gespräch schnell wieder stoppte und mein Handy ausstellte. Ich schaffte das nicht.

„Mist!", murmelte ich und kam mir feige vor. Die Nacht wurde mal wieder länger als geplant und ich beschloss vor der Hitze des Tages an den Fluss zu flüchten. Kurz nach Sonnenaufgang lief ich durch die leeren Gassen von Alba, passierte das Tor in der

Stadtmauer und wanderte hinunter zum Fluss. Der Wind wehte hier ein wenig kühler, aber der Wasserstand war, wie immer im Sommer, zurückgegangen, sodass ich im fast ausgetrockneten Flussbett von Stein zu Stein hüpfte, bis ich eine Stelle gefunden hatte, an der sich ein tiefer Gumpen gebildet hatte. Ich setzte mich auf einen glatten Felsen und schaute in das glasklare Wasser. Dann hob ich vorsichtig meine Füße hinein. Mit dieser Kälte hätte ich gar nicht gerechnet. Das eiskalte Nass betäubte meine Haut. Von unbändiger Freude erfüllt, blickte ich mich um. Italien! Endlich wieder hier!

Kleine braune Fische flitzten in ihr Versteck, wenn ich mich bewegte. Die Luft roch nach Kräutern. Zwischen den Steinen blühten Zistrosen, auf deren Blättern eine klebrige, ölige Schicht ein starkes Aroma ausströmte. Wenn man die Blätter trocknete, so hatte mir Vincenza erklärt, bekam man einen heilenden Tee, der sogar Viren abtöten konnte. Zwei Seeadler kreisten über dem Flusstal. Langsam zog ich mein Handy aus der Hosentasche. Ich wartete eine Minute, nachdem ich es angestellt hatte. Fünf verpasste Anrufe von Nicola Serra. Um mein Gedankenkarussell endlich zu stoppen, würde mir nichts anderes übrigbleiben, als ihn zurückzurufen. Ich wappnete mich innerlich für das, was kommen mochte und drückte auf die Rückruftaste.

„Kira?"

Ich erschauerte. Seine Stimme klang sanft und überhaupt nicht böse.

„Ich habe etwas, das dir gehört. Das möchte ich dir gerne zurückgeben", sagte er. „Und ich möchte mich persönlich bei dir entschuldigen."

„Es ist gut", antwortete ich beherrscht. „Wir sind quitt. Das Wichtigste ist, dass du mir nicht mehr böse bist." Ich starrte auf einen der Türme, der sich aus dem Weinberg erhob. Im Dach des Turmes schienen Nester zu sein. Schwalben flogen in hohem Tempo ein und aus.

„Wo bist du? Ich höre Zikaden im Hintergrund."

„In Alba", antwortete ich ruhig. Seine Stimme streichelte mein Herz. Es war gut, dass er so ausgeglichen wirkte. Er schien weder aggressiv noch verzweifelt. Die Hoffnung, dass er auch seelisch wieder gesunden würde, flammte in mir auf.

„Im Trüffeldorf Alba? Du bist in Italien?", fragte er ungläubig.

Ich lachte leise. „Ja, genau, im legendären Alba. Mein Nonno lebt hier und ich nehme mir eine Auszeit."

„Ich habe gehört, du bist nicht mehr in der Klinik. Wann kommst du zurück?"

„Das kann ich nicht sagen. Bald ist Trüffelmesse und mein Großvater ist krank. Ich unterstütze ihn ein bisschen."

Als er nichts antwortete, stellte ich eine Frage, die mir auf der Seele brannte: „Wie geht es Sam?"

„Sam geht es wunderbar. Ich habe für uns beide eine kleine hundefreundliche Wohnung auf dem Land gefunden. Ich werde dir das viele Geld zurückzahlen, dass du für Sams Patenschaft ausgegeben hast." Sein Räuspern war zu hören. „Ich weiß nicht, wie ich das je wiedergutmachen kann."

„Ich möchte kein Geld. Ich habe es für Sam getan. Er ist neben Birba der beste Hund, den ich je kennenlernen durfte", erklärte ich. „Er fehlt mir wahnsinnig."

„Egal, wo ich hinkomme. Egal, mit wem ich rede. Jeder erzählt mir von deiner Hilfsbereitschaft und deiner Aufopferung mir gegenüber. Schwester Estelle sagte, du hast mir nächtelang Rezepte aus meinem Kochbuch vorgelesen? Du wärst fast gekündigt worden, weil es dir wichtig war, mir beizustehen. Die Mitarbeiter vom Tierheim erzählten, dass Sam es nicht geschafft hätte ohne dich; dass er depressiv war. Du hast dich nicht nur um mich, sondern auch um ihn gekümmert. Als ich ihn abgeholt habe, habe ich einen fröhlichen, ausgeglichenen Hund angetroffen." Sein Sprechen wurde von einem Schluchzen unterbrochen.

„Weinst du? Das brauchst du nicht. Ich habe das gerne getan!"

„Kira?"

„Ja?"

„Ich habe mich noch nie in meinem Leben in einem Menschen so getäuscht wie in dir. Bitte schenke mir einen Abend, an dem ich mich persönlich bei dir bedanken kann. Vielleicht darf ich für dich kochen? Sam würde sich auch freuen, dich wiederzusehen."

Ich überlegte kurz.

„Sam zu sehen wäre toll! Aber du brauchst dich wirklich nicht verpflichtet fühlen, Nicola. Wie gesagt, wir sind quitt und das Wichtigste ist, dass es dir und Sam gut geht. Das ist alles, was ich bezwecken wollte. Du brauchst nichts aufrechnen. Bitte nicht! Das würde sich nicht gut anfühlen für mich. Alles, was ich getan habe, habe ich gerne getan."

Wir schwiegen beide ein paar Sekunden.

„Du scheinst eine großartige Frau zu sein. Vielleicht möchte ich dich einfach wiedersehen. Vielleicht bin ich neugierig, wer du wirklich bist."

Ich erstarrte und mein Herz vollführte einen Hüpfer. Dann riss ich mich zusammen.

„Danke, dass du mich angerufen hast, Nicola. Ich wünsche euch das Beste und wenn ich zurück bin, dann gehen wir mal ein Bier zusammen trinken", schlug ich vor.

„Ich habe dich wohl ziemlich vergrault."

„Nein", antwortete ich. „Es ist verzwickt. Lass uns einfach in Rosenheim miteinander sprechen und vielleicht können wir ja wirklich mal zusammen kochen. Würde mich freuen. Gib Sam einen Kuss von mir."

„Wer ist Birba?"

„Was?"

„Du hast eben von einem Hund gesprochen, den du genauso toll findest wie Sam", erklärte Nicola, während ich hoffte, dass dieses Gespräch nie zu Ende gehen sollte. Wenn er sprach kribbelten die Härchen auf meiner Haut und meine Wangen pochten, weil sie so gut durchblutet waren.

„Birba war der Trüffelsuchhund von meinem Nonno, ein Pudelmädchen. Sie ist schon lange tot."

„Du musst mir von Alba erzählen, wenn du zurück bist", verlangte er, als ob wir uns schon immer kannten. Als ob wir dicke Freunde wären, die sich gegenseitig über ihre Abenteuer austauschten. Plötzlich wurde mir klar, dass diese Situation unter Umständen unerträglich für mich werden könnte. Einseitige Liebe hielt man am besten aus, wenn man sich nie mehr über den Weg lief. Die Qual, ihm dann und wann zu begegnen, erschien mir auf einmal wie Folter.

„Ich muss dann mal wieder", erklärte ich. „Die Sonne steht inzwischen so hoch, dass ich mir sonst noch einen Sonnenstich hole", rechtfertigte ich mich und erhob mich umständlich aus meiner Sitzposition, ehe er sich seinerseits entschuldigte. Ein Schwindel erfasste mich, sodass ich mich kurz abstützen musste.

„Oh natürlich! Ich will dich nicht aufhalten. Mach's gut Kira!"

Ich trat ein paar Schritte nach vorne. Dann ging es wieder mit dem Kreislauf.

„Du auch! Ciao, Nicola!"

Ich hörte Giulios dunkle Stimme schon durch die Steinmauer des Haues. Es war unverkennbar, dass er fluchte. Er schien sich mit jemandem zu streiten.

„Chi ti ha cresciuto? Non puoi avere questo da me! Quella era tua madre! Non si tratta sempre di prestazioni! Wer hat dich erzogen? Von mir kannst du das nicht haben! Das war deine Mutter! Es geht nicht immer um Leistung!" Er schien außer sich vor Wut.

Ich stockte, bevor ich das dunkle Wohnzimmer betrat, weil plötzlich mein Name fiel. Und dann wusste ich auch, mit wem er gerade telefonierte. Mit meinem Vater.

„Sie bleibt hier! Ich werde sie ganz bestimmt nicht nachhause schicken! Das kommt nicht in Frage", sagte Nonno gerade, als ich ihm sanft den Hörer aus der Hand nahm.

„Papa? Hier spricht Kira. Ich habe in der Klinik gekündigt und es war die beste Entscheidung meines Lebens. Ich bin hier glücklich bei Nonno und Vincenza. Lass uns also bitte in Ruhe. Kümmere dich um Mama", sagte ich. Es tat gut, meine Grenzen zu wahren und mein Vater musste am festen Klang meiner Stimme gemerkt haben, dass er mich nicht umstimmen würde.

„Ich finde das nicht gut Kira."

„Das musst du nicht. Es ist mein Leben. Tschüss Papa!"

Giulio schüttelte den Kopf. „Che fine ha fatto? Dove il suo cuore? Wo ist sein Herz? Das war alleine Renates

Erziehung! Wäre Antonio in Alba geblieben, wäre das nicht passiert, basta!"

„Setz dich hin und beruhige dich!" Vincenza half ihm in den Sessel. „Antonio hat kein schlechtes Herz. Er ist nur viel zu überarbeitet. Soll er sich ein Beispiel nehmen an seiner Tochter!"

„Il vecchio asino testardo! Der alte, sture Esel", fügte Nonno hinzu.

„Da chi l'ha preso? Von wem er das wohl hat?", murmelte ich auf Italienisch und verzog das Gesicht.

Dann ruhten zwei völlig erstaunte Augenpaare auf mir.

„Brava", sagten beide im Chor, ehe wir alle drei loslachten.

„Ich mache mir Gedanken, ob ich zuhause mal nach dem Rechten sehe. Die Wohnung steht nun über einen Monat leer und meine Pflanzen schreien nach Wasser. Ich habe sie zwar alle auf die Terrasse gestellt, aber es hat nicht so oft geregnet. Wenn ich morgen früh Giulio mit seinen Medikamenten versorgt habe, könnte ich übermorgen Mittag wieder hier sein. Sein Blutdruck und der Puls sind zurzeit vorbildlich. Ich denke, ich kann euch ohne Sorge für einen Tag alleine lassen und im Notfall ruft ihr mich an. Was meint ihr?"

„Naturalmente!" Vincenza breitete die Arme aus. „Wir freuen uns, wenn du wieder hier bist, Engel!"

Zurück

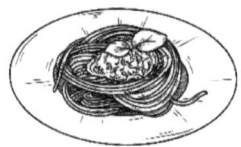

Mein Briefkasten quoll über, sodass einige Briefe bereits vor meiner Haustür lagen. Ein fürsorglicher Hausbewohner hatte sie in einem Schuhkarton auf den Fußabstreifer gestellt. Der kleine, gelbe Igelball, den ich Sam geschenkt hatte, lag oben drauf. Zitternd nahm ich ihn in die Hand. Nicola musste hier gewesen sein.

Der Oleander und auch die anderen Pflanzen hatten meine Abwesenheit mehr oder weniger gut überstanden. Ich fegte ein paar lose Blätter weg, die verstreut auf der Terrasse lagen und setzte mich mit einem Glas Wasser nach draußen. Es war seltsam, wieder in Rosenheim zu sein. Wie schnell ich die italienische Lebensart angenommen hatte. Sorgfältig sortierte ich die Post, zerriss Werbung und öffnete die wichtigen Umschläge. Dann hielt ich unvermittelt eine

Postkarte in der Hand. Ein gelber Fallschirm, der im stahlblauen Himmel schwebte. Mein Herzschlag beschleunigte sich.

„Melde dich bitte, wenn du hier bist. Ich warte!", las ich, ehe ich meine Hand sinken ließ. Was mache ich nur, überlegte ich immer wieder. In einem Punkt war ich mir zu einhundert Prozent sicher. Ich wollte den braven Rüden wiedersehen. Innerlich bebend, hob ich mein Handy ans Ohr.

„Ich bin es, Kira! Wenn du möchtest, können wir uns kurz treffen. Ich muss morgen früh wieder los, nach Alba."

Wir verabredeten uns bei ihm zuhause, wo er für mich kochen wollte. Als Wiedergutmachung für alles, wie er betonte. Nachdem ich mich gefühlt zehn Mal umgezogen hatte, warf ich die edle Bluse zurück in den Schrank und zog mir ein einfaches weißes T-Shirt über. Ich schlüpfte in meine verwaschene Lieblings-Jeans, welche die letzten Jahre im hintersten Fach verbracht hatte und band meine Haare zu einem lockeren Zopf zusammen. Auf dem Weg durch das Treppenhaus klingelte ich bei der Nachbarin unter mir und fragte sie, ob sie die nächsten Wochen gegen eine geringe Bezahlung ein wenig auf die Wohnung aufpassen könne.

Als Nicola mir öffnete, verschlug es mir den Atem. Er trug ein schwarzes Hemd, an welchem die obersten

Knöpfe offenstanden. Die Ärmel hatte er hochgekrempelt.

„Hallo, Nicola!"

„Kira?" Das Lächeln zeigte seine weißen Zähne und ein unwiderstehliches Grübchen, sodass ich mich fragte, wie ich diesen Abend heil überstehen sollte, ohne ihn ständig anzustarren.

„Dein Haar ist nachgewachsen", stellte ich fest, um meine intensiven Blicke zu rechtfertigen. Das kurze Haar stand ihm gut. Er wirkte noch männlicher, da es im Kontrast zu seinem sanften Blick eher hart und nicht so soft wie die Locken erschien. Ich schluckte, weil ich spürte, wie mein Körper auf ihn reagierte.

„Ich mag es, dass du Nicola sagst. Niemand sonst nennt mich so. Hast du Hunger?"

Von drinnen erklang ein langgezogenes Jaulen.

„Oh, da hat jemand erkannt, dass du da bist", lachte Nick und öffnete die Tür zum Wohnzimmer. Sam sprang mit einem Satz zu mir, ehe ich mich zu ihm auf den Holzboden setzte und den riesigen Hundekörper umarmte. Ich hielt mein Gesicht in sein Fell, während er sich wie von Sinnen an mich drückte. Ab und zu gab er Laute von sich. Es klang wie Jaulen und Bellen gleichzeitig. „Hier Sam, nimm! Es ist deiner." Ich gab ihm den Igelball. Der Freudentanz des Hundes nahm kein Ende.

„Sam!", redete ich auf ihn ein. „Sam! Ich liebe dich auch!"

Schließlich legte er sich quer über meine Beine.

„Ich bringe dir deinen Teller nachher in den Flur", lachte Nicola. „Dann könnt ihr euch eine Portion teilen."

„Genug! Runter jetzt", sagte ich streng, ohne dass Sam sich auch nur einen Millimeter bewegte. Nicola beugte sich zu uns hinunter. Er war so nah. Ich roch seinen männlichen Duft, ehe er Sam am Halsband nahm und ihn zum Aufstehen zwang. Dann reichte er mir seine Hand und zog mich hoch.

Die Wohnung war eine typische Männerwohnung. Keine Pflanzen, wenig Deko, einige notwendige, praktische Möbelstücke. Jedenfalls waren es nicht die abgenutzten Möbel aus der Einliegerwohnung. Die Küche war für einen

Koch sehr spartanisch eingerichtet. Ich hätte schwören können, sie sei ausgestattet wie ein Profiküche. Auf der schwarzen Theke stand keine Wärmebrücke, ich entdeckte keine technischen Geräte. Nicht einmal Messerblöcke, die echte japanische Messer beherbergten, ebenso wenig wie der von mir erwartete Gasherd aus Edelstahl. Die Arbeitsfläche war klein, die Einrichtung modern, aber sehr bescheiden. Auf einer Induktionsplatte standen mehrere Töpfe, die auf ihren Einsatz warteten. Nicola griff sich eine Schürze, die über einer Stuhllehne hing.

„So enttäuscht, wie du schaust, hast du dir meine Küche anders vorgestellt, nicht wahr? Aber ein echter Koch kann überall kochen, sogar an einer Feuerstelle." Er schien ziemlich motiviert, was ich süß fand.

„Warte es ab, wenn ich erst Sternekoch bin, dann leiste ich mir eine Küche, nach der sich jeder Restaurantbesitzer sehnt."

Er lachte so breit, dass ich einfach mitlachen musste.

„Na dann mal los! Darf ich dir ein Glas italienischen Wein einschenken? Ich freue mich, dass du hier bist. Das ist wirklich cool." Er griff nach einer Flasche.

„Da sage ich nicht nein!"

„Salute, Kira! Auf unser Wiedersehen!"

„Salute Nicola! Danke übrigens für die Postkarte." Meine Hand zitterte, als ich das Glas zum Mund führte.

„Kann ich dir etwas helfen?"

„Gerne! Zu zweit macht es noch mehr Spaß, finde ich. Also wenn du möchtest, sehr gerne! Machst du den Dip? Das Rezept kennst du." Er zeigte auf den Bund Dill, einen Becher Joghurt und Crème fraîche.

„Dann bereite ich die Panade vor." Als er sich ein Zucchino aus dem Gemüsekorb angelte und mir demonstrativ vor die Nase hielt, wusste ich, wovon er sprach.

„Wie meinst du das? Du hast mich gehört? Im Ernst? In der Klinik?" Atemlos schaute ich ihn an.

„Also die Idee mit der Zitronenzeste ist super. Ich habe aus dem Koma heraus direkt Hunger bekommen", lachte er, ehe er sich zu mir drehte. „Reingefallen! Die Seite war ein klein wenig zerknickt", grinste er. „Ich habe nicht schlecht gestaunt, als ich meine eigenen Kochbücher auf dem Nachtschrank gefunden habe. Schwester Estelle hat mir dann erzählt, dass du auf mich aufgepasst hast."

Es wurde ein sehr schöner Abend. Wir tauschten während des Kochens Rezepte aus und Nicola erzählte mir von seiner Pleite durch Corona und von seinem Traum, ein Restaurant zu eröffnen. Ich berichtete ihm alles, was ich über die Trüffelmesse wusste und auch die Geschichte mit Nonnos getrüffelten Spaghetti, die ich als Kind ausgespuckt hatte, ließ ich nicht aus.

Ich fühlte mich wohl in seiner Gegenwart und schob die Minute des Abschieds vor mir her, doch gegen die Zeit hatte man bekanntlich keine Chance und irgendwann musste ich gehen, denn ich hatte Nonno versprochen, rechtzeitig zurück in Alba zu sein.

„Weiß dein Freund, dass du hier bist?", fragte Nicola gerade, als ich den letzten Schluck Wein nahm. Ich war zu Fuß durch Rosenheims Gassen gelaufen, deswegen war es egal, dass ich Alkohol trank.

„Wir sind nicht mehr zusammen und wenn ich es mir recht überlege, waren wir das auch nie", antwortete ich wahrheitsgemäß. „Es hat nie gepasst zwischen uns. Ich habe daraus gelernt. Man sollte also unbedingt warten, bis man den richtigen Menschen gefunden hat, denkst du nicht?"

Um ihn nicht mit seinem Schicksal zu konfrontieren, stellte ich keine weitere Gegenfrage, sondern beobachtete seine Reaktion.

Ich spürte, wie er mit sich kämpfte. Ohne Vorwarnung hielt er seine Hände vors Gesicht. Er schien plötzlich wie verwandelt. Alle Fröhlichkeit war von einer Sekunde auf die andere wie weggeblasen. Ein Zucken ging durch seinen Körper und ich verstand kaum, was er sagte.

„Für mich gilt das nicht mehr. Liebe ergibt keinen Sinn. Wen man liebt, den kann man verlieren", flüsterte er. In diesem Moment wurde mir klar, dass er natürlich noch traumatisiert war und dass auch er zu viel getrunken hatte. Ich suchte mit den Augen nach der Weinflasche und entdeckte auf der Theke gleich zwei davon.

„Non c'e piu amore per me! Ich werde nie mehr lieben können." Seine Augen füllten sich mit Tränen. „Aber ein Leben ohne Liebe macht doch keinen Sinn mehr. E inutile! Warum bin ich nicht gestorben?"

Ich war geschockt, zwang mich jedoch, ruhig zu bleiben.

Sam war aufgesprungen und leckte besorgt Nicolas Hände.

„So etwas darfst du nicht einmal denken. Du hast Verlustängste! Wir haben zu viel Wein getrunken. Irgendwann wirst du über den Unfall hinwegkommen", tröstete ich ihn. „Wenn du im

Moment kein Licht siehst, dann lebe wenigstens für deinen Hund und für deinen Traum", sagte ich. „Sam liebt dich, er braucht dich und ohne dich ist er verloren." Ich kraulte dem Rüden den Kopf. „Und das Kochen ist deine Leidenschaft. Es kann dir helfen, dich zu heilen." Ich versuchte, meiner Stimme einen motivierenden Klang zu verleihen, doch wir waren an einem Punkt angelangt, der nur noch in eine traurige Richtung führen würde. Dann schien er sich zu berappeln.

„Scusi, scusi", nuschelte er vor sich hin. „Bleib doch! Ich wollte dir den Abend nicht verderben!" Verschämt sah er mich an.

„Nein, du kannst nichts dafür! Es war trotzdem ein schöner Abend, Nicola! Ruh dich aus!"

„Scusi für meinen emotionalen Ausbruch", wiederholte er sich. „Du weißt eben nicht, wie es ist, einen geliebten Menschen zu verlieren", sagte er. „Keiner versteht, wie sehr ich leide."

„Doch, das weiß ich sehr wohl", antwortete ich eine Spur gekränkt. „Wie kommst du darauf, dass andere Menschen nicht das Gleiche durchmachen oder bereits durchgemacht haben? Du bist nicht alleine auf der Welt."

Damit stand ich auf und ging durch die Haustür hinaus in die kühle Nacht. „Nein! Warte, Kira, ich begleite dich nach Hause. Es ist dunkel und Sam muss sowieso noch die letzte Runde drehen."

Wir liefen schweigend nebeneinander her, bis er zu sprechen anfing. „Es ist schon viel besser geworden. Ich fühle den Schmerz nur ab und an. Allerdings habe ich dann Schwierigkeiten, ihn zu kontrollieren. Aber das möchte ich auch noch lernen."

Nickend gab ich ihm Recht: „Es braucht viel Zeit! Bevor ich überhaupt Schmerz fühlen konnte, war ich taub. Am ganzen Körper. Ich konnte gar nichts mehr fühlen. Keine einzige Emotion. Monatelang."

Ich spürte Nicolas Augen auf mir ruhen. „Wen hast du verloren? Möchtest du mir davon erzählen?"

Ich hörte unsere Schritte und dazu Sams dicke Pfotenballen auf dem Asphalt. Es tat so gut, diesen ansehnlichen jungen Mann neben mir zu spüren. Seine Gegenwart gab mir Kraft und Sam die Zuversicht, dass ich Nicola alles sagen konnte. Ich konnte nicht erklären warum, aber ich vertraute ihm zu 100 Prozent.

„Ich habe meinen Bruder Matteo verloren. Er ist kurz vor seinem zwölften Geburtstag an Leukämie gestorben. Es war ein Rückfall. Er hatte schon einen langen Leidensweg hinter sich und er wusste, dass er sterben muss." Das letzte Wort verschluckte ich fast, weil es mir den Hals zuschnürte. Ich rang nach Luft und merkte gar nicht, wie Nicola plötzlich vor mir stand. Wortlos breitete er seine Arme aus und ich flog hinein und weinte. Ich spürte, dass auch er weinte, denn seine Tränen tropften auf meinen Scheitel.

„Es tut mir so leid", flüsterte er. „Ist es besser geworden?"

„Inzwischen bin ich dankbar und froh, dass ich Matteo kennenlernen durfte und dass er ganze zwölf Jahre lang mein Bruder gewesen ist. Trotzdem ist der Schmerz nie ganz weggegangen. Er fehlt mir jeden verdammten Tag!", erklärte ich schluchzend.

Ich spürte seine warme Hand, wie sie sachte über meinen Kopf strich. Ganz vorsichtig und behutsam, als ob ich sehr kostbar wäre, dann zog er mich erneut zu sich her. Seine Lippen berührten zart mein Haar und ich glaubte in Ohnmacht zu fallen, so schön fühlte es sich an.

Prüfend schaute er mir ins Gesicht.

„Danke, es geht schon wieder!" Ich trat einen Schritt zurück.

„Kira", sagte er leise. „Nicht, dass du das falsch verstehst. „Das ist keine Anmache. Ich habe keine Hintergedanken, sondern will dir nur Trost geben, so wie du mir."

„Natürlich!" Ich nickte, während ich versuchte, meine Sinne zu normalisieren. Die Stellen, an denen er mich berührt hatte, kribbelten angenehm. Dann legte er seine Hände auf meine Schultern.

„Ich frage mich die ganze Zeit, warum du das alles für mich getan hast?" Sein Blick durchbohrte mich. „Hast du Schuldgefühle wegen der Lizenzgeschichte? Oder weil dein Ex mich nicht zu meinem Kind gelassen hat? Ist es das? Hattest du das Gefühl, etwas wiedergutmachen zu müssen?"

Ich überlegte, was ich antworten sollte.

„Ehrlich gesagt, weiß ich es selbst nicht. Zeitweise habe ich Schuldgefühle verspürt, das stimmt schon. Vieles hätte anders laufen können, aber ich war nicht direkt involviert und ich glaube nicht, dass ich die Verantwortung dafür trage, dass Simon dich abgewiesen oder dir deine Lizenz genommen hat."

Ich schüttelte den Kopf. „Ich wollte dir einfach helfen. Es war mir ein Bedürfnis und ich habe dem Bedürfnis nachgegeben. Es gibt keinen direkten Grund dafür. Glaube ich", flüsterte ich. „Ich denke, ich mag dich einfach als Mensch."

„Ich mag dich auch, Kira", antwortete er, während ich hochrot anlief und schnell wegschaute, um nicht ins Stottern zu geraten.

Nicola

Zurück in Alba kreisten meine Gedanken nur noch um den schönen Italiener mit dem sanften Blick und den langen Wimpern. Seit dem Abend bei ihm waren meine Gefühle für ihn regelrecht explodiert. Ich sehnte mich nach seiner Nähe und gleichzeitig wusste ich, dass er noch nicht bereit dazu war. Nonno litt unter der Hitze. Er verbrachte die meiste Zeit in seinem Sessel.

„Du trinkst zu wenig", rügte ich ihn und zwang ihn unter meiner Beobachtung ein paar Schlucke Wasser zu trinken. Durch die Wärme breitete sich das kranke Gewebe aus und verursachte heftige Schmerzen in seinem Rücken. Wir erhöhten die Dosis an Schmerzmittel, was ihm leider einen Nebel im Gehirn verursachte. Manche Stunde döste er nur vor sich hin, sodass Vincenza und ich besorgte Blicke austauschten. Wir spürten, dass der Zeitpunkt des Abschieds in absehbare Nähe rückte. Ich hatte es mir zur Gewohnheit gemacht, in den frühen Morgenstunden zum Tanaro zu spazieren, um nachzudenken. Als ich heute ans steinige Ufer trat, sah ich Danilo, der Flusskrebse suchte.

„Benötigst du Hilfe?", fragte ich, erfreut ihn zu treffen. Er war ein gemütlicher Charakter, den ich noch nie aufbrausend oder impulsiv erlebt hatte.

„Immer gerne!" Er gab mir ein Zeichen, meine Schuhe auszuziehen und ins flache Wasser zu kommen.

„Brrr!" Trotz der Hitze erschien mir das Wasser klirrend kalt.

„Bleib ruhig stehen. Deine Füße gewöhnen sich gleich an die Kälte. Du suchst mit den Augen den steinigen Grund ab. Wenn du dort keinen entdeckst, kannst du einen Stein hochheben. Oft sitzen sie darunter. Dann näherst du dich sehr langsam mit der Hand und Zack", er machte eine pfeilschnelle Bewegung, „packst du ihn!"

„Und die Scheren?", fragte ich ängstlich.

„Nimm ihn immer hinten, aber nicht zu weit, mit Daumen und Zeigefinger hinter dem Kopf ist es am besten. Dann erwischen sie dich nicht."

Er zeigte auf die Reuse, die im Wasser trieb. „Ich brauche noch mindestens ein Dutzend."

Es machte Spaß mit Danilo Krebse zu fangen. Ich schnappte ganze drei Stück, ehe wir uns gemeinsam auf den Rückweg machten.

„Du bleibst länger in Alba, oder? Hast du nicht Lust im Restaurant zu helfen?", fragte er wie nebenbei. „Ich kann in der Küche wirklich Hilfe gebrauchen und ich würde dich gut bezahlen."

„Du weißt doch, dass ich Nonno betreue. Beides lässt sich schlecht vereinbaren. Außerdem hat er gerade eine schlechte Phase." Ich zeigte auf die Sonne, die alles um uns herum in flimmerndes Licht tauchte. „Die Hitze! Hast du zu wenig Personal?"

„Es ist dieses Jahr besonders schwierig! Im Frühjahr vor zwei Jahren musste ich meinen Koch entlassen wegen Corona und nun, wenn die Touristen wieder wegen der Trüffel kommen, finde ich keine guten Köche, weil es den anderen Restaurantbesitzern in Alba genauso geht. Jeder sucht Leute und die gehen natürlich dorthin, wo es das meiste Gehalt gibt." Danilo zog die Stirn in Falten, ehe er in die hügeligen Eichenwälder hinter der Stadt zeigte.

„Hörst du? Die Saison ist bereits in vollem Gange."
Das durchdringende Gebell der Jagdhunde drang bis nach Alba, dazwischen die Schreie der Trüffeljäger, die ihre Hunde antrieben.

„Schade, dass Nonno nicht mehr dabei ist", sagte ich, ehe Danilo zustimmte. „Giulio ist eine Legende, was die weißen Sommertrüffel von Alba betrifft. Jeder hier kennt ihn und manche versuchen heute noch, ihm die besten Plätze zu entlocken. Aber er gibt sein Geheimnis nicht preis. Um keinen Preis der Welt." Sein Lachen tönte durch die Gasse. „Er war der Beste und muss sehr reich geworden sein. Ich glaube, seine Birba hat sogar einen Platz auf dem Friedhof hinter der Kirche bekommen. Er hat ihr einen Gedenkstein aus rosa Granit gekauft und ihr Bild darauf verewigt."

„Wirklich", staunte ich. „Das muss ich mir ansehen!"

„Danilo", sagte ich plötzlich. „Mir fällt da gerade etwas ein."

„Ja?"

„Ein Bekannter von mir ist Koch. Er spricht italienisch und deutsch und sucht dringend Arbeit."

Danilo bekam große Augen. „Wirklich? Wäre er denn bereit, hierher zu kommen? Er ist doch zuverlässig, oder?" Danilo musterte mich ernst.

Sekundenlang kämpfte ich einen inneren Kampf. Musste ich Danilo nicht sagen, dass Nicola sich in einer Krise befand? Dass er ab und zu seinen Kummer in Alkohol ertränkt hatte und ich nicht wusste, ob er das immer noch tat? Nein, entschied ich. Danilo sollte Nicola ganz unbefangen und ohne Vorurteile kennenlernen. Als ich ihn in Rosenheim getroffen hatte, hatte er einen stabileren Eindruck gemacht. Ich würde das Risiko eingehen, auch wenn ich Gefahr lief, dass Danilo es mir später ankreiden würde, wenn Nicola Mist baute. Aber soweit musste es ja nicht kommen. An sich war ich guten Mutes.

„Ich habe ihn als zuverlässigen Menschen kennengelernt", sagte ich deshalb. „Ob er sofort kommt, das weiß ich natürlich nicht, aber ich kann ihn gerne fragen", antwortete ich aufgeregt und nahm mir vor, ihn so schnell wie möglich anzurufen. Keine Stunde später hatte er zugesagt. Ich wusste, dass für Nicola an erster Stelle der sichere Verdienst stand und die Aussicht, eine feste Stelle zu finden. Das hatte ich ihm während des Telefonats auch genauso verkauft. Natürlich hatte ich nicht erwähnt, wie sehr er mir fehlte. Wie oft ich von seinem Körper träumte, und davon, wie er mich mit seinen männlichen Händen an verbotenen Stellen berührte. Ich war ganz sachlich geblieben und mein Herz hatte dabei gehüpft vor lauter Vorfreude und Hoffnung.

Italien war seine zweite Heimat und das Land würde ihm Abstand zu den Geschehnissen bieten. Für ihn wäre es die Chance auf einen gelungenen Neubeginn. Und für mich? Für mich war es die Chance, meinem Traummann nahe zu sein. Wäre er erst einmal hier, müsste ich ihn nur noch davon überzeugen, dass ich toll war und wir ein wahnsinnig schönes Paar abgäben, dachte ich und grinste in mich hinein. „Ein Kinderspiel", murmelte ich selbstironisch und fragte mich, ob ich damit nicht noch ein größeres Desaster heraufbeschwörte.

Dann, nach einer gefühlten Ewigkeit, war er tatsächlich da.

„Nicola wohnt bei uns, basta", rief Vincenza gerade, als wir diskutierten, ob er bei Danilo ein Zimmer nehmen oder hier bei Nonno, Vincenza und mir nächtigen sollte.

„Wir haben noch ein Gästezimmer frei!"

Sam schaute von einem zum anderen und legte sich dann entschlossen über Nonnos Füße, der wie immer im Sessel saß und erfreut ausrief: „Dein Hund hat entschieden ragazzo, du bleibst hier, basta!" Sein Blick duldete keine Widerrede.

„Aber ich kann Ihnen doch nicht hier auf der Tasche liegen", antwortete Nicola, während er hilfesuchend zu mir schaute. Neben ihm stand ein großer Koffer. Nach unserem Telefonat war er innerhalb von zwei Tagen samt Sam in seinem alten Pickup angereist.

„Du bist willkommen", erklärte ich zum zehnten Mal und meinte zu verstehen, warum er so verunsichert reagierte. Die schlechten Erfahrungen mit Fionas Eltern hatten ihn geprägt. Er war es nicht gewohnt, dass man ihn mochte.

„Sam ist doch hier viel besser aufgehoben, während du drüben bei Danilo arbeitest. Er kann Kira helfen, auf Nonno aufzupassen, und im Garten spielen, oder willst du ihn in einem Hotelzimmer alleine lassen? Und wir würden uns sehr freuen, so einen netten jungen Mann wie dich kennenzulernen", sagte Vincenza, zwinkerte mir heimlich zu und klopfte dem Rüden den Rücken. „Meine Söhne sind alle ausgezogen und ich finde es ganz wunderbar, dich hierzuhaben."

Verwundert über so viel Gastfreundschaft hob Nicola ergeben die Schultern.

„Also, wenn es wirklich nicht stört, dann würde ich natürlich gerne hierbleiben. Vorerst", sagte er und hielt sich damit eine kleine Hintertür offen, worüber ich schmunzeln musste.

Wenn ich heute zurückdenke, geschah unsere Annäherung ab diesem Zeitpunkt über viele Wochen und in winzigen Schritten. Erst beschnupperten wir uns, waren höflich und zuvorkommend. Dann öffneten wir uns dem anderen und sprachen von den Dingen, die uns wirklich beschäftigten. Wir neckten uns gegenseitig und innerhalb kurzer Zeit glaubte ich ihn schon ewig zu kennen, ohne dass das Prickeln abnahm, wenn ich ihn sah. Ich hatte Angst, ihn mit meiner Sehnsucht zu überrennen, doch er suchte oft von sich aus meine Nähe. Bald verwob sich unser Blick, ohne dass wir sprachen und doch wussten wir, was der andere gerade dachte. Wir erlaubten uns gegenseitig über unsere verlorene Liebe zu sprechen und es wurden abendfüllende Gespräche, wenn wir bei einer Flasche Wein zwischen den Feigenbäumen im Garten saßen und über Fiona und Matteo sprachen. Nicola hatte seinem verstorbenen Sohn den Namen Carlo gegeben und je öfter er über ihn sprach, desto weniger ausgeprägt waren seine depressiven Phasen. Er lachte oft und aus vollem Hals, während Nonno uns vom Sessel aus zufrieden beobachtete.

Als Gegenleistung für seine Unterkunft kochte er an den freien Tagen für Vincenza, Giulio und mich. Vincenza saß dann mit Nonno im Garten oder schob ihn, wenn das Wetter es zuließ, in seinem Rollstuhl durch Alba bis zum Marktplatz, wo er alte Freunde traf. Währenddessen half ich Nicola in der Küche. Wir öffneten uns stets eine Flasche Wein, die wir während des Gemüseputzens verkosteten. Ich beobachtete ihn mit Argusaugen, aber nie hatte ich das Gefühl, dass er trank, um seine Probleme zu lösen. Heute gab es gebratene Doraden mit Kartoffeln und einem bunten Salat. Wenn sich unsere Schultern wie aus Versehen berührten, dann durchfuhr mich ein wohliger Schauer. Als er mir erklärte, wie ich am besten das Messer hielt, schloss ich für einen Moment die Augen, weil mir diese Berührung so viel bedeutete. Während wir zusammen kochten, verflog die Zeit so schnell und als wir schließlich am gedeckten Tisch zusammensaßen und aßen, war ich erfüllt von Fröhlichkeit und Liebe.

Als ich nachts auf Toilette musste, hörte ich ihn in seiner Kammer telefonieren. Er schien mit einem Kumpel aus der Paragleiter-Szene zu sprechen. Ich wollte nicht neugierig sein, aber ich konnte nicht anders und horchte ganz still und heimlich an seiner Tür.

„Alba ist ein Dorf in Norditalien", sagte er gerade und dann: „Na warum zieht man so weit weg? Blöde Frage! Man muss dorthin, wo es Arbeit gibt." Er schwieg einige Sekunden lang. „Und der Liebe wegen, würde ich behaupten. Sie ist einfach unglaublich." Er lachte und senkte gleich darauf die Stimme: „Ich muss sie nur noch davon überzeugen, dass ich der Richtige bin."

Erschrocken sprang ich einen Schritt zurück und stieß mir den Kopf an einem Balken.

„Mist", fluchte ich und hielt mir den schmerzenden Kopf, ehe seine Tür aufgerissen wurde und er mich völlig entgeistert ansah.

„Du lauschst?" Sein Lächeln verschwand und ein sehnsüchtiger Ausdruck breitete sich in seinem Gesicht aus. Er hob den Zeigefinger an seinen Mund.

„Pssst!" Seine Hand griff behutsam nach meiner, ehe er mich wortlos in sein Zimmer zog, die Tür verschloss und mich zum Bett führte. Als sich unsere Lippen berührten und ich rückwärts in die Kissen sank, glaubte ich ohnmächtig zu werden. Jeder Zentimeter meines Körpers brannte vor Verlangen, während ich mich an ihn presste. Wir zogen uns langsam aus. Ich hörte ihn leise stöhnen, spürte seine Küsse, die fordernden Bewegungen seines Unterleibs und ließ mich einfach in meine Lust fallen.

Als ich später in seinem Arm lag, ruhte sein Blick auf mir. Er hob die Hand, um mir eine Haarsträhne hinter das Ohr zu streichen. In seiner Geste lag so viel Zärtlichkeit, dass ich die Luft anhielt. „Du bist wunderschön", flüsterte er und als sich seine Lippen meinen näherten, meinte ich zu sterben vor Liebe. Ich hatte mich die ganzen Wochen zurückgehalten, um ihm Zeit zu geben. Und nun, nach diesem Erlebnis, schrie alles in mir, dass dieser Mann der Richtige für mich sei, sodass ich den Kuss mehr als bereitwillig beantwortete.

„Er liebt dich", sagte Nonno am nächsten Morgen, als Nicola noch schlief. „Und du ihn. Ihr seid füreinander geschaffen. Glaub mir! Wenn du ihm jetzt noch sein Lieblingsessen kochst, dann bleibt er für immer."

Ich musste lachen und fragte Nonno mehr aus Spaß, was denn wohl das Lieblingsessen von Nicola sein könne.

„Was fragst du? Natürlich Spaghetti mit geriebenen Trüffeln. Ich habe gestern mit Danilo geredet. Er sagt, Nicola kocht wie ein Gott und besonders die Trüffelgerichte kann er besser als jeder zuvor, der bei ihm gearbeitet hat", antwortete er und fixierte mich mit seltsam abschätzendem Blick.

„Es waren mindestens zweihundert Euro, die du auf den Tisch gespuckt hast", schimpfte er, während ich erschrocken dreinschaute.

„Du kannst dich erinnern? Im Nachhinein tut es mir furchtbar leid."

Nonno tat beleidigt und sagte an Sam gewandt, der neben ihm lag und sich jetzt aufmerksam aufsetzte: „Du musst wissen, Sam, nie hat es irgendjemand gewagt, den Trüffelkönig aus Alba derart bloßzustellen. Aber sie!" Er zeigte auf mich.

Sam spitzte die Ohren und bellte.

Dann lachte Nonno, wie ich ihn noch nie hatte lachen hören und auch ich prustete los, bis Vincenza hereinkam, um nach dem Rechten zu sehen. „Kommt frühstücken!"

Als ich an die Zimmertür von Nicola klopfte, um ihm Bescheid zu geben und mir auch nach mehrfachem Rufen niemand antwortete, drückte ich die Klinke hinunter und schaute in einen verwaisten Raum. Wie automatisiert lief ich zum Fenster. Auch im Garten war niemand zu sehen.

„Hatte er nicht gesagt, er hätte heute seinen freien Tag?", überlegte ich laut. „Und Sam ist doch da", rief ich ins Wohnzimmer. „Komisch! Nicola ist gar nicht zuhause."

„Der ist heute schon sehr früh aufgebrochen", antwortete Nonno. „Ohne Sam in Richtung Wald."

„Aha", sagte ich und fand das sehr komisch, da Nicola seine freien Morgen liebte und ein ausgesprochener Langschläfer war. Außerdem würde er niemals ohne Sam spazieren gehen. Ein Bauchgefühl sagte mir, dass etwas nicht stimmte. Kurzentschlossen zog ich mir feste Schuhe an und pfiff nach Sam. Wir wanderten zum Tanaro. Ich musste nicht lange suchen, da mich Sams Nase auf die richtige Fährte brachte.
Erschrocken rannte ich die letzten Meter zu der Stelle, wo Nicola auf dem Waldboden lag. Zusammengekrümmt wie ein Säugling lag er im Laub und weinte. Sam war völlig aufgelöst und sprang hilfesuchend an mir hoch.

„Ist dir was passiert?" Meine Stimme überschlug sich vor Sorge. „Hast du dich verletzt?"
Dann entdeckte ich die Flasche Wodka.

„Du denkst, wenn du abhaust und säufst, löst du deine Probleme", schrie ich ihn erbost an. „Hör mir zu und steh auf!" Ich riss an seinen Armen, um ihn in die aufrechte Position zu bringen. „Wieviel davon hast du dir reingekippt?" rief ich und nahm die Flasche in die Hand. Sie war bis auf den letzten Tropfen leer. Theoretisch müsste er sturzbetrunken sein. Ich war so wütend!

Endlich hob er den Kopf. „Ich habe sie ausgeleert. Da auf den Waldboden."

Ich folgte seinem Fingerzeig, konnte aber nichts erkennen.

„Ich glaub' dir kein Wort! Hauch mich an", befahl ich deshalb und näherte mich misstrauisch seinem Mund.

„Du kannst mir vertrauen! Ich wollte sie erst trinken, aber dann habe ich alles weggekippt. Ich will das nicht mehr."

Er hatte mich nicht angelogen. Sein Atem roch frisch und gut, während er sprach.

„Was machst du hier, verdammt nochmal?"

Er öffnete den Mund. „Ich fühle mich nach gestern Nacht schuldig. Es ist, als hätte ich Fiona betrogen", schluchzte er. „Das geht doch nicht!"

Erstaunt horchte ich auf. „Liebe ist nie verboten", tröstete ich ihn. „Fiona freut sich, wenn es dir gut geht, glaub mir. Sie möchte nicht, dass du leidest, sondern dass du glücklich bist."

„Aber ich schäme mich."

„Es gibt kein Gesetz dafür, wie lange man sich nicht neu verlieben darf. Wenn du es gestern wirklich ernst gemeint hast, dann ist das auch für Fiona in Ordnung."

„Meinst du wirklich? Es war so schön! Und genau deshalb, weil es so wahnsinnig toll war, fühle ich mich besonders schlecht. Als ob ich kein Glück mehr verdiene. Als ob ich nicht glücklich sein darf. Ich habe zum ersten Mal für mehrere Stunden nicht an Fiona gedacht und als ich heute Morgen aufgewacht bin, sah ich als erstes dein Gesicht vor mir."

„Du verdienst alles Glück der Welt, Nicola!" Vorsichtig küsste ich ihn auf den Mund. „Nicola", sagte ich. „Vielleicht ist es Schicksal, dass wir uns begegnet sind und vielleicht soll es so sein. Alles macht Sinn im Leben."

Nickend nahm er mich in den Arm.

„Los", sagte ich, nachdem wir uns gelöst hatten. „Klopf dir die Blätter von der Hose. Wir laufen mit Sam das Ufer entlang."

„Danke", flüsterte er.

„Nicht dafür", antwortete ich und brach einen Stock entzwei, um ihn Sam zuzuwerfen.

Wenige Tage später rief Nonno Nicola zu sich und als er zu mir in den Garten zurückkam, war sein Kopf hochrot vor Aufregung.

„Du glaubst nicht, was passiert ist. Giulio hat mir die Fundplätze der weißen Sommertrüffel verraten. Er sagte, er wartet schon lange auf einen Nachfolger. Die Söhne von Vincenza haben kein Interesse an Trüffeln und dein Vater... naja, du weißt schon."

Ich erstarrte. „Du weißt, was das bedeutet?", fragte ich ihn. „Seine Fundplätze sind das wertvollste und bestgeschützte Geheimnis im ganzen Piemont", sagte ich kaum hörbar.

Nicola schaute über die Stadt zu den Wäldern. „Er hat vorgeschlagen, dass ich einen Welpen besorge und ihn ausbilde."

„Und? Willst du? Das hieße, du würdest bleiben?"

„Ich glaube, ja." Er nahm mein Gesicht in seine Hände und küsste mich. Ich inhalierte seinen männlichen Duft und strich ihm über sein Haar. Es wuchs schnell nach und von dem Unfall im Frühjahr war ihm körperlich nichts mehr anzumerken. Der Sommer in Italien hatte uns einen gesunden Teint verliehen und meine Energie war zurückgekehrt.

„Oh, da will ich dir helfen!", rief ich. „Ich weiß, wie das geht! Und ich liebe Alba auch." Meine Hand wanderte auf seine, worauf er mich zärtlich ansah. „Ich liebe dich, Kira!" Ein weiterer Kuss landete auf meiner Nasenspitze. Der nächste auf meiner Stirn. „Mehr als alles andere auf der Welt!"

Erschrocken zuckte ich zusammen. Ich wollte nicht, dass er mir etwas vormachte.

„Du brauchst nicht zu erschrecken", flüsterte er. „Ich meine, was ich sage! Ich habe Fiona auch geliebt. Sehr sogar. Und ich werde sie weiterlieben. Sie wird auf ewig einen Platz in meinem Herzen besetzen. Aber wir haben nicht sehr gut zueinander gepasst. Sie wäre mit mir nicht glücklich geworden. Mit dir fühle ich mich frei. Ich habe das Gefühl, du nimmst mich, wie ich bin."

Dann kam der 15. November. Ein schwerer Tag für uns alle.

„Pass gut auf Matteo auf und grüß ihn von mir", murmelte ich in Nonnos Ohr, nachdem ich mich zu ihm heruntergebeugt hatte. Er atmete schwer und ein wenig sah es aus, als würde er lächeln. „Birba", flüsterte er, während Sam seine Hände schleckte. „Birba, sei qui. Du bist hier." Seine Hand suchte nach Sams Fell.

Niemand von uns nahm ihm die Gewissheit, dass seine alte, treue Birba über die Regenbogenbrücke gekommen war, um ihn zu empfangen. Seine Züge entspannten sich und dann wurde es sehr still.

Vincenza fuhr mit der Handfläche über Giulios Gesicht, um seine Augenlieder für immer zu schließen.

„Adio amato fratello! Ciao, geliebter Bruder", flüsterte sie und küsste ihn auf die Stirn.

Sarah und ich standen neben unserem Vater, der den Kopf gesenkt hielt. „Ciao, Papa!"

Nicola hatte seine Hand auf meine Schulter gelegt und ließ mich nicht aus den Augen.

Vincenza betete, während wir still zuhörten. Ihre Söhne waren ebenfalls gekommen. Der Raum war voller

Menschen, die Abschied nehmen wollten. Die Zwillinge waren zuhause bei Kai geblieben und Mama war leider verhindert. Sie unternahm eine Weltreise mit Maurice und schickte ihr herzliches Beileid aus Jaipur, einer Stadt in Indien, dachten wir. Doch plötzlich ging die Tür auf. Ganz lautlos. Ich spürte nur den kurzen Luftzug, weshalb ich mich umdrehte.

Mama! Ich lächelte ihr zu und war dankbar, dass sie doch gekommen war. Ob Maurice wieder draußen auf sie wartete? Oder hatte sie Schluss gemacht, weil sie begriffen hatte, dass zwischen ihr und Papa ein dickes Tau hing, das die beiden zusammenhielt? Wie auch immer. Ich bemerkte die verlegenen Blicke, die meine Eltern austauschten. Sie würden viel zu besprechen haben.

Aber das war nicht mein Problem.

Sam lag zu Füßen von Giulio auf dem Bett und schlief seelenruhig. Seit er hier war, war er, wenn Nicola arbeitete, nicht mehr von Nonnos Seite gewichen und selbst, als nun einer nach dem anderen den Raum verließ, blieb er ruhig liegen. Der alte Mann und er waren Freunde geworden und ich hatte Nonno gehört, wie er Sam von der hübschen Pudeldame Birba und ihren Heldentaten erzählt hatte.

Die ganze Stadt feierte Giulios Bestattung. Er wurde neben seiner treuen Birba begraben. Drei Tage lang lebten wir alle im Ausnahmezustand, weil die

Nachbarn süße Kuchen und andere Speisen vorbeibrachten und uns ihr Beileid aussprachen.

Wenige Tage später, als sich die Lage beruhigt hatte, und zumindest meine Verwandtschaft abgereist war (Mama und Papa in einem Wagen!), nahm mich Vincenza beiseite.

„Hör mir zu, Bella mia, ich sage es dir vor der Testamentseröffnung. Nonno Giulio hat dir sein Haus vermacht", sagte sie, ehe ich mich ungläubig setzte. „Jetzt schau nicht so, Kira! Du hast dich liebevoll um deinen Großvater gekümmert. Die anderen hat er nicht vergessen. Dein Vater wird einen Teil seines Vermögens bekommen. Und auch Sarah wird nicht zu kurz kommen. Dein Nonno hat viel gespart, musst du wissen. Man hält es nicht für möglich, aber er ist ein sehr reicher Mann." Sie lächelte, während sie mich ansah. „Giulio spürte, dass du hierhergehörst. Aber wenn du es verkaufen willst, ist das auch kein Problem. Du bist völlig frei."

„Nein, nein", rief ich und mein Herz hüpfte vor Glück. Ich schaute mich um. Dies sollte mein Haus werden? Eine Heimat mit Garten mitten in Alba?

„Wenn du dich dafür entscheidest, das Haus zu behalten, würde ich mich freuen, wenn ihr mich noch ein paar Jahre hier wohnen lasst", sagte Vincenza, ehe ich sie fest umarmte.

„Ohne dich würde dem Gebäude ein wichtiger Teil fehlen. Das Herz", erwiderte ich. „Ich kann es nicht fassen! Du bleibst natürlich hier bei uns. Das ist doch keine Frage!"

Betrunken vor Glück wartete ich auf Nicola. Ich saß neben Sam in eine bunte Wolldecke gehüllt neben dem Kamin und sah auf die inzwischen kahlen Wälder hinaus. Die gestresste Ärztin und der arbeitslose Koch aus Rosenheim waren Geschichte. Wir hatten unsere Wohnungen gekündigt und uns auf ein gemeinsames Leben in Alba geeinigt. Dass wir gleich ein Haus bekommen sollten, damit hatten wir nicht gerechnet. Ich konnte nicht aufhören zu lächeln. Mein Weg war steinig gewesen, aber ich hatte nicht aufgehört, an mich und meine eigenen Träume zu glauben. Und nun befand ich mich hier. An diesem wundervollen Ort, mit den Menschen, die ich liebte und die mich nahmen, wie ich war. Nicola und ich hatten Träume. Kleine Träume von einem süßen, wuscheligen Bruder für Sam, und große Träume von einem eigenen Restaurant in Alba und natürlich von bambini. Mindestens drei! Aber wie sagte man in Alba? Una cosa alla volta! Eins nach dem anderen!

FINE